古典幽梦

朱以撒————原著

李　郦————编注

中国出版集团 东方出版中心

图书在版编目（CIP）数据

古典幽梦：全新修订版 / 朱以撒原著；李郦编注
. 一上海：东方出版中心, 2021.6（2021.8重印）
ISBN 978-7-5473-1837-9

Ⅰ.①古… Ⅱ.①朱… ②李… Ⅲ.散文集-中国
-当代 Ⅳ.①I267

中国版本图书馆CIP数据核字（2021）第096045号

古典幽梦（全新修订版）

原　　著　朱以撒
编　　注　李　郦
责任编辑　王　婷
封面设计　钟　颖

出版发行　东方出版中心有限公司
地　　址　上海市仙霞路345号
邮政编码　200336
电　　话　021-62417400
印 刷 者　上海万卷印刷股份有限公司

开　　本　890mm×1240mm　1/32
印　　张　9.375
字　　数　225千字
版　　次　2021年6月第1版
印　　次　2021年8月第2次印刷
定　　价　39.00元

"上海著名中学师生推荐书系"
编注委员会名单

编注者说

编这样一套书，出于三个目的——

一是让中学生朋友们共享同龄人的精神资源。每个中学语文尖子都有自己的个性化阅读，这种个性化阅读多数情况下应当是有普遍价值的，因为毕竟大家的年龄相当，阅历相似，文化背景相同。他们所以成为语文尖子当然有诸多原因，但他们的个性化阅读一定是一个重要原因。因此，把那些语文尖子的个性化阅读且具有普遍意义的著作，让语文尖子们自己向同龄人推荐，说出自己阅读的意义或方法，对绝大多数中学生朋友应当是有益的。

二是增加同学们的情感和思想积累。这就先要说到"应试"教育了。可以说白了，没有情感浓度和思想深度的应试者，至少在目前的语文应试中，他是无法得到高分的。无论是现代文阅读，还是古诗词鉴赏，或是文言理解，作文就更不用说了，没有真情分辨与把握，没有思想综合与揭示，他最多只能拿到最基础的分数。基础分是多少？及格。因此，要想在语文考试中获得高分，就必须注重情感与思想的积累。鉴于这种思路，我们在编选、点评这套丛书时，就特别注意了情感与思想的提升。其实，一个真正的读书者，是永远把情感与思想历练放在第一位的。这样的读书者不仅可使自己成为有人情味的人，有思辨力的人，而且永不会被迷惑，应付各种各样的考试就更不在话下。要特别提及的是，如果你是一个真想学好语文的人，就千万别相信那些所谓应试技巧之类的书。按这种书的技巧指导，你从高一练到高三也出不了头。你可以不买这套书，但不能不听这样的忠告。

三是倡导一种语文观念——语文学习的重要目的是协调学习者与社会的关系。就中学生而言，如何与同学朋友交往，与家长交心，与老师交流，与陌生人相待，是一门重要的课业，但今天的教育基本忽略了这一课业。我们在这套丛书的编选、点评中，也期待在这方面有所为。首先从第一辑的选题看，《寂寞圣哲》整体上是思考人与社会的关系，思考作为个体的人与作为社会的人应如何更好地获取幸福与尊严；《怅望千秋》很大程度上是传承一种精神，那是伟大的唐诗精神——以李白和杜甫为代表的集傲岸与悲悯于一体、集生活与艺术于一身的高贵精神；《古典幽梦》引导阅读者在寻找真实中确立自我与环境、社会的关系；《夹缝中的历史》将广为人知或鲜为人知的历史大事或小事联类贯通，让阅读者从历史发现、甄别、揭示中获取真知。事实上应试能力也是人与社会的一种协调能力。如果把眼光放远大点，我们就能看到，每个人的一生都会遇到无数次的大大小小的应试。一个没有应试能力的人是不能容于社会的。现在的问题是，我们把应试妖魔化了。这不能怪应试本身，而应责怪社会对应试的理解过于偏狭，对中学生应试的操作过于单一。我们只是期待，阅读这套丛书的同学能获益，哪怕是从最基本的应试上获益。

序

黄玉峰

一个中学生的精神成人，少不了自主阅读。学会读书，养成读书习惯，提高读书能力，积累精神资源，一言以蔽之，读书做人，是学校的根本任务。而如今，基础教育已陷入了一个误区：一切为了升学，为了应付考试。学生只知读课本，做教辅，对课外读物很少问津。其结果是，我们的学生即使进了一流大学，仍然缺乏应有的人文素养，缺乏文史知识，缺乏怀疑精神，缺乏独立思考的能力。从严格意义上说，他们还不是一个真正的知识分子。

在这一点上，美国的基础教育值得我们借鉴。复旦大学附中学生汤玫捷作为交流学生去美国西法威尔中学高二就读一年。回校后，与我谈起在美国整整一年中的语文学习。那里的教师要求他们每天读40页书，一周200页，然后师生在课堂上共同交流阅读体会，发表不同意见，进行热烈讨论。当然，书目是由教师开的。就这样，在短短一年中，学生不但外语阅读能力大幅度提高，更重要的是锻炼了思辨力、论辩力，培养了怀疑精神、独立精神、自由精神，而且还直接了解和积累了世界文化史的第一手资料，为将来分析问题、思考问题，提供了坚实的基础。

我们是不是应该借鉴这样的读书方法呢？

答案是肯定的。其实，这种学习方法，在我们的传统教育中本来就已经存在。只是由于种种原因，我们自己把它抛弃了。当然，目前要恢复这一传统，要我们的学生大量阅读，还不现实。于是，怎么引导学生在有限的时间里尽可能读一些好书，这个问题就显得非常突出。

那么,读些什么书呢？虽然,当今图书市场相当繁荣,书刊多如牛毛,但其中鱼龙混杂,良莠不齐,这就需要教师作相应的指导。

"上海著名中学师生推荐书系——影响我中学时代的一本好书"正是为帮助中学生朋友解决这一问题而编写的一套系列丛书,这套丛书大体上说,有以下几个特点：

一、贴近学生阅读实际。这套丛书是作家、教师、同学三者通力合作的结果。尤其值得一提的是,在编写过程中,吸收了在读高中生的参与,这些市重点中学的学生的阅读体会往往更贴近一般中学生的心理需求,切合中学生的阅读实际。在栏目设置上也颇具匠心,比如每部书都有"师生推荐的 N 个理由",帮助同学迅速、全面地把握每部书的阅读价值；每部书都按一定的梯度组合成几个主题单元,设置"单元导读"和"单元链接",引导同学们快速领悟每单元的重点,了解扩展阅读的线索；每篇文章都有精彩语句提示及相关点评,使同学们在多层阅读、多重激发中最大限度地获取阅读快乐。

二、知识性与趣味性。这套丛书中的每一本书都曾以其丰富的知识和浓厚的趣味吸引着阅读者。《寂寞圣哲》中关于诸子及先秦历史、文化知识,《怅望千秋》中有关唐诗的产生、阅读、传播及欣赏的故事、趣闻,《夹缝中的历史》中的种种历史趣事及评价,《古典幽梦》中对艺术的追寻……都将充实同学们的精神世界,带给同学们许多益处。

三、文化性与思想性。毋庸讳言,并非每部来自中学生阅读现场的著作都具有文化性和思想性,相反,有很多恰恰缺少中学生所必具的文化与思想高度,而是迁就部分同学的低龄化阅读趣味和文化享乐心理。而这套书在选择推荐书目时,就着眼于文化品味,以提升同学们的文化与思想高度。

这里有两点必须说明：

一是这套书所推荐的书目,并不是十分完美的。事实上,对每一个读者群,都不可能有完全适合的读物。阅读从根本上说是个人化的行为,无论别人开出怎样贴近读者阅读实际的书目,最终还是要靠读者自己去阅读、去体会,从中得到启发,并不断扩展,最终形成自己有个性的阅读面。

二是读书与应试不应该是矛盾的,更不应该是对立的。我们深信,学会读书,爱好读书,养成读书习惯,不但能使人享用一辈子,而且对于学生面临的各种应试也是有用的。那种天天做习题的应试方法,其实是一种投机取巧的方法,看似有的放矢,却往往弄巧成拙,事与愿违。只有从根本上提高人文素养,才能在考试中高屋建瓴,应付裕如,稳操胜券。

愿"上海著名中学师生推荐书系——影响我中学时代的一本好书"能成为广大中学生朋友人生重要阶段的良师益友,愿所有阅读这套丛书的同学能收获良多。

是为序。

于复旦大学附中

波安轩

黄玉峰,著名语文特级教师。

■ 目 录

第三单元　重读古人

第四单元　书痕屐屡

单元链接

只有从根本上提高人文素养，才能在考试中高屋建瓴，应付裕如，稳操胜券。

黄玉峰

我们需要一些文字来开启心智，摧毁包裹在我们心头的虚假外壳。

我们需要一些文字来揭示美感，警醒占据在我们心头的轻视观念。

相对于课堂上苦口婆心的说理来，《古典幽梦》更直接，更可触摸，更容易被读者所感受。

李　郦

这就是一本具有大海意象的书，作者把象征大海的代表性品类介绍给了我们——无论是钟鼎碑帖、笔墨纸砚，还是历史风云、自然人性。在高中生活时读到这本书，是一种幸运。

陈文华

我从这本书中，得到了心灵的释然。在这本书的影响下，我的高中生活不再是一段可有可无的记忆。

吉乃博

幽梦之"真"

复旦大学附中 李 郦

读完朱以撒先生的《古典幽梦》，掩卷而思，头脑里面唯余两个字——"真实"。

朱先生是专门从事书法艺术研究的学者，在今天这个用电脑打印机代替纸笔的年代里面，这样的研究方向本身就值得我们尊敬和赞叹。选择是一种志向，坚持则除了毅力之外，还要有一份对于古代书法艺术和翰墨文化的热爱。在我们这个浮躁满溢的社会里面，书斋里的朱先生在研究之余却兴致勃勃地做起幽梦来，这梦里洋洋洒洒、五色斑斓，却无一处不透着刻骨的"真实"。

这"真实"来源于对生命本身的关照。我们有多久没有仰望苍天，去欣赏那蔚蓝天边的云卷云舒？我们有多久没有走进田野，去感受那黑色大地的包容万千？我们有多久没有洗耳倾听，去体会自然界的瞬息万变？我们有多久没有赤足而行，去接受大地源源不断地供给我们的营养？我们的鼻子是否在嗅到乡村的酸菜味时皱起了眉头？我们的耳朵是否在听到乡野的歌唱的时候表情木然？除了那些镁光灯下的欢呼雀跃，我们还会不会把目光投向那些低微地掩藏在世俗的尘埃里面的真实美好？——于是，有了那些文字来引导我们屡屡返璞归真。

这"真实"表现为沧桑变幻之后的坦然残破。杂草丛生的古塔犹如一枚锈迹斑斑的钉子，古宅的木结构房梁正在被白蚁无声地侵蚀，透过古桥桥板的空洞感到逝者如水，古寺的围墙虽然剥落坍塌却还是与外界竖起了一道清静的界限，落尽绿叶的古树佝偻弯曲却把人生的根牢牢扎住。谁还能见到积累在烛台上的百年烛泪，遥想当年西窗烛下的温书夜谈？谁还会触摸粗糙古厚的千年瓦当，回忆起那气势磅礴的汉代宫殿长乐未央？谁还对那沉没在历史长河里的古船满怀悲悯，希望它再一次回到大海的怀抱？每一件古物，每一处古迹，都是活生生的一段历史，我们如何爱它本来的面目，将它回放到历史和自然当中？——于是就有了那些文字来提醒我们处处古物沧桑。

这"真实"破除了人们迷信成说、忽视体验的思维定式。孔子为后世声名所累，生前又有谁向他投去理解的眼光？屈原被怀王所逐，最后投江，人们在赞美他爱国的时候，有没有搞明白他究竟把爱投向了何处？王羲之书名雄冠天下，谁能够捕捉住片言只语间的清逸之气直上九霄？南朝清谈风盛、服药风靡的时候，谁又能不再嘲笑北朝的粗糙，于那一尊尊石佛间拈花微笑？李白振袖走出了长安，谁又能在那激扬背后读出些许失意和无奈？朱耷为僧，王铎变节，历史风云变幻，谁能够抛却政治评价的言谈，以字读心？李叔同晚年出家，法号弘一，谁又能瞬间割断那凡尘俗世，化作满眼慈悲？对于前人，我们究竟了解了多少，是听取别人的意见，还是去追逐他们的文字和脚步？——于是就有了那些文字来劝慰我们时时重读前人。

这"真实"唤起了人们追寻古典、寻找自我的精神要求。铺一张雪白的宣纸在书桌放牧，据一管灵性毫羽信手泼墨，目见法书，心听天籁，一次一次的重复中感叹着书道之深，却始终不舍从现实此岸到艺术彼岸的漫漫求索。甲骨金文，是对天地和人类的宣告文字；竹简汉帛，是对官府和世俗的真实记载；宣纸书册，是对世界和内心的尽情表达。只有心中无碍，笔下才能流畅；只有心中无尘，笔下才能飘逸；只有心中无虚，笔下才能真实。微笑与哭泣，豪迈与感伤，激扬与中庸……谁说只有文章才能载道？谁说只有史书才能记人？那些展现在我们面前的龙飞凤舞，难道不都是一场场古典的牵挂？——于是就有了那些文字来为我们留下道道书痕屐履。

学生刚刚开始高中学习生活的时候，我们给他们一个作文题目，叫作《面对真实》。看到这个题目的时候，很多学生都一脸茫然。他们在字典里面找答案,他们转前转后、交头接耳。"真实"两个字,在字典里面的解释只是短短的一句话:"跟客观事实相符,不假。"面对这样的解释,他们是否能够展开思维的翅膀,交出一个精彩的答案呢?

在学生们步入成人的阶段和他们谈"真实",似乎就好像整天对着他们讲童话一样,不能被他们所理解。真话与谎话,十几岁的孩子自信还是分得清的,所以也懒得听老师的说教,心想着无非就是凡事要实事求是,不要夸大或者隐瞒。

但是"真实"这个词语真的就这么简单吗?在这个世界被虚假蒙住双眼的时候,每个人都会无意识地说着假话。一个人知道自己在说假话,或许还有回旋的余地,可怕的是人们把假话当作真话来说,语气却还很真诚。

是时候来重新定义一下"真实"的意义了。在确立一些东西之前,我们需要一些文字来开启心智,摧毁包裹在我们心头的虚假外壳。相对于课堂上苦口婆心的说理来,《古典幽梦》更直接,更可触摸,更容易被读者所感受。

学生刚刚开始高中学习生活的时候,我们给他们一个作业内容,叫作"练字"。面对这个作业,很多学生都不以为然,他们随手拿一段文字抄写了事,他们把字写得龙飞凤舞、潦潦草草。"练字"两个字,从字面上讲并不等于写字,但是他们是否能够体会出这两者的差别,平心静气地写下每一个笔画?

在写字写了这么多年之后再来和他们谈"练字",似乎就好像整天教他们如何用筷子吃饭一样,不能被他们所理解。好字与坏字,十几岁的孩子自信还是分得清的,所以也懒得听老师的说教,心想只要能把字写得让别人看得明白,也不一定要把每个字都写得漂漂亮亮。

但是"练字"真的那么简单吗?在这个世界几乎全被电脑所占据的时候,每个人都会提笔忘字、书写潦草。一个人羞于自己糟糕的书写,或许还有回旋的余地,可怕的是人们渐渐轻视书法,语气却还很平常。

是时候来重新重视"练字"的意义了。在确立一些东西之前,我们需要一些文字来揭示美感,警醒占据在我们心头的轻视观念。相对于课堂上苦口婆心的说理来,《古典幽梦》更直接,更可触摸,更容易被读者所感受。

在这种情况下,我们向学生推荐这本《古典幽梦》。

希望他们能在阅读的过程当中重新认识自己,认识世界,重塑真实。

触摸古典的丝丝清凉

复旦大学附中　陈文华

以前一提到"古典"一词，我的眼前总会浮现出阴暗的、凉飕飕的博物馆，各种古物散发着潮湿的味道，青铜器生生地而又冰凉无比地立在那儿纹丝不动，让人提不起半点兴趣。

记得刚进高中时，我总视一切"古典"为"食古不化"。那个时候，耳朵里不塞点流行音乐，手中不捧几本鲜亮杂志或是流行小说，就感到生活是多么百无聊赖。直到我们被"逼"从键盘前"退化"到用羊毫宣纸去挥斥方遒，才渐渐地从中品到了"古典"的韵味，才发现以前的自己太过浮躁，耳朵里塞满了太多荒杂。

在这过程中，我读到了《古典幽梦》。这并不是一本可以一口气读完的书，记得刚翻阅时，书中所提及中国古典艺术中的钟鼎碑帖、瓦当画砖、笔墨纸砚等字眼似一阵阵寒风袭来，让人接近不得。然而不间断地细细品味，也就渐渐触摸到了古典的丝丝清凉……

在书道中求索

"书道之海千年如斯，幽深而浩渺，书海中那些或雄强拙朴或清丽俊秀的墨迹，一如既往地风姿百态，风情万种，只是人生如此短暂，不能及其万一……"在没有阅读这本书以前，我对书法知之甚少。记得在念高一前的一个暑假，语文老师给我们布置了练习书法的任务，原本憧憬的高中多彩生活似乎因为这单调的黑白两色突然减色不少。于是我们从起初最简单的两张隶书、篆书字帖开始练起，到了开学时已小有进步，而之后又在老师的指导下练习××碑、××帖。不知不觉中，对书法的抱怨声似乎越来越少,寝室楼里洗出的缕缕墨痕也渐渐成了一道独特的风景线。而《古典幽梦》就像一位书法的启蒙者,它头一次将书法艺术的殿堂展现在我眼前,让我领略到黑白两色,点线抽象,居然会有如此宏大的力量和诱人的魅力,甚至超越时空,贯穿着不朽的精神价值。

魏晋的书法超逸清高,唐风则磅礴奔腾;王羲之、颜真卿、祝枝山、米芾、黄庭坚……世俗或超然,交替迭代,风起云涌。多少人生,多少朝代都随风飘逝,可这黑色线条征服的白色空间无论是遭遇水火兵荒、丧乱痛苦,都始终不见休止符,却像进入蚌体的沙粒拥有了无法磨灭的光芒。

作者说:"有这么一些人,把他们年少的纯真、青年的热烈、中年的沉稳和老年的安详,都付与了这奇妙的空间,承载起常人难以领悟的苦乐与悲欣,这是一种耐人寻思的过程,居然可以维系到生命的终端。"

王羲之活了58岁,将书法艺术由厚重推向清秀;王献之活了42岁,他不愿在父亲的名声下过日子,自创了"破体";颜真卿又以俗破雅,大气磅礴;柳公权"笔谏"出名,凛然大义……徜徉在书法长廊中,可以看到书法家们几乎是在用生命浇灌书法,"于苦行中隐逸大快乐,于渐悟中拥有大自在",这竟成了一种幸福。

然而从竞讲八法、铁划银钩,到不知南帖、不懂北碑,书道的高雅追求却渐渐被淡漠了。尤其是我们这一代手执鼠标,在键盘前飞舞的孩子,已经陷入了浓艳的色调里,使生命迷失于张扬的状态。高中的生活太过五彩,张扬的我们太容易停留在浮华的表面,无知地狂欢……或许我们才是最需要书法浇灌的一代人——当宣纸徐徐展开,鲜亮的墨汁在润泽的砚台里闪着光亮,房里漂浮着墨香,心境才会平静下来,耳畔才会安静,才会发现这黑白两色就潜藏在我们的心底深处,抵御着迷目的色彩和荒杂的声音,也让这高中的3年始终有块沉静的角落。

"岁月飘零,千年奄忽一过,而今读他们的墨迹,看着生命的忧患而美丽非凡,谛听着语言灵性地歌唱,就会感觉到生命的瑰丽内质,凭此可以走向辽远。"

你愿意打开《古典幽梦》,在书法中洗去自己的躁动与浅显吗?

赤 足 而 行

看书的时候,我总想,可能生长在都市是我们的幸运,也是我们最大的不幸。因为城市像一堵高墙,我们很容易迷失在自己小小的世界里,或是学业,或是朋友家人,笔下的文字同每天重复的日程一样总是单调而空洞。在读《古典幽梦》的时候,我却常常惊叹于作者的眼界与胸怀。从古典艺术到历史风云,从文化瑰宝到自然人性,饱含了一种责任感和使命感。从山东的孔府看到了孔氏后代在庇荫下的悲哀,从王羲之的墓园看到了魏晋时书法家们对个性的追求,又从长安的城门里看到了诗仙的毅然……甚至一块断碑、一块破简、一方泥土都折射出作者对中国古典文化的思考,对大自然的由衷热爱。

作者说:"人是需要不断找机会四处走走,感受与自己熟悉的家园所不同的气息,并通过不同气息的接纳,汰洗自己肺腑内的麻木、沉浮和无动于衷。"小时候,大人们常嘲笑学生分不清麦苗和韭菜,并经常作为典型的例子说明四体不勤、五谷不分的害处。而如今这个例子已经失去了警策的作用,因为田野和农村离我们越来越远。如果从未体验过底层的朴实和大自然本真的味道,而只是沉迷于校园小说、流行音乐或是双手双脚被捆于数学题、英语题,那真是十分悲哀。十七八岁的时候除了是学习的大好时光,更是开阔眼界、丰富自己的大好时光。《古典幽梦》打开了我的小小世界,我现在明白,"四处走走"可能是高中的我们最需要上的一课——走出课堂,赤足而行。在朴素的农村,可以看到农民承载生命的沉重和对土地的守望;在郊原,可以看到草木花草最原始的生长状态;在古乡古镇,可以找到最简单平凡的生活……

"和自然相比,人是短暂的过客,可是人以有限的智慧与自然交通,从中获得启示而开悟。这种无言的启示,弥漫于宇宙的任何一个角落。云飘浮过来,风吹拂过来,四季轮回过来,无不蓄藏着久远沧桑的灵性……"作者似乎把我引领到了一个更大的世界,让我始终都记着,要赤

足而行，去增加生命的厚度和深度。

"在许多时候，我们总像是海边捡拾五光十色贝壳的孩童，挑花了眼，在博大馈赠的面前，浮光掠影地捡拾一些寻常小贝，而那些具有大海意象、充满大海象征的代表性品类，却常常在我们的游移中，从指掌间流走。"我想，这就是一本具有大海意象的书，作者就是把象征大海的代表性品类介绍给了我们——无论是钟鼎碑帖、笔墨纸砚，还是历史风云、自然人性。在高中生活时读到这本书，是一种幸运。它告诉了我，做一个大写的人，应该从哪里开始。希望会有更多的高中朋友阅读它，喜欢它！

陈文华，2005年毕业于复旦大学附中，后就读于复旦大学。喜欢读历史、文化方面的书，但不喜欢过于夸张的写法，因此常选择文笔朴素的作家；喜欢与朋友聊天，但不喜欢没有氛围的聊天。

低吟的先知

进才中学 吉乃博

对于这本书,我不评价文采,因为我只是个孩子;我不讨论书法,因为我技艺还不够娴熟。我从这本书中,得到了心灵的释然。在这本书的影响下,我的高中生活不再是一段可有可无的记忆。

我不敢以书中的古典人物自比,但我读了这书之后强烈地感觉到,我的经历已被书中的一篇一篇所囊括。

当我因为违纪而失去许多的时候,我曾对这个世界失去了信心,感觉所有的人都在与我作对。我孤独地走在书架间,与此书邂逅。

一篇《千年一瞬》,那时的人,那时的宫殿,已经灰飞烟灭,朝代沉没,归于沉默。"一个朝代悄然无息地被潮水浸湿了",只有那石头上的笑容与柔美的舞姿,"百千万种,与虚空一时俱起,雨诸天华"。

真正长久的,不是利益,不是荣誉,"让我们也在虔诚的倾听中心清意洁"。于是,我接受了洗礼。

后来,我喜欢上了摄影,游走在花间树下。当那灰暗的心情被树叶间的一缕阳光照透的时候,我嗅到了花香,虫儿是那么美丽。朋友有时也会想不开,我总会用同样的方法安慰他们。感觉到了自己的身上有太阳的气息,我愈发感受到生命的意义。

我不断地读,不断地感受到古人和我的经历是如此神似,心中泛起强烈的共鸣。

后来我遇到了人生的第一次抉择,读大学是去北京还是去香港。去北京,我的未来也许会舒适地在使馆内度过;去香港,我的未来也许会在商海中泛舟。各有利弊,家人将决定的权利交给了我。我依然记得当时的苦闷,哪个都不舍得。抉择。

《走出长安》。李白是渴望功名的。当我看到文中"心灵包袱"这个词时,感到心中的澎湃。是啊,我是外向的人,虽然喜欢安逸,但如果我选择了安逸,我也许真的会因为自己或者别人的碌碌无为而恼怒,那就是我的心灵包袱。

"如果精擅笔歌墨舞的文人不以自己过人的特长去展示,反而想着换一种活法,这会是怎样一种不实际呢?"

李白是伟大的,他在生命的关口作出了自己的抉择;而将这道理讲给我听的,是《古典幽梦》。

最后我选择了去香港,选择了年轻的、充满激情与竞争的生活。我感到了由衷的愉快,也体会到了书中所说的"走出长安断断不是一件易事"。

人就是这样长大的。

不断地阅读,我面前渐渐展开一片缜密的思维,一种宏大的气魄,一个高洁的精神世界。

不去说对屈原投江的辩证分析是怎样的独到,也不去说将王羲之与平民写手对比着写是怎样的回味无穷,单是说书中的"把神圣视同平淡",已令我惭愧不已。

想想几年前因为一心追求学业,却忽视了心灵的修缮。现在看来,那时的我与释氏的清空净洁、庄子的清明虚静、儒家的清品高洁相去甚远,以致闲暇时写篇小说都不能做到"毫无挂碍、心静如水"。

那时的我将自己看得太高了,绷紧的神经使我迷失了真性情,援笔却无从下笔。想到此难免惭愧,与朱先生心中平民艺术的真谛——抚慰灵魂、安顿灵魂、以静穆清冷的意象去把握宇宙——相差甚远。

我来自中原地区的乡村,怎能忽视那来自田间的平民的感觉? 人是社会的人,无论怎样地返璞归真,最终还是要回到社会的。于是看到了书上的一个词——"生命向度":

"这种人生选择(男儿生不取将相,身后泯泯谁当评)与出家无异,纯属一己之追求,关键在于能否一以贯之。"

眼眶不禁湿润,我仿佛看到了一只沧桑而温暖的手,透过黑暗指向太阳升起的地方。强烈的共鸣。多年来困惑在我心中关于人生价值的思考,终于找到了最令我感动的表达。

我就这样得到了释然。

这难道只是巧合,让我遇见这样一本书?不,这是作者的洞察力,宛如先知一般将一切可能发生的事情都已经写在了书中。

仿佛是站在天国俯瞰地面的生灵,一切都是可以原谅的。这种宽恕,是对于未来的朦胧的预见——先知。

这本书不是为某个人而写,而是为很多人而写,不是适合某个人,而是适合很多人。在这本书里,许多人都能找到自己的倒影。先知所看到的总是许多人,因为他们有着宽广的心。

朱先生作为此书的灵魂,用自己的笔给了这个媚俗的社会风气沉闷的一击,故称之为低吟的先知。

我掩书感叹,感叹这世界的沉寂,感叹沉寂在这书中的未来,感叹未来的朦胧与清晰并存。朦胧在于人生,而清晰在于这本预知人生的书。后来我来到香港,躺在游泳池的水面上,脱下眼镜,看着四周朦胧的大楼及大楼上朦胧的灯光,我听到了水的低吟,原来生命就这样简单。

幽梦,是现实的反映,文王羑里演义,写下古代占卜之书《易经》。

古典,读史可以知今,司马迁狱中挥墨,完成了帝王之书《史记》。

我想我也许摸到了朱先生想法的边缘。

执子之手,与尔同行。

吉乃博,2005年毕业于上海市进才中学,后就读于香港理工大学,攻读工商管理学及工程学双学士学位。为人豪放不羁,擅长读书与反思,经常亲近大自然。

第一单元

DI YI DAN YUAN

返璞归真

老子曰:"五色令人目盲,五音令人耳聋,五味令人口爽,驰骋畋猎令人心发狂。"

我们现在正处在音、色、味无限混杂的年代,如何脱离精致而又喧嚣的生活场景,找回我们的视觉、听觉、嗅觉、味觉和触觉,于寒荒中发现生命真正的美感?

洗耳倾听

　　一个寒冷的冬夜，周遭寂然，我突然起身披衣，到书房去查一个资料。当我推开书房门的时候，忽地听到里面有声响。这套新的房子刚买下，十分洁净，又时在冬夜，理应是不会有声响的，我感到奇怪起来。当我看到书架上那闪着寒光的箭镞，顿时明白声响是从这里散发出来的了。这个箭镞是一位朋友徒步丝绸之路时偶然在乱石堆中拾到的，据他考是汉时物，就赠送与我。箭杆已全然腐朽无遗了，只有箭镞还那么坚硬和峥嵘，在沧桑巨变中疾飞千年。我想起了《水浒传》里孙二娘赠戒刀给武行者时所说的，"这刀时常半夜里鸣啸得响"，箭镞与此如出一辙。金镝飞鸣是它的生命本能，即使羽铩杆折，它仍然是那么不甘寂寥。我拈起箭镞看了又看，感到一种深深的失落，自然界有多少如此奇妙的声响，是什么使我们充耳不闻呢？

　　我可悲地发现自己的耳力在喧闹的都市里慢慢地退化了。不唯耳力，臂力、脚力都如此。就说脚力吧，以明人徐弘祖为例，他30年间屐齿不息，规范山水，直到双足俱废为止。现在我一出门就靠车，不愿踩自行车就唤"的士"，脚力日渐萎缩，路程一长，脚力的不济通常连带出心灵的疲惫。但是我关心的还是耳力问题，这往往是我在乡村住上一些日子之后，

古物有魂，古物有声，我们在观看自然的时候，同样需要倾听自然。

3

返回都市时必定要思考的问题。我到过一个高山牧场，高上云端的山顶却不料造化如此神奇，一剑挥出一片平坦广阔的牧场。除了众多的树丛、青草和牛，余下的就是寥寥无几的放牧者。人迹罕至，生活自然比较清苦，他们只能请我吃稀饭，就腌菜和苦笋。如果他们不讲普通话，我就完全处在一个无知的世界里。这儿的声响与城市迥异，我以为我的都市耳朵必须重新接受另一种声响的符码。几天下来，我的耳力得到良好的引导，原先感到深夜静谧无声，后来漫步绿树丛中的小道，才悟出这个世界也充满律动，一种全然山野风度的律动。当然，这也源于我在这样的环境里，没有喧哗和骚动，没有尘烟和异味，心绪自然淡若清溪，回到本然的位置上。加上那一段日子我处在惬意的闲适中，便有一种从未有过的轻快和体验。每天，我吃着十分清淡的饭菜，闲静地看几本书，要不就到户外随意散步，颇得逍遥行歌之趣。我的双耳在翠微深处机敏起来了。我听到环绕于牧场许许多多可以意味却难以模拟的响声，它们或远或近或疏或密传来，很亲和地为我接纳。有的声响是十分渺远的，好像是松针落地、水草抽芽，又好像夜鸟呢喃、夏虫振翅。这个空间太宽阔了，声息又太陌生难以把握，以致有种种神秘和诡异，使人恍恍惚惚。据常在山中修行的人说，到一定境界，尘埃落在针尖上也隐约可闻。可以说在这种青绿的环抱里，口福是没有，耳福却得到从未有过的礼遇。当我坐上来接我回去的小车时，这个本然的世界，眼睁睁地看着越来越远了。

千百年来，无数的声音在大自然茫茫的空旷中

古典幽梦 ● 上海著名中学师生推荐书系

是都市的喧嚣让我们双耳如聋，只有在回归了本真的世界之后，我们才能静下心来体会自然界生命的细致响动。

横纵流走,声之高下,都飘散在历史的苍茫里。有多少种存在,就有多少种语言,再微弱如尘的生命也如此。那些有灵性,或者汲满天地日月精华的生命:商彝周鼎、秦城汉池、唐书宋画,语言总是飞扬于大千世界。尽管岁月迁徙、朝代更迭,或长埋于地底,或损毁于风霜,它们的生命信息总是会通过种种渠道升浮上来,飘荡在任何一个所在,冥冥中为我们警觉和狐疑。这些声响多半来自荒郊野岭,地气越是古老陈旧,地脉越是苍凉荒蛮,这种声响越是活跃。在岑寂的西北,在广袤的中原,在许多曾经成为古都而今王气黯然的土地上,总是萦绕着与现代都市不同的气息、味道和韵致。尽管有些厮杀震天的古战场,当年尸横遍野、樯倾楫摧的悲壮景致已经湮没在历史的进程中了,可是那些活生生的人气,那羽檄如飞雨的进行状态,仍然无形地存留在这方土地上。在烟雨阴湿,在暮色苍茫,在晨光熹微时辰,都是这些生命信息最为生活的契机。到这些地方的人们倘真有好古怀旧之念,都会有相应的情绪萌发,声气相投,屏息感染沧桑的滞重。

在大学时我读欧阳永叔的《秋声赋》,只是赞叹它的文采大气,能够借秋声写出战场风云。后来,我是钦佩他倾听至微的耳力,听出了层次,听出了韵味,并模拟得如此逼肖。我还是不惮其烦地抄录一小节来共赏吧:"初淅沥以萧飒,忽奔腾而砰湃,如波涛夜惊,风雨骤至,其触于物也,铮铮铮铮,金铁皆鸣;又如赴敌之兵,衔枚疾走。"全凭听觉而信笔,可见耳力非同一般。能够伸入季节蜕变的交接处,敏感地捕捉那微妙的时令特征,肯定要汰洗其他芜杂

《秋声赋》中的听觉表现力为声音分出了层次和情绪,充满了画面般的动感,说的是听觉,其实是一种把自然界的声音景象化的高超能力,这是一般的混迹于都市的人群所不能达到的境界。

5

之音的进入的。这一点，声色犬马盈耳的周邦彦、柳永、温庭筠肯定无法企及。有一次我到北方，在一个细雨迷蒙的早春，由一位朋友陪着去看一处古墓葬，我们一人撑着一把伞逶迤而行，面对着的是被挖掘得千疮百孔、狼藉不堪的山坡。这里的盗墓掘坟之风由来已久，汉墓石室十墓九空。除了无语，还是无语，滴落在伞顶的雨点是那么沉重，似乎侵入体内，清寒透骨。这些沉睡千年的灵魂并不碍着后人什么呀，却在几百年间不断受到惊扰不得安息。活着的人用精明的脑袋瓜琢磨出的手段，轻易地遁入他们的寝室，盗劫一空或肆意捣毁一通才肯离去，现在我们就只能看到萋萋芳草覆盖下的苍凉了。我对朋友说，这些魂魄无着无落，你能听得出他们的怨艾和叹息吗？朋友说有时太烦躁，便来这里走走，气息明显是别一种，只是说不上来。后来我又去了几个地方，像乾陵、洛阳、麦积山、云岗，更是瞩目大凡有造像处，总有不少头颅不翼而飞，只剩下脖颈以下的部位。天啊，真是太可怕了。这些冷冰冰的石头原本是自然属性的任意形态，只是千百工匠倾尽平生技艺，凝聚一腔心血，逐渐地赋予人形、骨骼、血肉乃至栩栩如生的精神。这些石像的生命注定要比工匠的肉体生命久长，成为人的象征共岁月永恒。可是触目惊心，最富神采的也是最为精工的头颅不见了，哀大莫过于此。是什么人使它们身首异处，这种恶也做得太到绝处了。我犹如看到断颈处正在不停地喷涌鲜血。我不自觉地想起《山海经》中的刑天，他的头颅明明白白地为天帝所断，居然以乳为目，以脐为口，操戚而舞，毫无惧色。这些有灵性的无头石像的

所谓的侧耳倾听，其来源还是目光所到之处的触动，人为的破损或者是历史的沧桑，自然并不是真的无语，而是以残破发出控诉之声。

古典幽梦 ◉

上海著名中学师生推荐书系

6

魂魄也理应在山间、崖谷间奔走呼号，大放悲声。只要心灵默契，没有不惊悸万分的。

我所说的这些声响，目的是要与市声区分开来。该死的是我离不开城市，城市是我永久的栖身之所在，连同我的事业。市声使我意识到城市的存在，感到自己真是一个城市中人。与此同时，市声也在日复一日地损伤我的原听力，它们毫无顾忌地冲击我的耳膜，敲打我的耳鼓，不管你爱不爱，总是一股脑儿地灌进来，把你淹没，于是我对市声之外的接纳，耳力明摆着衰退。现在我住宅的前前后后都在装修，那些分得新居、陶醉得要死的主人正在分头施展自己的计划，比着谁制造的声响赛过雷霆。重锤撞击，电锯切割，电钻打洞，再加上众多民工大呼小叫，除非你把耳朵捂上方能免于痛苦。如果上街，市声的门类就数不胜数，如同污染我们的嗅觉一样，我们的听觉也同样走向茫然。啊，除了市声，还是市声！

从农村来城市上大学的时候，我这习惯了倾听自然之声的双耳促使我在荒郊租了一间危房，除了读书，我仍然像当农民那般敏感地爱风声雨声啁啾声。当一些有陌上意象游丝般的流动被我捕捉时，我会非常惬意，书也因此读了不少。耳朵敏锐时，我自以为可达极致，人行于山野、寒林、篱角、平芜、芳径，都有一种被浸润、融解、安息、抚慰的喜悦，思绪像月夜的诗篇那般安详。人原本就是自然的一个宠儿，有这种亲善感是自然不过的了。有好几回我在山路上徘徊，在原野上散心，清晰地听到有叫我的名字的声音，声音转瞬即逝。四处环顾不见一人，这不由得使我有些惊恐起来；即便有人，他们也根本不认

侧耳所听，不应是市声，市声已经弥漫在生活的每一个角落，应该以洗耳来拒绝。

声音就好像呼吸，所以一花一草的摆动都是语言，都是声音，人有人语，天有天籁。在某种程度上，天籁胜于人语。

7

识我呀。疑心的是这声音来得蹊跷，让你分不清是由哪个方位发出，又是哪一种生命的舒展。驻足沉吟，很快我就圆解为周围草木的摇曳、泥土的开合、水气的升沉、岩缝的伸缩时的话语。人的名字本来就是一种符号，好像我们称为"树"的植物，未必真的是"树"一样，只是为了辨认方便才安上去的。作为音符，自然界有无数种，浩荡野犷，缱绻清雅，在节奏、旋律、脉动交互中，也就完全有理由轻易地与我名字的发音如合符契了。出声是每一种生命吐纳的本能，未必就是真正呼唤我，肯定有另一种含意。这些原本都是我们的兄弟，可惜我太人化了，再也无从做一丁点儿的寒暄，徒羡如此自在的草木虫鸟浑然一体。这一点，诗人济慈和我有相合之处，请一起细读他的诗：

> 从不间断的是大地的诗歌，
> 当鸟儿疲于炎热的太阳，
> 在树荫里沉默，
> 在草地上就另有种声音从篱笆飘过……

最近的一次和自然交流是在大海边上，我的耳力得到了畅快的拥有，海涛对礁石的冲击，海风一阵紧似一阵地拂耳，巨伞般的木麻黄沙沙地絮语，沙滩随潮涨落的吞吐，听了美不胜收。我想，既然来了，不枉做一回自然之子吧，就在海边帐篷里住了下来，任如雷般潮声漫耳。可是没过多久，这些纯自然音律明摆着妨碍我睡眠的伸长。声响原始、单调，同时也太朴实了。也许千百年前的人理所当然地视此为

古典幽梦 ◉

上海著名中学师生推荐书系

安眠曲而安然入梦,轮到我聆听却只有默默地退缩了。我忧悲的内心自知亏欠的症结,与自然结缘的纽带,随着我的都市气加重,已经裂痕弥深了。

话说回来,都市气归都市气,我还是很向往荒寒之境,这绝不是我矫饰情感或过上了城市的好日子而说反话。大概和我青年时期十年的山野封闭生活有关,这个充满诱惑的驿站曾经使我成为地道的农民,还成为一茎草、一枚树叶、一块土疙瘩,宛如回到自然最初始的产床上,以至于后来不仅仅对于热闹有一种本能的躲避,在阅读诗文,还有欣赏书法、绘画、音乐上,也有如此偏向。我也时时提请自己考虑这是不是一种落伍的表现。荒寒之境除了可视,还有助于耳听,可以幻化出许多声响来自足。特别在热闹的都市久了,不由自主地翻动那些荒寒之作的次数就多了,捡拾这些昔日的痕迹作为心灵的补偿。这种自足行为是有些奇怪的,可说来也不奇怪,城市里什么都不缺,就缺这些冷的韵味、寒的格调,就缺萧疏、枯寂、清冷、幽远的氛围,必定催促我从旧日文本中找寻。作为城市,是与商业不可须臾分离的,这就注定了市声日益要繁华喧沸,而荒寒注定要被驱赶排斥,耳力总是偏听偏收,不能不是知觉上的一大抱憾。我依然品味着小时破旧老家的荒凉之境:夜幕拉开,目之所及都是黑憧憧的树影,一弯寒月勉强透过树丛,洒落斑驳的辉光。这个时候任何一点声息都难以逃逸,也滋养了听觉的伸长。这就早早种下了我喜欢荒野之声的种子,使偏好的态度落实在古今美文的取舍上,凡荒率、清幽、空灵者,则爱不释手,摩挲不已;镂金错彩、雕缋满眼者,则如大鱼大

下定决心洗耳倾听之时,也会遇上尴尬,生活在我们这个世界,已经不能随心所欲地回到原初的状态了,文章将之称为纽带的断裂,听不见是一种痛苦,听见了不能与之和谐相处,则是更大的悲哀和痛苦。

都市的繁华与荒寒之地的贫乏,从物质上面来说,前者更适合生活是毫无异议的。但是从审美的角度来讲,贫乏之地所具有的简单格调和萧索之美,则是前者所不能比拟的。

肉,唯恐坏了胃口而束之高阁。到了这种地步,除了山野行行重行行外,就是在古人书画中倾听笔墨的淡然,和视觉上的凄冷配合后,达到默契而心弦揪动。像荆浩、董源、关仝、李成、范宽的笔墨都是我深爱的,那幽深的崖谷、黝黑的山林、萧瑟的旷野、渺茫的天穹、兀立的孤雁,都可以在静夜中听出如清代画僧担当所说的"空谷音"。只是,我清楚地知道,这种逃避市声的做法是很无奈和狭隘的。"故旧有如林间叶,一日秋风一日稀",像我这样的年纪,理应投身到这部震耳欲聋的都市交响乐里,成为一名激越和疯狂的鼓手才是,怎么反倒生出如许感伤?!

都市交响昭示了一种现实,这种现实就是喧噪的文明。我的肉身已无法脱离这种现实,我的念想却祈盼四处飘游,精神和肉体不能同栖一处是很让人头痛的事。所以我意识到听觉还在四处受敌,就像一只很美好的皮囊,却塞满了太多的芜杂。我难以寻觅空谷足音般的生命蚁冢了,可是我一直在顽强地想一些办法来弥补,看能不能在自然亲拂下,稍稍回复到耳听的本真状态。我应该像古贤人那样,学会用山涧清流好好地洗濯双耳,濯去常年因市声摩擦、刺激而日益厚实的老茧,然后侧耳倾听——那已经远去了的感召。

古贤人许由的洗耳,是为了表示自己不出仕的清高,而我们今天的人,则是要洗却凡尘,回归简单真实的生活。

■ 赤足而行

　　夜已经很深了,我从一位朋友家中看完青铜器藏品出来,谢绝了他的执意相送,愿意自己慢慢地行走一段,顺便平息一下自己激动的心情。眼前是六月的原野,白天看来,整个原野一派葱茏;现在看来,则朦朦胧胧、影影绰绰,月在云中穿行,色泽因月隐月现而深浅不一。殷墟,这个带有远古意味的字眼,曾多少次让我梦中怦然心动,而今,我正在它的怀抱里。我在路边的一块大石头上坐了下来,抬头瞩望满天星斗,脚下却是如此苍老和深厚的土地。若把星空与土地相比,人们无疑会认为星空更有神秘感和诱人的魅力,它启开人的美妙想象,天堂不就是想象出来的么? 我们日日行走的土地则非常实在,黄土地也罢、黑土地也罢,都一如既往地朴实无华,色泽从未有过鲜艳亮丽。可是,自从中州大地不断有新的惊人的文物被发现以来,谁也说不清地下究竟有多少宝藏和奥秘了。它的扑朔迷离一点也不亚于浩渺的星空,甲骨的坚硬、青铜的威武、砖瓦的古朴、墓雕的深重、陶罐的黑泽,也许就在我脚下的深土层中隐伏着呢!

　　生活在这样的土地上,我们理应向土地感恩。

　　可是,从什么时候起,我与土地的情感逐渐疏离了呢?

　　"天"与"地"一向是古人在迷惑与冤屈时叩问的对象,屈原有《天问》,《窦娥冤》感天动地。天圆地方,"天"是未知的神秘,"地"却是双脚所踩踏的实在,人们经常会忽略自己脚下的东西,而朝着可望不可即的东西满怀憧憬,殊不知阿喀琉斯就是因为双脚离开了大地,所以才会失去了强大的生命。

问题的缘起是这样的。下午,我们的学术讨论告一段落,便结队去看一处古墓葬,倘不是殷墟的特殊含义,我们很难从原野上看出废墟的痕迹,天荒地老几千年过去,当年一切地表上的特征已经消失得无影无踪了。在列队穿过一条青草覆盖的田埂时,鬼使神差,来此之前才买下的一双新凉鞋,大概吃不住这泥泞的吸附,齐刷刷地断裂了。我只得弯下腰来,将鞋子扔到一边,挽起裤脚脱下袜子,赤足而行。脚下松软的泥土和草茎对脚板的轻巧撩拨,使我心里一阵阵发痒,总是忍不住要哈哈大笑起来;脚步随着田埂延伸,泥土干湿软硬程度的不同,传递给心弦一阵微微的悸动。我总是提防着脚下的泥土,生怕被荆棘草刺或尖锐的石子硌伤,我不得不提起裤管,两眼紧盯前路,高抬脚,轻轻踩下,如同小儿学步!所幸,我还是很容易适应这种突变的,待到看完墓葬返回,已经走得十分自在了。脚板与土地的摩挲,使我内心十分惬意,原野上那种熟悉的味道,也使我感到亲切异常起来。我犹如沿着梵高画中那条被旺盛小麦所遮蔽的小路走去,穿过别的麦田,前面是牧场,空旷无际。

我的眼眶里有了一种久违的湿润感动。

我招呼同行者,劝他们也脱下鞋子来体验一下,蛮丰富的呀!他们只是笑,无一人响应,并笑我犯傻。

这方如此有灵性的土地,因着赤足而行的契机,耿耿照见我已过的岁月,从哪一年起,我与土地隔膜呢?

原先我与土地也是分外亲近的呀!我当农民有十年之久,只要是农田活计,都是赤足而行。人在水

穿鞋和穿衣一样,是一种向前的文明,当人们习惯了舒适的鞋子之后,就不再愿意冒着被硬物硌伤的危险,光着脚和自然去亲密地接触,又何况在人退缩的时候,自然也在向后退缩,即使是赤足,也很难踩在真正的自然之中。

田中插秧耘草,一脚起,一脚落,伴随步履掠起一片片水花。那时节穿鞋是不合实际的,只有以自己的肢体来与土地交流,特别是深水田,只有自己的足感才能揣度其深浅。水田的深浅松粘不一,给肌肤传递的信息也就各自有别。以至于时日长了,上哪丘田劳作,人还在田埂上,那种熟悉的触觉已敏感地出现了。那时的人挚爱土地,尽可能少施化肥,大量施用农家肥,脏是脏了些,可抓一把在手似乎可以捏出油来。上山砍柴,穿草鞋不惯,穿解放鞋易于打滑,依然要赤足而行。如果遇上雨天山路溜滑,下坡时必两手紧攫前后柴担,十个脚趾犹如十枚钉子紧紧钉入泥泞的土中,走稳一步是一步。打磨久了,脚板便出现厚厚的发亮茧子,小刺儿扎不进,小石头硌不疼,跋山涉水健步如飞。天底下最懂得向土地感恩的就是这些古风犹存的农民,他们心甘情愿与土地厮守,这也使他们最深切地接受了土地之爱。

我中断了农民生活,理所当然地接受都市生活的召唤。都市生活初始我穿布鞋,后来就穿皮鞋了,"咯咯咯"的声响终日弹奏。我已经没有赤足而行的习惯了,怕被人看见了以为不雅,再说都市里也不易找到一块赤裸的土地。土地的胸膛在铺上坚硬的建筑材料之后,土地与脚板那种亲密无间的关系宣告隔绝,脚板被丝袜和皮鞋精心包裹,老茧退去变得稚嫩起来。

直到我重返农村,并在那儿住上一些时日,这种怀土情感才又苏醒过来。土地崇拜一直是古代中国自然崇拜的一个深刻组成,而后更多地为跘手跰足的农民继承,土地崇拜就是农民生命的一部分。社

崇拜是一种宗教的虔诚,我们现在就缺少这样的神圣感和虔诚感,人在脱离自然之后,开始以自我为中心,不再对出产物质,养育我们的土地产生任何的感恩情绪,最后模糊了自然和土地对于生命的最终意义。

火的漫漫履迹就是中国最普通农民参天地之化育、祈不断之福祉的一种实践方式。从感觉上说，它的形式逐渐脱离了祭仪巫舞这样的庙堂气，成为个人表白感激的自由形式。我当农民的年代，大规模的社火活动已经淡化了，可是"尊天而亲地"的古老情怀还是浓郁有如往昔。耕播的春日、丰收的金秋和围炉的严冬，他们总是带着无限的虔诚，在风水林中，在自家厅堂，向神祇祖灵祭奉酬报。袅袅香炷，他们眼前会浮现出一位保佑风调雨顺、五谷丰饶的农耕神形象，于是跪下磕头。农民最朴素的感觉就是没有自己。尽管被太阳烤得汗霜满衣、皮肤黝黑、筋骨酸痛，他们依旧认为满仓硕果都是土地赏赐的，自己不过是大地的守夜人而已。和这样的地地道道的、皮肤褶皱里沾满泥屑的人相处，我们是会很直接地感受到他们承载生命的沉重。虽然文化水平很低，但是那种原始的生命活力，与原始的文化厚实感紧紧纠缠，胶结得密不可分。和归隐的田园诗人所不同的是，他们极少有闲情逸致和参禅悟道的隐士遗风。他们太实在，总是一头扎在土地里出不来。他们叩询着我们生存的秘密。

可是，不知什么原因，渴望漂泊、寄情漂泊、鼓励他人漂泊的情绪飞扬起来了，人们开始厌倦家园故土，热衷独步异乡。"漂泊"当然是比较文雅的措辞，通俗些则称流浪。想来，漂泊情结是有根源可循的，远古部落迁徙就是明证，更不消说随季节逐水草而走的马背民族了。漂泊是为了更好地生存，也是为了开启生机。就如我所在的昔日殷都，就是盘庚再三说服贵族们，由奄（山东曲阜）渡过黄河来营建的。

古典幽梦

上海著名中学师生推荐书系

而在此之前,先王已有五次迁都的历史了。听父亲说过,我这一姓氏就是从中州漂泊南下的。我后来主动地翻了一些书,才知道汉代以后的三次人口大迁徙中,的确有大量的中州百姓和士人入闽。他们不仅使中州的传统文化习俗和民间美术南传,也给八闽带来了绚丽多姿的本土文明财富。华夏中土文明和闽土自然的灵气熏陶,文化心态就兼有中州的朴拙凝重和南方的飘逸灵动。后来,中州一直受兵燹之害,八闽则与内地相对隔绝,加之物产殷富,日子反而要好得多。现在有中州的朋友远道来闽,你请他们吃生猛海鲜简直是一种浪费,他们会把昂贵的红膏蟳等同于便宜的海蟹,又把稀罕的鲍鱼错认成牡蛎。其实他们的要求十分简单,大碗酒大块肉外加一摞馒头足矣。可见漂泊南下者是得到益处的。况且我们的至圣先师孔夫子也是一位漂泊好手,他55岁弃官离鲁,68岁离卫返鲁,凡14年间,带着他的门徒们周游列国。那时的漂泊不像如今有火车坐,全靠强健的脚力。不时饥一顿饱一顿,有时还遭山野之人羞辱。人们看着他们衣衫褴褛的邋遢模样,避之不及。他被人尊为至圣先师是很久以后的事了。他漂泊啊漂泊,南下陈楚卫,采风于淮、汉流域南方各部族,漂泊的目的除了传道授业,人格也得到了锻炼,适应了各国民俗,收集了不少民歌民谣。这可是一种饱含文化意蕴的漂泊啊!转眼间多少岁月飘零,那曾经多么平静、凝固、本分的土地,也在裂变和分化。当代的青年漂泊者极少持孔夫子这种古风南下的,他们厌倦了自己脚下的泥土,不愿再过农家生活,道听途说的外部世界,因此日益闪耀光怪陆在上篇文章论及"听力"的断裂之后,"乡土观念"的断裂也被提及。我们的生命当中,与古时、与自然,究竟还有多少这样的断裂?是什么造成了这种对于生命本源的淡漠无视?

离的诱惑。于是纷纷告别故土,到完全陌生的南方来。"故土难离"这句老话对青年漂泊者有如东风牛耳,只要想走,棉被衣服一卷即可开拔,走到哪里是哪里。心如无源之水,足如无根之木,步履散乱而又匆忙的过客,你撞见这样的面容,一下子就可以分辨出来。那一天我买了一台空调,刚运到楼下,马上有七八个青年漂泊者围了上来。他们个个身强力壮,给很低的价钱就会有人如护送国宝一般地护送到五楼。我最终还是自己动手。我自己有足够的气力,再加上我不知委托哪位漂泊者合适,他们都那么跃跃欲试。有大半天的时间,他们全在墙根下坐等、打闹,只是漂泊心灵上全无归期的念想。看着他们百无聊赖的样子,我心中难以平和:是什么使他们割断与故乡土地联系的脐带呢?

不管怎样,我自己决计增强家园感,增强对土地的感恩情绪。我时常有登高的机会,我把登高视为与土地亲近的最好方式。登高的时候,我每一步都是踩在真实的土地上的,它们陡峭而又凹凸不平,远不如走在平坦大道宽松,心力脚力的能量支付要多得多。可是这些没有人修整过的土地是那么的天然和随意。尤其是登临山顶,一屁股坐在草丛上或者全身放松地仰躺在铺满松针的山体上,看幽鸟相逐,清风与归,人和土地真有浑融一体之感。我会不由自主地想起卢梭,他一直热爱乡村生活,喜欢大自然和田园风光,他赞美阿尔卑斯山胜过对其他一切事物的喜爱。我又想起了我在农村不识字的房东主妇,她总是任几个小孩赤裸着身子在土地上爬来爬去,涂得浑身脏兮兮泥猴似的。现在我从另一个角度来阐释她,这正是培养人与土地亲情最原始的方法。而我现在只能用登高来延续我对土地的思念了,因为我已不可能再回到农村去当农民了。登高时的怀远、怀古,在远眺中那种崇土风习会疯长起来,还有什么比土地更多地赏赐予我们的呢？一个人如同一粒微尘,无论怎样飞扬怎样喧嚣,末了还是要落实到土地上。可是登高恋土,我的心一点也快活不起来,都市的巨大阴影已经投射入乡村的土地了,旷野的风失去了往日的醋畅。我耳畔响起斯本格勒那悲伤的声音:"巨大的城市把乡村吸干了。"我们除了感恩还得谢罪！我想起晋代文人王羲之诸辈的兰亭雅集,原本是要在土地山水亲和中登高畅神的,却不料最终只感到一场虚想的满足,使悲情相互生发感染。登高一场留下的兰亭组诗,都是虚幻的排解。土地有助于忧患的萌生,悲情源于土地。在我目极处,如小山一般的工业垃圾和生活垃圾堆积在土地赤裸的胸膛上,大雨刚过,垃圾山脚正流淌出铁锈一般的浊水,四处蔓延。而另一个方向,小砖瓦厂的民工正忙碌地掏土制砖制瓦,土地的胸膛上已剜出了很深的一个窟窿。有几次登高的经历,使我理解登高骋怀有不同的情感内容,周秦之际多半起亲情之念;汉魏之时兴乡国之恋;而至唐宋,则行友情之思和失土之恨。这大抵和国运之兴衰、纲纪之张弛有关,也与疆土失复不无关系。如今我们登高,呼吸这方土地芬芳而又清新的气息时,一定会惊叹都市的剧烈推进。我曾经惊讶 12 至 14 世纪的两百年间,伴随哥特式建筑的繁花怒放,英国居然可以推出 140 个新兴的都市,狂飙式地挺进原野。轮到我

"登高"二字原本就具有丰富的含义,作者有意识亲近自然而登高,却在最后遭遇了一种"寻隐者不遇"的尴尬。是什么让我们无法与过去建立联系？是什么让我们在面对世外桃源般的纯朴的时候,却无法消受？

第一单元 返璞归真

注视自己脚下，那真正含意上的土地情趣，正逐渐地转化为人的向往和依恋。人类纵有九天揽月之奇才，也无法创造出一分一厘的土地啊！

再一次赤足而行吧！要不然有一天，所有的土地都要覆盖上厚厚的水泥制品。到那个时候，我们的脚板就永生体味不到土地的亲抚了。

■ 走进田野

　　为了更快地回到村舍,我不想再走那条平坦的乡间大道了,而从这条青草覆盖的长长田埂穿过,可省时和便捷一些。更主要的是,我已经很久没有走进田野了。

　　只是,要通过这块田野,我要不时拨开伏在田埂上的一些快熟了的稻穗,这会使我手脚多少有些忙乱。越是进入田野的腹地,那种生生的、青青的味道也越发浓郁起来,我的四周都是由青转黄的稻谷波浪,这天我正好套着一件红色的汗衫,如果有人看见我,一定会觉得既醒目又渺小。现在除了田野的主人,一般的城里客人是不会再走上田埂的。自己这么突作奇想,大概也有一些缘由在内,是一种内心的需要吧。在我走动的步子里,不时有粉蝶和蚱蜢惊乍地跃起,稻穗的锋芒不停地摩擦着我的腿脚,那奇痒处我知道是蚊虫乘机对我裸露的部位进行了袭击。只是我没有停留,看不尽身边这些饱满充实的生命,一直延伸到深处。

　　对于田野的感觉,我想用"朴素"二字来表示我的思索。我们在不少文章里读到"土得掉渣"的形容,实际上就是以田野的本质作比喻的,只是这种比喻带有深深的贬义,让人听了不是很舒服。如果田野不朴素而花里胡哨,我们还真推测不出有什么结

强烈的色彩感,却有着不和谐的潜台词——暗示了自己城里客人的身份,在田野里面显眼而不自然。

理解土地的关键词就是"朴素"二字。在当今，社会似乎美得天花乱坠才会吸引人的眼球，而每日微妙变化，将一年化作一个轮回的土地，却常常被人们所忽略。究竟什么样的美才是真的美，每个人都会把"心灵美"挂在嘴边，却在行动上背叛和忘却这样的美学原则。

所谓的"翁仲"原来指的是铜铸或者石雕的偶像，后来指的是墓前的石人。翁仲会在田野当中出现，便是带有了流离颠沛的故事，是什么样的原因才会让稳固的石像也像树叶一样随水漂移？这样的联想放到了人的身上，又该是怎么样的一种沧桑？这样的暗示，仿佛还是为了说明那最古老的言语，一切终将归于尘土。

古典幽梦 ◎ 上海著名中学师生推荐书系

果。我见过花鸟市场上的五色土，一块块五彩果冻似的，一浇上水，晶莹剔透，又颤巍巍有弹性，象征性地插一两枝花，可没多大用处。我很早就接受关于田野的常识，知道朴素而有为正是田野的过人之处。小学时代有三个年头，我是在农村学校度过的，田野从四面包裹学校，坐在教室里，一抬头就可以看到窗外田野的景象，不是禾苗拔节了，就是扬花吐穗了；不是稻穗金黄了，就是收割停当了，真有点像万花筒那般，最终又转回到原处。后来我才知道这就叫轮回。四季轮回，朴素的田野也跟着轮回。人们总是在轮回里，从田野博大的胸膛上，收获着劳作的硕果，使希望变成现实。当田野上北风席卷、人迹杳然，是免不了有荒衰之意的，转瞬之间，无数生命走完一个流程，已经消亡。可是用不了多久，更旺盛的生命又在这朴素的身体上生根发芽，田野又一次披上绿色的衣裙。对此，人感叹看不到自己生命的轮回，可是我们看够了庄稼的轮回过程。生命如四季又绝不是四季，每一个轮回总是呈现出许多新的变化，再不是旧时面貌。如此朴素的田野可以幻化万千植物的动人色泽，滋养苍生经久无绝衰，这就是永恒吧。

在田野上，总会被一些景致吸引。有好几次，我就轻易地看到水田中的翁仲。估计这里原本不是田野，而是神道或别的什么通途，而后成为田野，这些石像就被人遗弃了。有的田野中还矗立着古碑，只是刻痕斑驳，一俟夕阳落下，古碑在田野上就毫无庄重可言了。有一次我还看到了一对双翼辟邪，座台高出田野水面，可惜双翼已经风化得不成样子，不得腾空而去。至于田野上的坟茔就更多了，长年投身于田野的农家人，终归要化为田野上的尘泥，这也算得上是最自然的安息了。这不禁使我想起许多共同点，以前有多少名迹、肉身，禁不住春雨霏霏春草齐，零落成泥，都化为松软的田野。而今则步步紧逼，要将广阔无边的田野改造成都市。现在我们要看到田野，呼吸田野特有的空气，非得跑那么一段路途，才能把都市气息驱散而换成皋壤韵致。我们总是说农家人是田野的守望者，长久的守望，他们更多地具有了泥土那般的朴素性质，更憨厚自然。田野和他们，可以互为对照。有时候人不在水田里，便托付给稻草人看管。稻草人是农家人的影子，也算是一种象征。如今的稻草人是做得比以往洋气多了，甚至用多彩塑料袋剪裁包裹，那摊开的双臂有如善舞长袖，被风一触动就飘扬起来。家中有读书的小孩，还会给稻草人的面部施予颜色，这对于鸟雀来说，多少有一些吓唬作用。那些石碑、石兽，总是常年纹丝不动，凝固在岁月的模子里。稻草人就灵活多了，是田野颇为幽默的一笔。我不知道稻草人始于何时，但在这么长的时间里沿用无衰，对鸟雀亲和的提示，也是体现了农家人一种很温和的情调。

我们会从田野的驳杂生物得到暗示。在田野里，除了人以外，大若牛羊，小若蚊蚋、蜉蝣、蚁蠹，都有自己存活的空间。有的浮游于田中水面，有的蛰伏叶片之上，还有的忙碌穿行于湿润的草丛根部。生命短若蜉蝣，数小时就终结一个生命周期，却也不会被田野抛弃。让我们张目可见的是田埂上那些卑贱又顽强的野草，它们的身体似乎不可能被摧毁，有

田野之"野"不仅在于空旷，还在于野性，能让人体验一种从视觉释放到生命释放的享受。

21

时不经意就侵入了稻田,总是会被农家人连根拽起或用宽厚的脚板踩入泥中,眼见着遭受了灭顶之灾。可是用不着太担心,过不了多久,它的叶牙又会浮出水面,再展新绿。这些没人管束同时也没人关照的野草,只是随季节而青黄而荣枯,它们的生命真值得我们歆羡。也许会在某一个季节里,我们看不到庄稼,看不到辛劳的农家人,可我们绝对看得到萋萋野草。眼瞅着江南的冬日也暖和起来了,四季越来越适宜野草家族的繁衍,它们和田野不可分离。我在当农民那会,人多地少,无太多农活可做,于是总会有一批人专门在田埂上芟除野草,拔得一根不剩,露出土的本色来。这是人的一种百无聊赖的状态,消灭野草的生命,也浪费自己的生命。如果无碍于庄稼,我想最好别和野草过不去,没有野草,也就没有野趣,那还是田野么?

在田野上走久了,会觉得很累。同一个季节的色调是一样的,庄稼的高度也是一样的,除了走动摩擦的声响,几乎没有其他悦耳的声音。这时会让人想起日日重复的生活,不免生出一些单调的感觉。其实,就是眼前的田野也如此,昨天的田野和今天的田野,几乎没有什么差别;而今天的田野较之明天的田野,差别也还是难以用眼力抉出。生命不可能如万花筒似的每天都有眼花缭乱的巨变,那样的生命虽然花哨艳丽却极不牢靠。只是过十天半个月看田野,就品出渐变的韵味了;颜色深浓一些、枝干老道一些,一切都在不知不觉中转化。我们爱说生活啊每一天都是新的,这当然是文人斯文的一种装饰。农家人不会说这类话,同一个意思经过他们的嘴,就

农人与文人的两种视角,恰恰来自不同的生活经历,每日想着什么,就自然反映到了行动当中。"上一个"是实在,"下一个"是浪漫,现实中有艰辛,浪漫中有诗心,哪一种更畅快,哪一种又是生命的质朴?

成了这日子不赖。这总是和庄稼的长势联系起来说的。尤其是庄稼收成的那一段时间里，往往清晨出门，先把手举至额前观察天象，他们眉宇间明晦卷舒，和天象是一个神色。这时最怕一天一个景致，最害怕阴阳无定，他们无需浪漫只求实在。有意思的是城里人说向前看，农家人却喜欢向后比。祈盼收成，会说要有前年那光景就好。他们无从向前比，前边虚无得很，只有过去的日子实在可抚摸。记得有记者问文人：你认为自己写得最好的文章是哪一篇？文人无一不是说"下一篇"。农家人才不这么玄虚呢。持守于田野是相当艰辛的，就如同我们持守于讲坛、书斋，当农家人叉开腿弯着腰把一株一株的秧苗摁到泥水中，就如同我们一个字一个字地填着稿纸上的格子，只要稍稍嫌弃单调乏味，也就农家人不像农家人、文人不像文人了。在这个变幻莫测的时光里，人们总是羡慕别人的生活、待遇、职业，生了游移之心，好像自己被生活亏欠大了，也就难以持守如故、一以贯之。如果真要把生活中的浪漫和现实相比，现实还是比较接近生命的本来状态的。漫不经心地在田畴上行走，会看到扬花的美妙和粉饰，蜂拥而蝶舞，文人又禁不住诗心大动了。农家人却不动声色，那神情分明是到了秋后才见分晓。

　　曾经见过初冬时的田野。当所有的作物归仓后，田野就显得衰败和空寂了，残余的茬口偶尔迸出些微弱的绿芽，总是那么地弱不禁风，稻草则散乱一地，有鼠、雀在寻觅遗落的谷粒，衔着回巢以备漫长的冬季。农家人开始了一年的休假，忙着过冬、祭神，聚在一起品尝自酿的米酒和香喷喷的红烧狗肉。

这是真正的走入田野，观察点的变化使作者置身于描写对象之中，文学角度的凄凉伤感，在现实角度却是蓄势待发的收藏，文章当中对两种视角的对比描写，正是点明了从何而返，归往何处的主旨。

而此时的田野任寒风掠过,已经没有任何稻浪随风起伏了。这时候的田野在文人眼中是感伤的,有如弃妇衣衫褴褛。没有绿意的田野如同没有青春的容颜,不长庄稼的田野是何等的丑陋啊。不过,走入田野的腹地,还是可以清晰地看到一些等待的迹象,在默默地积蓄着力量和养分,待严冬过去立春到来。田野的承受也是很有限度的,不可能无休止地付出和赐予,面对越发稠密的人口,田野多少有些力不从心了。不难看出原本肥沃得可以流油的田野,无奈地贫瘠起来,它上边的庄稼总是长不好,入秋的稻穗还稀疏得如同轻飘飘的狗尾巴草。田野这种毫不掩饰的情绪,代表着一种生命的意义,任何透支和索取都是得不偿失的,曾经有过的收获也会化为乌有。这方承载万物的田野,有自己的心气和脾性,也有对于人回报的特有方式。这一点,老一辈农家会更敏锐地收到这种信息,从泥土的气味里,从行走的脚感里,从犁耙翻卷出的色泽里,找到某些或忧或喜的征兆。他们比青年一代更深地理解和热爱田野,关注田野之变,就像老中医号脉那般,自己心明如镜,却难以用语言传给子孙。

我们说田野离我们很近,缘于桌上三餐离不开田野的赏赐;我们说田野离我们遥远,因为都市不能容纳这种相悖的气息和情调,文明的推进,让田野远离都市。小时候,老一辈的人曾经嘲笑大学生分不清麦苗和韭菜,并经常作为典型的例子说明四肢不勤、五谷不分的害处。当时,田野离我们很近,麦苗韭菜不分显然是说不过去的,如果目力不济,用手抚摸也不难找出差异来。没有两种葱郁的生命叶片会

古典幽梦 ● 上海著名中学师生推荐书系

文学上歌颂的田野并不是真正的田野,只有现实中直接触摸到的土地才是真正的田野。

是同一种感受的。只是,你一定要走近田野,这不会太为难一个读书人吧。如今,这个例子已经失去了警策的作用,离田野愈远,这类笑话也就愈出色,牵涉面也就越广泛。随之而来的是麻木和无所谓,认为这并没有什么羞耻。像我这样曾经当过多年农民的人,自以为熟悉了田野草木,可是我的孩子就吃力了,教科书也罢,影视也罢,看似懂了,来到田野上依旧混沌不开。就好像都市里唱着田园牧歌,要腔调没腔调,要意境没意境。田野之于都市,是本原与进化的关系,看来只有一步之遥,可真要作底层的体验、本真的品味,还真的要走进田野。

　　走进田野,就是走进了我们生命的本原。

埙声在苍凉幽远中

当我回到这方阔别的土地，中间已相隔 20 多年了。我怀着一种情怯的态度提出，要去看看远山深处当年耕山队开发出来的田垄。可是陪同我的本地朋友淡淡地说：别去了，那几块田早就荒芜了。我不禁一阵沉默，而后是惆怅。那片曾经作为样板的土地就这么消失了吗，连同那苍凉幽咽的埙声？我们曾经在那儿打下不少木桩，搭起简陋的棚子，铺上凉席过夜。这里的山猪特多，总是在夜间出没于番薯地和稻田里，守夜者只好不时地敲敲破脸盆，面对大山"呕呕呕"乱吼几声。土根老汉是村上的单身汉，没有牵挂，守夜总是非他莫属，然后搭上几个知青。天色昏暗下来，炊烟和熏蚊子的艾草苦涩气息就袅袅而起，随风游移。晚饭过后，土根老汉是照例要吹一阵子埙的。他那十个粗糙干裂的手指捧住那个小粽子一般的陶制乐器，沉浸在陶然之中。土根老汉不是北方人，奇怪的是所吹的曲子不是信天游就是走西口。埙声在两山夹峙中呜呜咽咽，听罢真让人愁肠断煞。如果是一弯寒月，勾出远山的剪影和清流的闪动，埙声就加倍的凄凉和愁苦。<u>土根老汉很认真地对我说，埙是主悲情的，吹什么曲子都有悲凉味。特别在寂静的夜间，流走于空旷，眼泪都会掉落下来。</u>

土地之荒。

土根老汉已经不在了,连同他那揪人心肺的埙声。许多年老的田野守夜人也都不在了,他们在土地里泥泥水水一辈子,最终又安然地回到土地的深层中去。我忽然发觉我与这片共命运的土地的血缘已经断了。陪同我的人我不太熟悉,主要是他们的言语已经没有父辈那种质朴和实在了,他们与我20年前烙刻在心底的印象相差甚多,似乎不再是半夜几次起来给牲口添草料或到某些水口看水的人的后代,也没有冒着瓢泼夜雨到溪边加固风雨桥、为多开一二分地而点着松明夜战的激情了。他们比父辈在形象上要文雅得多,口齿也伶俐,没有一种风霜感和汗酸味。我虽然为对不上号而惆怅,可我能说什么呢,我自己不也是属于那种过渡性的人么?就算这次顺道而来,也只是怀旧、礼节性走访而已。我其实是没有什么资格来谈论这些农民的后代的,他们想过与前辈不同的日子,这种想法并没有什么不好。

我所惦记的是他们的父辈,曾经是我青年生活中的第一位导师,对此我长久地感念不已。刚来这片土地的时候,真像在古铜色的群像中投入了几个白种人一般,城市气加之学生味,与这里的地气人气恍如隔世。生活的严酷和现实,用不着买什么教科书,光是村声村气的熏炙,人眼见着就土里土气起来。生产队长本田大叔是用本色农民的那一套来锻打我们的精神和肉体的,他本人对自己的子女就是如此,谈不上什么温情,把他们都赶到农田里去劳作就是最大的温情。知青也罢,村里的学生也罢,只要在他手下,时日久了,没有不变成一块结实的土疙瘩、一把锋利的镰刀和一架厚重的犁耙的。本田大

老人之逝,埙声之无。

第一单元　返璞归真

血缘之断。

两代农人之间已不再有互相联系的东西,让人不由暗生悲叹。

27

叔自身就是不知疲劳的样板,直到他彻底倒下为止。三两年后,当我走在出工的农民兄弟当中,已经没有什么区别了。我学会了用娴熟的土语交流,大声地说笑和嚷叫,特别是用土语来念一些他们自行创作的顺口溜,那真是有醍醐灌顶的透畅感。我好几次想用音标给记录下来,可总是失败,变得不伦不类,没有泥巴和农家味道。我的肌腱慢慢地变得坚韧起来,手力肩力和脚力已非往昔可比。<u>更突出的是在我的感觉上,有一种丝丝入扣的融合,不光和农民,也和这片土地上的任何一种生命。</u>我曾经独自一人清晨出发,跋山涉水到另一个公社去为生产队办事,其间间隔一百余里,我除了带一顶斗笠,再就是一草包蒸饭。水是用不着带的,沿路都有清澈见底的泉水。由于途中的几个林场已撤销,久无人走的小路荆榛覆盖,葛藤舒展,时有禽兽的叫声隔林传来。我当然没有害怕,只是一个劲地赶路。我觉得我与周遭葳蕤的草木及荒僻枯寂的山体是浑然如一的。我就是它们这个大家庭中的一分子,毫无疑义,就如同一瓣野花、一束松针或一片飘落下来的毛羽。这使我行走时非常充实,如在自家庭院,甚至在经过一片乱葬堆时,我也感到这种形态的亲切,想着这些化成泥土的人们,不由坐下来歇息一会儿。

说实话,当初这些大地的守夜人对我们进入他们的家园并不乐意,尽管上头叫他们要欢迎我们去,可是从他们那不会表演的脸色上,从和你谈话时的声调里,你都会发现他们骨头里本能的抗拒。农民是最彻底的现实主义者,这里已经够贫困的了,又有什么义务要从牙缝中抠出一份份口粮给这些外乡人

走入田野才能感受真实,参加劳动才能体会融合。

大地守夜人的抗拒其实非常自然,这就涉及我们一直在强调的两种气质、两种观念的冲击,原初之地对于现代文明的抗拒就是出自本能的,这里面有不理解也有不认同。

呢？一亩地就是一亩地，决不会因着我们的涌入而长出两亩地的粮食。学稼伊始我们什么都不会，工分就理所当然被压到最低，甚至低于他们的婆娘，谁不具有农耕本领谁就没有饭吃，衡量的标准是很清楚的。我是后来才发现这种现实性的根源的：识字者极少，走出山门的更少，没有人见过大海。他们缺乏体恤他人的情怀，可这种实在性却使人性像泥土一样朴实，绝无捣鬼奸诈一类事件发生，一日里谁与土地亲近时间最长，他在记工本上的分数一定是最高的。他们有的根本不知道领袖的名姓，却像熟悉自己的手指头一般地熟悉每一丘田的气脉，不翻历书也知道 24 节气的具体时日。这些见了上头来的人连欢迎词都说得磕磕巴巴慌里慌张的人，对于自己耕种的土地却有着说不完的心里话。他们中不少人有病，却从未到过卫生所，不是硬扛着过去就是抓几把草药来熬熬，一下到水田里，好像病痛都随之消失了。由此，他们对于城里人动不动就伤风感冒表示极大的鄙夷，在他们眼里，那能是病么？这种对于土地的悉心照料，总是要到了冬日的最后一茬稻谷归仓，旷野上卸去重负之后，精神才得到缓解，有工夫从容地坐下来轻松一下筋骨，杀狗喝酒划拳，品味一下收获的喜悦。

种田人因着和土地的亲善，也就最全面地接受了大自然的赐予，不仅有侵蚀肌体的风霜雪雨，也有利于身心的清新空气和悦目的苍翠景致。可我观察过，他们对此毫不知觉，也不见美学裙裾飘起。如果说有兴趣的话，那就是希望自己付出的辛劳能够化为黄澄澄的稻谷，丰稔或者亏歉，才是心头所系。他们心中当然各有神灵,崇尚神灵、敬畏祖宗、感恩土地一直长久不衰。在厅堂的香案上,有各种不同来路的神灵供奉,不知神灵名姓,只是置于厅堂,就有了一种安全感。每到耕作的重要关头,祠堂里无不香火缭绕,一面是自身的孔武有力和对农事的虔诚,另一面则是对无边法力上苍的祈求,种种来自冥冥之间的暗示或感觉,都会使他们敏感或战栗起来。自己的力量和四季的周始、天地的律动相比,实在太渺小和单薄了。心灵上必然要求助于非人力量的支援。村上有一位单身老者,是承担种种异相解释权利的,如风水林的走向形态、村庄上空的云霓气象、夜间拂过的声响乃至祠堂香案上的裂纹,都可以成为他剖析解说的主题。总会有人下工时不忙着回家吃婆娘摆好的菜肴,拄着犁锄听他娓娓道来。有人恭恭敬敬地为他卷烟,双手递过去,擦火,然后肃立,一句不漏地聆听。有好几次我旁听时差点笑破肚皮,心想天底下居然有如此奇谈。可是谁又忍心去拈出其中的破绽呢? 他们太劳累了,难道不该让灵魂有片刻歇息,享受片刻离奇乃至荒唐的美妙么!

　　这方土地离大海过于遥远,这也是我一直认为他们过于刻板木讷、眼界狭隘的一个不可推卸的原因。城市文化的那种扩展精神,我一直以为导源于航海或游牧的气质,请读拜伦的诗:"在蓝色深海的欢乐的波涛上,我们的思想也无边无际,我们的心怀也自由得如大海一样。"这是见过大海的人才有如此手笔。可我的农民兄弟对于大海几乎无从想象,也几乎没有品尝过鲜活的海产品。海货的鲜活状态从来不曾目睹,掌握的海产品名词也就都含有风干或

古典幽梦 ◉ 上海著名中学师生推荐书系

者腌制的色彩了。比如他们不会说虾、墨鱼和带鱼，而是说虾干、墨鱼干和咸带鱼。可是，要见到这些标本还是很困难。只要我回城，他们总是嘱咐能否给他们带几只墨鱼干回来，逢年过节珍惜地剪下几片放在锅里和其他菜肴去熬，气味一飘出来，这一餐在村里就显得有品位了。他们终年困守在小山坳里，对土地无所不知，而对大海不免要闹出一些笑话来。有一回我探亲回来，带了十几只蒸熟的海蟹，分送给几位交好者，那红透了的蟹壳和齐全的大螯小爪是很诱人的。不料过一会儿，他们又原封不动送回，缘由是对那张牙舞爪的形态表示畏惧，还有也不知从何下手。他们擅长征服凶猛的野猪和灵活的山麂，却在这无肠公子面前束手无策。这就好像没有到过海边，你如何模拟大海的壮阔和涛声的澎湃都无济于事一样。由于没有对比，他们的心态总是平和、安分居多，就是歉收之年景，也不怨天尤人。夜里，会在房前屋后的石阶上默默蹲着，一袋接着一袋抽烟，几点星火明暗，伴随几声深深的叹息。一切都那么静，静得令人不安；一切又都那么平淡，平淡得令人沉重啊！

　　我曾经有过的城市梦，似乎在乡野的风雨中全然摧毁了。在田间走动，我觉得我就是农民一分子，城市离我很陌生，甚至觉得当农民没有什么不好。可是，当我回到沿海老家探亲，多年筑起的农耕防线就被城市的温馨冲荡得七零八落。根在城市的这个念头如荒草疯长而茂密起来，为此我每每超假迟归。都市的诱惑力太大了，人们无须冒着酷暑烈日晒脱几层皮，无须在无遮无拦的旷野上任风霜雕刻而陡

对比让人进取，对比也让人浮躁。没有对比虽然少掉了前进的动力，但是也在生活中不易迷失，踏实做事。

既然是梦，就会在真实中醒来，乡野的魅力和力量让城市的华丽显得不真实、不踏实。但梦本身是轻松而具有诱惑力的，让人不住地迷恋，并不能干脆明了地脱离。

31

然老了10岁。对于安逸的向往是人的本能,心灵与城市文化契合使我有过的田间梦想黯然失色。从这个向往出发,对自己事业、生活乃至归宿,都会有一个截然不同的方向。这种念头使我为自己开脱:农耕文化的母亲一定会养育出一批自己优秀的儿子,养育出忠诚于土地的恒久而广阔胸怀的后代,由他们继续吹响守夜的埙声吧。而我自己,不过是他们暂时抱养的儿子而已,我是仍然要回到都市母亲的怀抱的。正是在这种情绪的浸润下,我那曾经坚固的农民心理的城墙一片片地被剥蚀,体内储藏的农民意识也日复一日地减弱。终于有一天我离开了这个群体,离开了这片曾经留下我青春容颜和血汗的土地。直到许多年过去,我偶然遇到一位村民,他风趣地用土语和我寒暄,我也想了一句很投合的土语要使这个相见场面的气氛活跃起来。可是,这句土语哽在喉头上,无法像往日脱口而出。我内心有些酸楚:和这片土地的人的缘分薄如一道屏风了。

岁月在不知不觉中掠过,都市的温馨和闲适中,有时我的脑海也会袭过一阵不安,对于给予我筋骨和毅力拷打的这片热土,我是会随着岁月的远去而益发感激的,因为事实证明在后来的生活里,我比较能吃苦,也不在意他人背后的指指点点,我行我素地朝着艺术人生的目的靠近。甚至越往后,一些细枝末节的情景越是会清晰起来,成为我经常咀嚼的主题。我曾经多次地祈望他们的生活过得稍稍好一些,劳作稍稍轻松一些。他们是植物的人,土地是精神的故乡,土地是不能没有守夜人的。后来我发现事态已经超出了我的意料,亘古未变的农耕生活已

酸楚来自自身的主动脱离,也来自自身对最终文化归属认同的迷离。

古典幽梦 ◉ 上海著名中学师生推荐书系

经翻向了它的最后一页，这片土地上的人们思想出现了极大的裂变，家庭中父子间已有了难以弥合的代沟。下一代不仅见到了奔腾浩瀚的大海，还有极个别人全然抛离了这个家族的怀土情绪，漂洋过海到异域去了。怀土及怀山林、怀清流的情绪，在农耕后人躁动不安中日渐淡远。土地一如既往的色泽远不如外部世界变幻着的灯红酒绿惹人喜爱，与长辈固守家园热土悖反的是漂泊情绪的飞扬，城市生活成为热烈的追求。

尽管我当初是郑重、正式地向田野告别，结束炼狱而投入城市新的旅程的，可是我还是没有资格来责怪这些农耕后人抛舍土地的漂泊情怀。否则，仍然要显示出自己灵魂的虚伪。在这个问题上我素来缄默无声。只有在体内残留的农民意识觉醒时，我的思考会伸长到往昔的旷野上，触摸到山风摇曳的青青禾苗，那不绝如缕的埙声也将随之在思路上幽咽响起。我想，尴尬的局面在不远的将来一定会逼近我们，并且要我们回答这样一个问题：

"今后，谁来为大地守夜?!"

全文悲凉的基调，在文末以迷茫的问句收尾，这种迷茫本身是一种无奈，也是一种振聋发聩的警醒。埙声为什么会逐渐悠远？为什么会听起来无比苍凉？只有我们寻找到了问题的答案，才能明白。

仰望苍天

在这片开阔地带,一切都是如此平和与舒展,澄明和悠然。这时正好是仲秋,适时的气候给人无论是心理还是生理都带来清爽的惬意。一些在都市里被遗忘了的姿势,此时又在这山野中捡拾回来了。真的,我好久没有利用仰望这个姿势观赏苍天了。

在城市里,我大都用平视或俯视的姿势,外出时是为了躲避来往的车辆和擦肩而过的行人;而在书斋里,则是为了翻读古书。这些竖式的线装书,字极小,脸必须贴得比较近,有时为了弄清笔画,还得借助放大镜,凝神寂虑,弄得心绪有些紧张。这往往把我小时候喜欢仰望的姿势冲淡了。那时仰望天际,感到神秘和不可思议;退而仰望自家的果林,笔直的木瓜树上黄澄澄的木瓜,垂于枝头红艳艳的荔枝,仰望时心田流满了口水。只是后来,这个姿势随着我的长大和城市的拥挤,心想,不用这个姿势似乎也无大碍。

现在,我坐在一堆奇形怪状的木头疙瘩上,前方一望无际。仰望天幕,有一大群的鸟正从远处飞来。这些飞鸟显然不是什么名鸟,它们忽高忽低相互应和地掠过,转眼间就消失在远处了。我的心因此快活起来,我想到了轻松和随意,不知它们从哪里来,也不知它们在哪里落巢,一切都无可究诘。它们在这个夕阳时分为我所仰望纯属一种偶然,不可能重复,却又因这一偶然使我随缘任意地想。我首先是想到晋人,想到以鸟入诗的陶渊明,他喜爱以仰望的姿势来充实清贫且闲逸的生活。"采菊东篱下,悠然见南山",这"悠然"二字,就是仰望的灵魂,真是闲雅得很。陶氏笔下多鸟的意象,鸥、鹤、雁、燕、鸽鹩不胜枚举,这都不是大气象之鸟,却舒展了诗人紧蹙的眉头:人理应像仰望中的飞鸟才是。久久存在我们记忆中的南山啊,尽管陶渊明没有具体细说仰望到了什么,可是我们理应想象得出,一切丰富尽在这一姿势里:黝黑的峻岭,苍翠的层林,飞溅的清流,总是依四季轮回而隐显动静,这会给他高洁的志趣增添多少抚慰呢?晋人似乎对仰望有独特的嗜好,如王羲之《兰亭序》中有"是日也,天朗气清,惠风和畅,仰观宇宙之大"的佳句,而当时一些诗中,也多处有"肆眺崇阿,寓目高林""肆盼岩岫,临泉濯趾"的描绘。仰望与俯察可以说是常用的姿势,总是仰望更为提神,也更有超然玄远的意趣。不是么,你看"目送归鸿,手挥五弦",这个"送"字就充盈着无限深情了,你可以想见那痴痴的样子,像送别贴心的亲朋,直到归鸿远影,融成天边一缕云彩,方才回过神来。人靠仰望,靠自己的眼神,与浩渺无限的宇宙连为一体。

仰望之悠然,衬出平素目光之局促。

仰望是一种大气。

傍晚时分,天边推出了火烧云。没有一天的火烧云是同一品相的,如果你注意了,每一天的火烧云都是一幅绝版的佳作,它们御风而行,时缓时疾,不断地变换着身影。我已经不是孩童了,自然不会止于云形的苍狗变幻,对那绚烂的色泽也不至夸张地叫出声来。我欣赏的是火烧云那种天然柔和的行

第一单元 返璞归真

迹,在聚散中悄然无痕,在避就时极具宽松,人说"渊默如海",云海就是如此。我眼前现出唐人怀素的身影,这位酒肉和尚总是来到旷野上,昂首看云,"观夏云随风变化,顿有所悟,遂至妙绝"。比他更早的是晋人卫铄,这位奇女子就认为笔画中的"横画",要写得"如千里阵云,隐隐然其实有形"。这些赤诚的自然之子,通过仰望,使人性通于天性,笔趣融于天趣,终于笔底风云卷舒无碍。这不禁使我深深感佩古人的善解天意,想想吧,这么一种行走的风景总是不间断地从我的头顶掠过,只是我们过于忙碌或烦躁,无以从容地品味,我们通常希望名师指点迷津,打通关隘,以为他们的智慧和技能哪怕从指缝里溢出一些些,也能使我们如获至宝。可是我们忽略了上天终日无言的启示,这种不动声色、不事张扬的显现,才是真正的大师手笔呀!

夜幕拉开的时候,没有月亮,就可以仰望到满天的星斗。墨色的穹庐、密集的群星,会使人想起热闹和拥挤。这并不太合我的心思。幸好我在这里的几天中,正好是新月升空的时候,淡淡的,如同宣纸上淡墨一撇。在辽阔无垠的天幕上,一弯寒月未免过于孤零了,很自然使人想到清寒和简淡。我庆幸自己来得是时候。唐人也多有望月移情之癖,不少唐诗就沐浴在粼粼的月光里。只是唐人多以写三五之圆月为乐事,面对苍茫天庭唏嘘不已。把玩这些月光晚会留下的佳作多了,会觉得感怀叹事套路相近,无非是天上圆而地上不圆罢了。在我眼中,还是寒月寻味久远,那种缺失性的体验,会使人深刻一些,形成观察生活、感受生活独特的审美指向,洞见人生来路的坎坷悲欢,慢慢摒弃一些虚妄和轻浮。再说了,仰观寒月必定对我笔下的韵致有些助益,我总是想,大凡把文章写得热闹了富贵了,不免世俗气升浮。文辞美轮美奂,承起婉媚流波,圆满得皆大欢喜,心头终归还是储存不住。寒月一般的笔墨大多有一缕淡淡的忧郁之美,低调潜行,藏露从容,避纤秾而就轻淡。我记忆深处,像荆浩、董源、关仝、李成这些古文人画家,一定充满着对寒月的喜爱而仰望不已,"一水带寒月,孤村幕夕烟";"残月半窗白,寒星彻夜疏"。如此这般,落墨之处也就有枯木寒风的萧疏简逸,白云孤鹤的高渺幽远,苍苔寒潭的古朴荒率,眼见着进入禅境了。仰观朦胧如梦的寒月,你再看看周遭舒卷飘忽的寒云,幽深寂寞的寒山,森然静立的寒林,再烦躁不宁的心旌也会如同浴过一片清莹。真的,这样的月夜,足以洗心。

仰望苍天,仰望那掠过的、飘过的、漫过的或悬于天幕的种种景致,这是我们能够做到的啊! 靠我们有限的眼力和无限的眼神,远距离地与这一浩渺之美交通。人在仰望中测出了自己能量的疆界,内心必然充满起伏的潮汐:造物主赐予我们生命的同时,还教会我们利用各种各样的姿势。每一种姿势的设计都是有所苦心,有所用途,绝非多余。不仅有显见的实用性,还有深邃的精神性。只是有些姿势在我们的人生旅程中不知不觉地遗忘了,丢弃了。这也必然失落相应的那一部分体验。

我们理应为此而深深地惋惜。

壶口月色

今晚,壶口有月。

我从笔墨飞扬的笔会大厅悄悄地溜了出来,漫步在这条林荫小道上,任月光随意地泼洒在我的身上。初夏的壶口之夜,和室内的热情相比,外边还是有些凉意,同时也静寂空旷。还不到十五的满月,光亮不能以皎洁称呼,尤其是不断掠过的厚厚云彩,使月光明暗不一,迷迷茫茫,什么都可以看到,又什么都看不真切。像我这样的远行客,到了这等陌生之处,有一种神秘的意味浮动着。

我走了一段路,找了块石头坐下来,前方开阔而朦胧,已不是白天那个清晰之至的壶口了。在大白天灿烂的阳光下,我们视觉、听觉、触觉,都为壶口那雷霆万钧的气派所震动,看不够那滚滚浊浪争先恐后地泻入石槽,甚至迎受不够那扑面而来的七彩霓虹的水气。这个时候,人在审美上是很偏执的,可以在激流边上坐上半天,一动不动地感受这黄钟大吕般的巨响而不顾其余,似乎千里之行为的就是看到这壮丽的一幕。真的,在这场景面前,我们失聪了,耳畔只有它的轰响;我们又失明了,眼眶里充满了激浪;我们还失语了,一时不知如何详说。我庆幸自己住了下来,有机会欣赏壶口的另一面,在月色笼罩下的壶口,全然是另一种韵致,也给人更多的回味。

失聪、失明、失语,都是因为在宏大面前,一切描述都显得贫乏,一切感觉都显得渺小。

黄昏时,我就觉得壶口周遭紫气萦绕,氤氲迷蒙的气氛正缓缓升浮,脱去了正午的明快热烈,削弱了咄咄逼人的气势。待到月光如烟如纱般地飘逸下来,壶口的景致,就都沾溉上柔和的色泽了。这时,我们才会发现整体的互补、对照、融合是何等的美妙。吉县壶口的对岸是陕西宜川,朦胧中可以看到山的沉静,千万年来,就是这么俯视着河水的欢唱前行;而山西吉县这边的运气要好得多,上苍安排给它一大片沙石滩,对精神来说是一种宽松。这里是一个起点,看飞瀑也罢,看飞车也罢,都从这里出发。白日里这些鲜明的差异,如今在月色里融成一片,浑然一体。它们都是壶口瀑布密不可分的一部分,共同构成了冷峻、险要和激越。对岸高山的伟岸和凝固,正好与迅疾如飞的瀑布形成对比,而如果没有吉县这一片沙石滩,大气则难以充分展示。任何一处景观都不可能孤立存活,正是许多不起眼的烘衬,产生了夺人魂魄的大美。

白日里那种狂欢般的激动,慢慢在月色下抚平了。我似乎听到了壶口那来自远古的声响,感受到脚下轻微的震动,九曲黄河浪迹的心路,是那漂泊无定的歌吟。<u>静寂和清冷,使我倾心于另一种说法,那就是通过精神的淘洗重新认识物质</u>。我从遥远来,就白天的态度,似乎听到瀑布的撞击,满足了目欲也就够了。可是,这条不舍昼夜奔流的长河,难道仅仅是一种地域的概念、一种可观赏的物质吗?有多少岁月逝去了,连同无生命,但在这个多变的世界里,我们描述壶口依然是绝对的。贫瘠和苍凉,使壶口流芳百世,这是我们所期望的吗?我想到看够了的

在经历了壶口白天的热闹之后,以黑夜反观这条奔腾的河流,除了壮阔的风景,更是代表了那些在困苦生活中不息的生命,扩大了生命本身的活力、韧性和张力。

七沟八梁,那星星点点的草木,遮掩不住裸露的黄色地表。大雨冲刷的痕迹,犹如风烛残年老人的满脸皱纹。雨过天晴,一切沧桑和磨难似乎淡去,走出窑洞,一切从头开始。土坡上总是长着一些稀稀疏疏的作物,平日无水,只能祈盼苍龙行雨,让干枯转为滋润。我见过几孔废弃的窑洞,门面上布满残破的蛛网,还有尘泥,主人是去寻找富庶,走向远方吗?他们对于艰苦和辛劳的过人忍耐力,我是由衷钦佩的,就像这稀疏的麦苗,在这薄薄的土层上也能成活。只是另一方面,又容易助长人安于现状,不思奋进,这一点与壶口风涛的激越,是如此迥异。

这方干燥焦灼的土地,现实多于浪漫,实际多于理想,有人就对我远行来看瀑布感到好笑:你们文人浪漫得很嘛。其实,壶口的确适宜于欣赏,也更适宜于被思索、被回味,尤其在这样的月夜,激情过后,我的思绪会随风一般,在这空旷里任意飞扬,湮没在久远的时光里。壶口没有一方里程碑,也没有一方记事碑,我们只是在河水的汹涌中,在礁石的粗糙尖利中,触及了一种遥远的原始状态,让我们距离土地近些,距离自然也近些。在壶口的流泻里,顷刻无影无踪,而壶口流泻日复一日,无衰竭期。这么说,壶口在我们的视野里,是一种象征了。我们渴求精神上的充实,除了来自古训、名著、新说,同时还需要来自像壶口这样的感召,在无尽的奔流中发现更大的空间。人的生命状态与此相比是短暂之至,但相同的都是一种流逝,对停滞和安逸怀有敌意,对阻遏和障碍充满超越的信念。也许只有到了壶口,才会明白什么叫势不可挡,明白什么是相对的到达和永远的出发。人是多么需要有这种大气，放弃尘俗，抵御卑琐。流动的河和行为的人，在精神意义上都是一致的，过程将比目的更来得让人神往。

此时的我很自然地回顾起白天泼墨挥毫的情景，在壶口的涛声里，我看到一些不擅大字的书法家，也手执斗笔，挥写起斗大的草书，白布上墨汁淋漓，连他们都惊异自己笔下的生气。现在琢磨起来，真如古人所说，是江山之助了。平时，书家画家在书斋画室临帖临画，不可谓不用功。纸本上的景象代替山水游历，又不能消解我们的自然属性和灵气，体验不到艺术的磅礴浪漫，眼见着变得精细而琐屑了。有时候我们还耽于技巧，留恋于一些小情调，玩点笔墨游戏以为得意。殊不知也就失去了艺术精髓中的朴实和天然。这种欠缺也只有朴化意味的自然，才有力量弥补。应该提醒的是，壶口再不能像其他景点那样徒增人工斧迹了，如此这般原汁原味才能给人以醍醐灌顶的畅快。须知，天地玄黄，宇宙洪荒，漫漫千万年，也只造就了这么一个壶口啊！

就在月光迷离、云影聚散中，我不知不觉地融入这月夜的柔和气息里，就像是这里的一根草、一块石头疙瘩、一朵飞溅起的浪花那样合情合理，这种自然的情结理应在日后越扣越紧。忽然，我听到不远处有熟悉的说话声传来。是啊，壶口这独有的月色，应该有更多的人来细细品味才是。

艺术之灵感，只能来源于自然，倾听自然的声音，增加自我的底气，去除造作，回归质朴。

第一单元 返璞归真

■ 村气与土语

村　气

分辨都会与山村最轻易的就是气息,不须倚仗任何仪器,单凭灵敏的鼻子,就可以嗅出来。

从都会来的人一开始是很难接受扑面而来的村气的,腌酸菜的气味、猪圈鸡舍的气味、草木炊烟焦灼的气味、饲料久沤而发酵的气味……气味的差异明证了生存环境的差异。尽管人生天地间,忽如远行客,环境却对人有适应与不适应的差别。有的人适应性较快,像行止怪诞的徐文长,朔漠沧海、幽谷闹市,都可兼容。苏轼称赞的张梦得也是,"蓬户瓮牖,无所不快"。但有的人只能拘于一隅,世代生活在一种气息里。偶有城里朋友请他们进城,好吃好喝几日便不自在,张罗着返回山中,惶惶然魂不守舍。你看着他们远去,那渐行渐远的如豆身影,正逐渐与他们喜爱的气息浑然一体。

每一个山村的气息都是很有差异的,倘若说有相同的话,那就是袅袅而起的炊烟,总是那般虚无缥缈,犹如薄纱笼罩在山村上方。这个时候,村子里充盈着草木焚化的香味,有些烈性,有些焦灼。每个山村边上的草木种类有所不同,我曾见过坐落在方圆几十里的柯树林中的村子,这个村子炊烟的味道就

初到一地先闻其气,所谓的"气"就带着那个地方生活的真实味道,美与丑,香与臭一同奉献。

古典幽梦 ◉

上海著名中学师生推荐书系

不同于坐落在松林中的村落了。夕阳浑圆火红，正被迭翠的峰尖轻轻接住，深沉的红日与峰尖，一同落入薄纱般的炊烟里，是鸟归巢、人收工的时候了。从田中回来的人们，身披晚霞余晖，浑身上下散发着存积下来的汗气，把田野的风霜带回村子。晚餐时是农家人最为轻松和舒展的时刻，他们终于可以松一口气，坐在粗大的板凳上或树桩上，恬然品尝婆娘做出的喷香饭菜了。新米散发着田间的清香，糟菜的酸味令人脾胃大开，新笋的鲜嫩则易于启发人想起摇曳的绿竹。天色暗了下来，小水电站发出的电力显然无法让光线达到明白，那泛黄的、朦胧的光，使眼前菜肴似隐若现、云里雾里。他们也许还不清楚，这些没有污染没有催长的蔬笋，此时已为城中人喜爱，甚至上了高档宴席。他们只是大口地吃，每一家生活都大同小异，只是随家族大小而量多量少。这使上扬的气息浮动后交融在一起，显得十分和谐浑穆，宛如一家。

村气与市气截然不同的原因之一在于山村多牲畜。牲畜是农家经济的重要来源，也是农家人的伙伴和山村生机。牲畜的数量总是远远超出村子的人数，并且品类繁多，羽足杂陈，鸡鸣、狗吠、猪哼、牛哞、羊咩、猫咪。总会在村头村尾撞见它们悠闲踱步或紧张撕咬。在这个村子里，它们是如此优游自在，一步一啄，十步一拱，它们身上散发的特有气味，正是城市里绝对没有的。各种生命总是到了山村来才真正地体现出原初的状态来，不加粉饰，随时而长。城市中人来到山村，总是会皱皱眉头，心里讨嫌不卫生，任生命流放而不加管束。我见过一位养宠物的

又是一对概念的提出，村气是未修饰的真实，每物不同味，市气是修饰过的精致，各物皆失本味。

朋友,那只名贵的沙皮狗,每隔一段就要承受洗发香波,主人要将它彻头彻尾地刷洗一通。时间长了,跑来跑去的沙皮狗就不再散发自身的气息,而全然是洗发香波的味道了。这实在很让人迷乱,为什么变成这个结局。再看山村中的人、牲畜、日用物品,无不散发自身的气息,借此与他物形成距离。当我用木桶汲水时,桶中洋溢着杉木的清香;当我打开樟木箱取书时,樟木的香味是浓郁的辛辣的,总是要好一阵才随风飘散。山中草木何其多也,飞禽走兽何其杂也,各自的气息就或隐或现地播撒,也只有同样天然的农家人,能一一解说出它们的来源。每一日的经过,化入了重复的生计和传统的习惯,渗入身体,演化成饭前的感恩和饭后的安歇,他们已经走入了自然的幽深。

山村的大小,人丁的衰旺,使村气强弱有别。这很容易据此分辨出山村的规模和人口的多寡。村气的旺盛,与村子里青年人比例不可分开,还有欢蹦乱跳的孩童。这两种成分多了,村落就极有生机。有一些村落老年化了,老者总是会在适当的时候挪到晒谷坪上眯起眼睛晒太阳,没有太多声响。会有一股无声的气息浮起,又轻悄悄地四散落下。只要在夏日傍晚,沿村走上一圈,看看饭桌前的场景,村气的强弱就心知肚明了。在姓氏相同的自然村里,村气是强大而有向心力的,随意牵扯,总是远亲近戚,称兄道弟。即便磕碰上了,也马上有人上前化解,说上一句"都是自家人,吵啥",顷刻安定了。可怕的也是这种向心力,成就村气的强悍。以强凌弱,以大欺小,甚至由山林、水灌等小事引发械斗,常使村气的

村气之谈,由物质逐渐到精神,在人群之中凸显怯懦或者剽悍。

古典幽梦 ◎ 上海著名中学师生推荐书系

和谐走向它的反面。所幸，在我暂居山村的那些年月里，生活的艰辛和窘迫，已退化了争强好斗的意志，他们成日忙于田中稼穑、计较着工分短长，甚至云游四方以副业谋生。待到这些后生返回，似乎学会"四海之内皆兄弟"的古训了。以往村气对峙的鸿沟，正在由时光掩埋。

村气的熏染，使孩童无论是肤色还是行动，都异于城里。自幼在绿意环抱的环境下生活，最充足地接受了阳光和汗水、浸漫了田野和泥浆。他们总是在村头村尾踉踉跄跄地追逐，皮肤黝黑，浑身脏兮兮。常常一个闪失，摔个四脚朝天或磕破手脚，龇牙咧嘴地爬起来继续向前。他们是山村最活泼的风景画，他们的健康和顽强，令城中的青年父母感叹不已。只是，他们的个子总是不会长太高，沉重的柴担过早地制止了它的继续伸长，但却结实无比。既不惧怕炎夏，也无畏于隆冬。当城里诗人矫情地行吟着"天凉好个秋"的时候，他们正着手收割，不遗颗粒，以此为正事；当城中佳丽涂着防晒霜蛰伏于空调室时，她们正在最炽热的空间，播种下一季的希望。无论什么场合，他们总是大声嚷嚷，大声打喷嚏，吃饭时稀里哗啦扯瓦。这种气息之下，外来人的斯文就显得虚假和多余。谦虚推让、轻声细气、欲说还休，常常会被怀疑为不真诚。他们丢弃了许多云遮雾罩的假动作，少了许多心曲深藏的悬念，凡事直奔主题，没有闲工夫听你文绉绉地作下回分解。

夜深沉了。如水的夜色正在山村里弥漫，村气落入低潮，即使一两声犬吠，也难以使村气上扬。这些享用大自然最本真气息的大地之子，正在这样的

村气到了具体每个人的身上，撕除了不必要的客套，使人们活得舒坦而明亮。

气氛和气味里,摊开疲乏的四肢,呼噜打得山响,无比安然和踏实地沉入梦乡。

土　语

　　在这个山岭环抱的山村里,云雾不时会从厚重质朴的木窗飘进来。随云雾飘进来的,还有我所听不懂的土语。对于语言,我总是以为敏感。我常常出走,总要接触许多土语,时间长了,大抵能觉察出一些规律。我曾经待在山区好些年头,周边的一些土语,就被我琢磨出些眉目来了。可是,现在这个山岭重叠的深处,他们所说的土语,却没有一点与我接触到的山村土语相似。这一种土语适用面很窄,语言的发展一直停留在未完成状态。也就这么一个自然村,在这座山的另一面,甚至相隔一道田埂,使用的就是另一种土语了。不过,这样也好,我喜悦土语的无人工修饰,就像他们饲养的土鸡一样,长不大、不美,却味道纯正。

　　我并不因为听不懂这儿的土语而恐慌。我安然地认为听不懂之中,没有影响我对问题的认识和他们的交往。语言从他们嘴里说出,不是一个一个的词,而是一摊、一堆,倾泻一般,一时令人接受不了。我知道这是我的接受能力不济,就像筐子太小,而骨碌碌滚下的苹果又太多,于是大部分就落到筐子外边去了。我只好利用除此之外的肢体语言,比如手势、足势、头势,外加眼神,综合性地领会。有不少玄奥真的被我猜着了,于是豁然开朗,开怀大笑。可有时的领会恰恰是相反,这总是到很久的后来才知晓舛误或离题万里，便觉十分可笑。在这样一个语境里，原来熟悉的语言和思路被放生了，这是很有意思的。在陌生中揣摩、推测，如在朦朦胧胧的晚间山道上行，四周影影绰绰，别有一番滋味。有时我不能不惊叹土语在语调上的节奏和发音上的韵律，是那么朗朗上口，又幽默智慧，有时隐晦得让你察觉不出玄机潜伏，却在他们不动声色的表情里，感到并不寻常。我不时会为这些土语的简单和质朴以及看似没有什么发展，却能表达出如此丰富的意蕴和趣味，惊讶不已。

生活在山野中的人们，明显知道自己与城市远隔，就如城市中人对山坳中人的理解，也是云里雾里一般。20 世纪 60 年代末无疑是我疑团最多的时间。我一直闹不清楚为什么会有这么一些人，祖祖辈辈就是离不开白云缭绕的山村，尽管政府也有迁移意向。他们中的一些人的确走得远一些，出了乡村出了县城，但是不久又如候鸟一般再度归巢。其中一个缘由便是语言的障碍。既难以接受外边的语言，又不放弃自己的土语。当他们回到自己耳熟的语境中，内心十分温暖，有一种安全感。这种朴素的语言，支撑着朴素的生活，不富庶却安宁平静。我听到他们用土语唱的山歌，与景致浑然一体，声色如同泥水中捞出，质朴滋润，又如在丛林中滤过，清新自然。有时他们也学着点流行歌曲哼哼，不是走了调就是滑稽古怪，远不如山歌调畅快淋漓。

在他们的土语里，总有些许禁忌和奥秘如夜色潜伏无法参透，使得土语有诙谐随缘的一面，又有庄重恳切的一面。譬如每年一次地祭祀祖宗，就让他

语言到底和文化有没有联系？这个学术问题，在土语和普通话的交锋过程当中，明白得不言而喻：语言是魂，文化是根。

们接触到了森严、原初的生命,在低眉敛目中,人向神明渐渐皈依,整个过程浸泡在浓浓的香火味里,漫长而又烦琐。复杂的体验啊,不管能否切肤地感受,那颗负重的心,总是托付给了冥冥之中的存在。这时语言如同钉子,吐出一个就是一个,板上钉钉,无一多余,又都用上敬语式。仪轨演完之后就全然不一了,祠堂前的谷坪上摆满酒桌,狂饮。土语色调变换成豪纵,先前的沉重一过,此时了无挂牵,无所顾忌。总是在这个时候,会有一两个创新的土语从某人嘴里蹦了出来,引得一桌人前仰后合。这一日过得畅快,一直要进行到山色苍茫,原野日沉。

山间的石头小路,被长年坚韧的脚板老茧亲抚得光滑,一代又一代脚板的叠合,使汗渍益加有力地嵌入其中,大凡阴湿天,不,就是大晴天,石面上也是汗湿浮现。城里人做事讲究专心致志,生怕出了声响散了心思,村里的人正相反,无论是挑家什上山或是提着鸡鸭下山赶集,总是一溜小调,似乎这般会走得更稳当。节奏随步履快慢而舒卷,声调就行脚高低而抑扬。每一个村子的歌调都不一,我一直疑心是与路程远近和石阶高低有关系的。山路永远陡峭,如语言固定后一年年留下来,不再更易。山外边的语汇已是新奇迭出,让人瞠目结舌,外来语、浓缩语、生造语,奇诡斑斓,走在街市上都可回收一大箩筐。可是当我有功夫剔抉时,却发觉其中更多是调侃的、媚俗的或者低下不雅的。乡村土语始终要求实用,花哨者在这片土地上注定难以落褥和生长。会在触目满山翠绿的时候,想到土语的灵魂。他们所祭祀的祖先,当然也爱听并只会听懂这种语言,由此知道后人的苦乐,以便冥冥中庇佑他们。同时,萦绕在他们心灵周边的神灵,如风神、水神、土神也如此。已经有过许多次了,我与他们在田中劳作,艳阳如火,青天无云,连这些善于忍受的田中汉子也打熬不住了。于是,他们开始喊风,调子极为急促,也极为迫切,令人动容。这些汉子常年耕耨土地,也就像脚下的泥土那般默默无语,不谙倾诉,在漫长的时间里习惯了沉默。不轻易地出声之后,顷刻,便有清风从天外来,身心顿时俱得清爽。回到城里与朋友谈起,无一相信,以为我信口开河。当然,我也缺乏解释清楚的能力。因为我们也尝试过,未能如愿。不得应验的缘由是风神不谙我们的语言吗?人要获得怎样的机缘才能靠近呢,这始终是一个悬念。不过,他们运用的也不多,不滥用。在我离开村子很久时,逢艳阳高照,就会琢磨这近乎神示的问题。

在都会里要理解一些民俗已经有不少障碍了,这只有驱动双足到村子里来。在土语的包裹里,心头感到迷乱,弄不清时间久远和浅近,就好比环绕村子的景色一样,极少枯黄只有翠绿。土语的形成,除了使村子里的男女老幼自然而然地形成远亲近邻这么一条人际链之外,丘丘壑壑、山山水水也助长了它的完善。就是正上学的子弟们,运用土语的乐趣要远远超出其他语言。仰仗土语的熟稔,产生安全感、亲和感,可以开启村子生存史的密钥,进入核心中去,只有他们才清楚这有多么重要。我是多么喜欢他们那种面带风霜而又顺其自然、一切随缘的神情啊!在这漫长的世事沧桑里,老一代故去,新一代生长,如同岁岁吹拂的山风那样来而复去,没有痕迹。

土语的使用人群并不广,使得土语文化圈也相对闭塞,这种闭塞也许在某种程度上拒绝了飞速向前发展的文明,但也保护了自身文明的原貌,使得他们看起来是如此与众不同,令人向往。

土语在这样的语境里,情调任世道变迁不改底色,能传达内心的要求,这就够了。对比之下,都会的生活如御风狂奔,有些很古老有韵致,很优雅有兴会的语言消失了,有谁耐烦下回分解?只求直说无妨。意思明了之余,也就剔除品味内蕴了。这也慢慢变成玩味古文人饶有趣味语言的一个死角。仰仗白云生处的一些语言孑遗,由此窥天地之奥秘、人生之行旅,都会涌动涟漪,陷入沉思。毋庸讳言,土语的传播范围太狭窄了,就像某一种植物、某一种情怀,只适宜于某处的成长,它的馥郁、醇酣、深沉,一旦脱离本土就化为乌有。可是也正由于这种辽远的距离,使它鲜明和独立。的确,当我用仰视的角度去面对时,是感到云雾之下真实心灵的。

让山村的翠绿浸染衣襟,让羊肠山道任双足酸痛不堪。同样,让土语的引导逐渐潜入另一种人生。许多年过去了,这样的语境,给我有限的生涯筑起了牢靠的基础,对于今后,我并不担忧什么了。

■ 天外之音

　　车到停靠站，已是凌晨三点多了。车子放下我，很快就消失在迷蒙的远处。接我的两位朋友没有来，而我又是第一次到这个海边，望着周遭空寂无人、涛声四起，一颗心不由提了起来。凭着以往的经验，我背着行囊，向涛声传来的方向走，祈盼早点找到那个标志。可是我失望了，好像涛声又是从我背后传来，于是折了回去。我知道自己入了迷途，只有在心里抱怨这两个马大哈，恐怕此时睡得正香呢。

　　急也没用。我干脆停下，在路边基石上坐了下来，静静等待天明。人的情绪一松弛下来，对这个陌生的地方就觉得新鲜了。刚刚下过小雨的缘故，空气中极为湿润，风中略带丝丝海的腥气，清新而华滋。我用自己不多的海洋知识估摸了一下，农历的这个时段正是潮起时。在这万籁俱寂中，涛声显得这么盈满，阵阵拥入耳鼓，把我紧紧包裹。四周的声响如环无端，不知从何处而来，却无处不在。常说有天籁自鸣，这声音无疑就是其中一种，毫无人工雕饰痕迹，朴华寻常之至。那么，清洗去积郁心中的种种都市噪声杂响，倾心谛听，值此凌晨，正其时矣。

　　自然界千万年的形成中，也伴随着万千自然的声响。没有一种声响的音质音色相同，也没有一种声响的旋律、韵味可类比。有的看似相近，把玩之余

初听涛声之单调，有持久之美，细听涛声之变化，亦有万千气象。

才知相距远矣。这使我们走近自然时，大如山呼海啸，小至蚊蚋唧唧，却会为听力所吸纳，感受到自然的博大和品类繁富。我想这就是自然给予人类耳听的馈赠。我们通常以为靠自己劳作所得才有价值。其实，有时似乎还是上天的恩赐更佳。耳听涛声，眼前就出现了蔚蓝无垠的海面和簇拥着雪白的浪花，大音镗鞳洋洋洒洒，没有止息。不过，我也琢磨出来了，涛声还是很单调乏味的，就像一个人永远发出一个音节。这种单调已经持守了千万年，无从更易，以至于什么人听了，都会轻易地认同这种声响只属于大海。大海的这种声响和其他自然属性的生物发声相比，是不能算悦耳的，不少鸟鸣虫唧要比它生动得多，甚至随节气而转，"园柳变鸣禽"就是一例。它只是使我想到持守的情操，始终如一地在进行的状态里。我们总是喜欢新变，改变生活的信念、理想的追求、事业的方向。改变倾向比较明显的是朝着物质的丰富，而精神上未必也跟着丰饶起来。这样，免不了只能得到一些追求的皮毛之相，却离内在神髓甚远。涛声是大海的呼吸，在情绪的大海上，你听得出嘻吁唏嘘。在不舍昼夜的奔流中，那看起来似乎柔和的流水，却能把坚硬无比的礁石啃咬得怪状奇形，能把无数沉船锈蚀成一堆堆烂铁，这很能给人以暗示，持久的力量简直不可抵挡。

浩瀚的海对于人来说，是一种游牧文化，伴随涛声走向远方，使心灵得到开放性的牧养。人更熟悉的是土地，是代代相传的农耕文化。人们可以乘着海水走向地球的每一个角落，永远听到涛声的召唤，随时准备出发。可是土地无法游移，致使农耕人固

说到土地，我们常常低下头；说到海洋，我们常常抬眼望。所谓的游牧文化，就是随着牧群不断寻找生存机会的过程，人处在旷阔的大自然里面，心胸畅快却难免空泛；所谓的农耕文化，则是流露出传统的"安土重迁"的观念，由漂泊到稳定，逐渐扎根在一块具体的土地上，相对来说关注的视角要比前者小得多，却也实在得多。

古典幽梦 ◎ 上海著名中学师生推荐书系

守一方,日出日落周而复始地劳作。民族或个人的发展,如果只是满足于农耕阶段而拒绝游牧的体验,终归会生出许多遗憾来,总是缺乏拓荒的意识而趋于保守。实际上,在许多一贯农耕部族的血液里,一些惰性已深深地潜伏下来,使他们安于现状,对贫困无痛感,对外界的新变心如止水。这种现象总是会使我们面对农耕,试图让游牧文化渗入它的内涵。幸好随着开放程度的拓展,有许多黄土高原的农耕后代,选择一条与祖辈不同的路子,背向荒沟高崖、山塬矮墙,面对沿海走来。他们终于听到了父辈未尝听到的涛声。当然,他们最终还是要回到自己的土地上去,可是听到了涛声的农家子弟,已不是往昔的胸襟与情怀了。有时,这种机遇会被视为人生的偶然,在我看来,却是这个时代的神来之笔。

盈耳的涛声,也让人考虑到人类的家址,不知什么时候要迁移到大海上。在我看过的不少关于海洋的图片里,人类是日渐逼近大海了。海边不断地矗立起形态各异的建筑群,这些群落的涌现,使海边的蛮荒气息消遁,飘洒出现代的灯红酒绿。更有甚者是移山而填海,在海上扩展人生乐园。至于海面上的污染,废油洋溢其上,连海鸟海兽皮毛都糊满厚厚的油腻,也是时有所闻的。现在我们谈大海,美丽中免不了夹杂着凄怆:人们一旦听不到涛声了,那么真是能轻易测出危机已在面前。自然界每一种声响的消失,都是对人类的警示。在我走过的幽壑深林中,已听不到虎啸猿啼莺咮鹤唳了。这些声响不复存在,也表明与人类共存的一个个禽兽物种在此时退出了我们的活动区域,我们喜爱用"濒危"来表示严

但是面对大海,今天的文明所做的大都是污染和破坏,是古代文献当中的美景不再。如何去倾听真实的涛声,而不是到很多年之后以电子模拟的音效去想象那已经远去的天外之音?

重的程度。倘若从审美角度看,自然的声响是如此扣动心弦。诗人乘着轻舟,听着"两岸猿声啼不住",这是何等的生动和诗意,善感多情——为之撩起;而"落日楼头,断鸿声里,江南游子。把吴钩看了",千百年后依旧浸透着悲愤和苍凉,传递着难以排遣的愁绪。古诗古文,信手都可以拈出声乐的交响,融洽在行笔的斯文里,这就是本质上更接近自然的古典情怀吧!曾几何时,这些鲜活的细节和生动的鸣啭已黯然消逝,岁月的长风掠过处,在都市里,那人工的机械的摇滚的声响已经跃居其上。有时,人们也模拟涛声,让都市感受大海,可是你听听,能有多少大海的滋味呢。

在渔家人枕着涛声沉沉入睡时,我就这么坐着,屏息谛听这天外之音,任思绪飘逸到辽远。潮水似乎向我漫来,浸润全身,我心清如洗。

单元链接

人与自然本来就是不可分割的,是人类自己无视自然的发展,割断了与自然的联系。就文明来说,都是自有它的便利之处,但是当我们离开都市的时候,还能剩下什么?读完这一个单元之后应该抛开书本,试着和作者一样,去回归自然。当你重新仔细感受了自然之后,不妨再读一本书,看主人公是如何在山中纯净的空气里面静思和生活。这本书的名字叫作《瓦尔登湖》(上海译文出版社出版),作者的名字是亨利·戴维·梭罗。

第二单元

DI ER DAN YUAN

古物沧桑

　　一件文物就是一段历史,一座古建筑见证一个时代。

　　时光流逝,残破从外表显露出来,透出生命内部的沧桑。

　　他们立于天地之间,也终有一天会消失在这天地之间。

　　他们身上所蕴含的,到底是历代王朝的辉煌,还是对生命过程的真实追问?

上天坠落的一枚钉子

在一些散发古典气息的城市里，不难看到塔的高耸。倘若是名塔，甚至就成了这座城市的象征。当你不知道城市的方位、渊源时，往往会有这么一个经验，有人提到了里边的一座古塔，于是眼前一亮，这座城市蓦然变得可亲起来。的确有过几次，有人问我故乡，和他们说是唐宋时帆樯如云的港湾、海上丝绸之路，皆一脸茫然，后来只好把东西二塔搬出来，听者便觉得立体极了、感性极了，还想起李贽、郑成功、李叔同这拨人来。

古塔是天上宫阙脱落的一枚钉子。

城市的高楼大厦拔地而起，渐渐遮掩了古塔，可遮掩不住的是古塔浑然一身的典雅气息。那种汲历史之风霜、融人间之智慧、渗入前朝工匠好手精湛技艺的非凡姿态，使它在堂皇富丽的大厦群里毫不畏缩。它所散发出的气息，甚至使从远道而来的人们流连忘返。相反，没有人会用这种心情去对待新潮的大厦。不需问这是什么缘由，某些吸引是不可以追问的。有时在夜间登临塔楼高处，风，依稀掀动古塔的影子，安然地飘浮在明月之夜的水面。看着城市中心那些大厦总是灯火通明，如此多的人，他们在温暖的灯光下做着什么呢？古塔是如此的孤独无群，昏暗无光，被清冷紧紧包裹。

体会"蓦然"一词的意思，"蓦然"的前与后，城市的面貌有了怎么样的变化，造成这种变化的原因是什么？

古塔的沉沦，源于审美趣味的沉沦。这一点，似乎不须花费太多的口舌了。

古塔的兴盛与佛教的兴盛相连。脂粉的南朝和血腥的北朝，应是塔的生发最普及和迅速的时间段。云来云往里，风起风止时，有不少古塔就坍塌在烟雨中了。尽管后人群策群力再起楼台，毕竟塔是越来越少。今人不再造塔，而塔却敌不过风雨，于是由崭新而陈旧、完美而残缺。与收入温度、湿度恰到好处的博物馆的藏品不一样，古塔是最能体现本来的形态和神采的，古塔流露出来的古典韵致，如实地记录着每一天的风雨晴晦，我们喜爱古塔，也就是喜爱这种没有掩饰的真切。

虽然说当初的造塔者，在建造过程中都心地虔诚，可是最终的完成，却使几百年之后矗立在我们面前的，无论是形或质，都有了相当的差异。除了造塔的材质有别，不同时期、不同空间对塔的理解，也是差异的成因。土塔石塔也罢，木塔陶塔也罢，每一座古塔，总是渗透了当时的趣味，独拔于世。不过，我最心动的还是土塔。土塔是最能反映沧桑巨变的，它对风雨的感受的敏感，远远超过了陶塔、石塔和金属塔。雨水滴落的痕迹，长风刮过的痕迹，雷电击打的痕迹，都穿透厚重的时光，让人历历在目。而且，土塔的建造要更平民化，材料采集的轻易、成本的低廉，使它的产生特别迅疾，常常土塔建好了，挖掘的大土坑也改造成了放生池。可是土塔也是脆弱的，易于流露残破的面相，年深日久，如满是皱纹的老者，甚至在一些剥落处，生长出茂密的杂草或枝条。有意思的是，我常常发现围绕古塔的古寺院被修缮一新,金碧辉煌,好像未经历史风雨一般。可古塔却依然如故,布满岁月波澜,候鸟依旧能从中找到去年的缺口,安然筑它残破的巢。因此古塔和古寺,倘翻到初始这一页,它们是一致的,而愈往后,古塔这枚巨大的钉子,却是浑身锈迹,没有人会来为它擦拭铮亮。不过,我对古塔的看重,还是它的生命在整个流程中的真实体验。生命的状态曾盛开过,也就有闭合,这是不需要粉饰的,就好比那许多无名的建塔者,自然而然地老去。如果塔成为一种点缀,一种令人好奇的景观,塔的本然意义,就已经消散得差不多了。

　　塔是长久木讷的,倘若没有塔铃的话。只有那些檐角悬挂了铃的古塔,才能借助高天长风,发出自己深沉的声响。如果有距离不远的两座塔,那么它们的相应,会长久地洋溢着古朴的生气,融雪一般地消融进高远的夜空里。这时路过的人们,必定要举头眺望夜幕中高耸的轮廓,心弦动弹。这些声响携带着霜雪的浸润,有一缕月光的清冷,从老远就让人闻到前朝的气味。长风总是把这种声音推到一个很开阔的空间里,让现代的格局飘落古雅。塔铃与塔的存在一样,构成声响的不可替代,没有一座塔的声音是一样的。这从建塔时储存于塔中的情绪开始,到遭逢不同的时空,都不无关系,让观者循声远追,跌落在岁月的云海里。古塔依旧可以提供登高的条件,从光亮的外界进入塔的内部,就变得十分深邃和黑暗了。塔梯的陡峭逼仄,使人难以透气。<u>抚摸古塔内壁,有一种很单调冰冷的时间感,时光一寸寸地穿透手掌,沁入心扉,在幽暗中感悟凋零。</u>古塔就是

"塔铃"的描写,是本文一妙。古塔跨越了历史的长河,作为时间的见证,沉默不语,塔铃则是通过风的媒介,穿越了地域的广袤,完成了空间的传播,荡气回肠。

59

时间的华表,在塔顶嗅得出时间的奥秘,让人冥思多于赞美。现在的登临者大多没有登高作赋的雅兴了,除了文才不继,也缺乏壮怀浪漫的情调。但是在苍茫的西部登塔遥望,高迥的意象逼入心胸。看黄沙随风漫起,看黄叶随风飘舞,看嫣红的夕阳沉重地落下,暮色升腾。我固执地认为,这种体验多了,走笔一定携有苍凉的大气。

用现在的眼光看,塔真是百无一用的东西。我这里指的是它的实用性。今人讲究实用,就是上大饭店旋转餐厅观景,也是必须消费的。古塔展示的久远空间,只有从象征这方面来理论才讲得通,譬如说古塔是古人憧憬、梦幻的储存器。撩开时光的窗幔,这个储存器的每一个角度、每一个层面,都有智慧的留痕。构想者总是将广大的世间之物,浓缩在一座塔里,让人触目绝伦的工艺、斑斓的雕绘,不禁心神迷乱。确切地说,蜂拥而来的是一种无序的领悟,几乎没有被包含在条理里,于是对每一块浮雕、每一方藻井,想弄清楚缘由极为困难。智慧太密集的地方,游人只有赞叹。这样一本厚重的书,在当时已经把精神和物质拉开了距离,尤其在澄澈明净的星光下,它的神秘,使手中的旅游指南黯然失色。

古塔的盛期已经流逝,与古塔争相轩邈的建筑群越来越密。古塔走向清寂,失去了人气。它们的身边,经常走动的是一些青衣布衲的僧人,他们生活在塔的范围里,他们的精神从未远离出游。在他们眼里,塔就是一种标志,一种可以让心灵安定的标志;塔又是一种界定,界定着心灵向往的方位。他们每一日对塔遥望,聆听塔铃清音,正是源于一种需

文末的点题与哪一处是互相照应的?古塔与钉子,他们的相似性到底是在哪里?钉子是坚硬的,深深扎根于历史,钉子是锈迹斑斑的,带着时光的沧桑,古塔就像钉子一样连接着现代与过去,用它身上毫不掩饰的残破与陈旧,见证着最真切的生活和历史。

要。这样的人毕竟无多,正如同古塔只会减少不会增加一样。

千百年弹指一挥间,许多倾国倾城的记忆都已飘散无存,忙碌紧张的日子,又使人缺乏了拨开线装书的黄页细细找寻的耐心。只是会在奔走的旅程里,自觉地遭遇古塔,仰望古塔,静对塔尖上的悠悠白云。运用这样的姿势,寓目崇高,感叹流逝:不知能否倚仗这枚进入我们视界的坚硬钉子,揳入古典长廊的幽深?!

古宅与古桥

古　宅

　　每到一处，我总是想多欣赏一些古迹，从中感受一下辽远的气息。有几回，太久远的古迹没有，主人就带我去看当地的古宅，这些当年绮罗日暖、弦管春深的宅院，如今摇身一变，成了任游客进进出出的景点了。

　　从南方到北方，陆陆续续看了不少古宅。说古其实不古，与周彝商鼎相对，无可比性；与秦砖汉瓦相比，也年幼之至，只不过从住宅上论，它们着实古老，不是明代就是清代。当抬脚跨过高高的门槛，走过那两扇厚实沉重的大门，真有一点进入昔日生活空间的感觉。我曾经稍稍比较一下，北方的古宅要庄重沉实和豪华富丽。华丽的门楼，庄严的石狮，宽阔的庭院，尤其是院中常有苍老得只余一息生机的古树，使豪华中略带阴森。南方的古宅更多的是精巧，有的花费了几十年时间才落成，其中门窗、屏风、梁柱等等的装饰物，精雕细琢，巧绘七彩，可谓达到了极致。实际上，古宅的本身就是一件精美的艺术品，大写意套着小精工，具象之外再加抽象，足以让人回味当初工匠云集的热闹场景；而另一面，透过朱漆圆柱红壁格窗，你会注意到大门外的拴马石和旗

　　所谓"阴森"，是因为古树，那是伴随着古宅的生灵，带着过去的痕迹一直走到今天。

柱,还有头顶上那些镏金的匾额,又是一种深不可测的文化气象。

岁月的流逝,使这些古宅无一例外地漫上了剥蚀的潮水,就是当年的簪缨之族、钟鸣鼎食之家,也抵挡不了自然规律的潜浸,富贵雍容日渐消退,而没落的气氛却弥漫其中。除了不断地颓圮坍塌外,就是那些保护得比较完善的,也不断地从房角墙头长出了荒草,像春末夏初这样雨水充足的时日,都可以在宅院里看到蓬蓬勃勃的绿色,削弱了往日的尊严,流于寻常人家的意味了。有一些大门紧闭的房间,你透过布满尘埃的窗棂缝隙朝里张望,昏暗中杂物堆积,都是前尘影事。走一圈出来,再美好的心情也变得复杂沉重起来。

<u>时光就是这么凌厉又不动声色,洗尽铅华粉饰,使人看到盛极而衰的过程。</u>

有趣的是我看到古宅的后人们还在极力救护,补缺漏扶危倾,以便更贴近本来的形态和色泽。可是,这多半是徒费心机。他们不太熟悉古典,仿古作旧的能力里没有多少古典情调,就像那些弥补的材料,都不是青砖黑瓦马头墙的成色。更重要的是构想、意图缺少古朴典雅,于是我看到了现代的败笔在古宅的肢体上纵横涂抹,随意发挥,古宅的形容顿时变得滑稽可笑,丑陋可憎,在西风残照里痛苦地兀立。我便有些感叹,岁月重门深锁,任何事物都免不了盛极而衰,古宅走向式微的必然,是不须徒劳地惋惜的,理应让它的本来面目毕露无遗,就像圆明园废墟,是何等地能震撼人心。

我关心的还是古宅中的人生。我在不少古宅看

时光对于历史的磨砺也是符合自然界的生存规则的,是非荣辱有如过眼云烟,分合聚散都逃不出生长规律的制约,即使是后人带着好意去涂抹已经褪色的痕迹,这徒劳本身也会随着时间的流逝而泥沙俱下。

到了垂垂老矣的守护者。他们有时就大半天地坐在阳光下打盹，或者有一搭没一搭地对话，他们的话我听不懂，可从他们满是皱纹的笑容里，我猜想大概是在回顾往日的趣事或者是家族的盛景。这一代老人还是比较怀旧的，因为古宅里住惯了，萌发出一种深情，甚至担心我们参观时碰伤了某一些物件。他们不愿搬到子女建造的崭新套房，眷恋这里的气息、味道，相互胶着得浑然无迹，他们成了古宅最后一代的守望者。当然，我也看到有年轻人住在里边，在整个古旧的大环境里，他们改造了自己居住的那一小部分，木质百叶窗改成了铝合金蓝玻璃，"吱吱呀呀"的木质大门也被东洋式拉门代替，至于房间内部设施更不消说了，全是现代色彩。我于是觉得这十分有趣，犹如在古旧的衣裤上增添了一方崭新鲜艳的补丁。有人说这挺可笑的，我觉得不可笑而挺令人思索，至少隔代之下的审美差异，在此就显露出端倪吧。

古宅徜徉，我印象最深的不是重门干裂、楼阁虚空，而是那些流传有序的家谱、族谱。它们都浸透了岁月的风霜，一代一代地传接续写着，并且放置在古宅的显眼处，让游人一眼可见，轻易地就推测出往日的繁荣，敏感地就品味到这家族的荣耀。每一座古宅都有着这等骄傲的资本，让它的后人清晰地寻找到自己在家族中的位置，让远近游客感叹其瓜瓞绵绵、枝繁叶茂。有闲工夫溯源时，你不难得知是荥阳郑氏、清河崔氏、范阳卢氏的后裔，除了都是世代簪缨的名门望族外，我联想起这些家族在北魏的郑道昭，就有"北朝王羲之"的美名，像崔氏家族中的崔悦，与范阳卢谌均以"博艺"齐名。世代书香飘逸，墨

从"宅"到"人"再到"族谱"，新与旧杂糅就好像两段不同历史的同时共处，作者的表达意图何在？

古典幽梦 ◎ 上海著名中学师生推荐书系

池春满。换言之,这样的家族除了以官宦继世,还以诗书传家,后者正是内在延续的强大支柱,而且不为时势变更所摧折。可是,我与他们交谈,他们中的一些人继承了前辈的富裕或者气派,却丢失了当年的笔墨情怀。他们中很少有前辈那种挥毫泼墨的才华和文人浪漫华赡的情调,砚池长满荒草,法帖任蚁蠹穿行,那杆往日生花的羊毫已经锈蚀在角落里了。如此这般,自称是古宅中人,自称是第几十代孙,又有什么可以欣慰的呢!

古宅中的许多人各自有新的谋生,这使古宅人气不旺,日见萧索,现在我们已把它当作一种遗迹来欣赏,置身其间,恍若隔世,使我们的谈论语言也用上了过去时态。那曾经有过的辉煌,已经消失在岁月的苍茫之外,如今只能在观望中捡拾一些过往的残留了。这不禁使我感叹时光的飞逝和世事的巨变,有一股紧迫感涌了上来。在最近走过的一座古宅里,我看到了那已经颓圮的古墙边,一丛蓬勃的三角梅正覆盖其上,花朵纵情开放,在灿烂的阳光下耀眼夺目。这和油漆剥落的门窗、残破损伤的雕花廊柱、苔藓遍布的石阶相映成趣。每一次出入古宅,这种鲜明比照的浪漫和象征,都会长驱直入地撞进心扉,让心绪复杂万端。兴与衰、新与旧、存在与正在消失,都会使人的思考纵横无边,体味这无言的深刻,以至铭心镂骨。

古宅究竟活着还是已经死去?

古　桥

倘若不是纯朴山民带路,我万万不会想到,在这绿荫重叠、鸟鸣成片的丛林深处，竟会有这么一座晚清古桥隐身于此。山民们感到有些奇怪，走这么远的山路，就为了看这么一座桥？我从他们善意的笑容里，察觉出他们内心的疑问。

这是县志里曾经描述过的一座木桥，只是时日长了，慢慢从人们的记忆中淡出，而到下一代，翻动这发黄的县志的人更少，也就无所谓古桥的存在了。今人的忙碌，已经忘却了许多昔日的重大事件，何况是一座桥呢？

现在，我就站在这座风雨桥上，看着桥身被春色染绿，心绪变得清空淡远。桥下是清澈欢畅的水流，同时还有鸟鸣，以及鸟鸣间歇时突如其来的幽静。可是当我回过神来，注意脚下时，我的眼神立刻黯淡了下来。脚下的桥板大多残损，从不少碗口大的空洞中可以看到脚下流水湍急。我原本有些恐高，此刻已晕晕昏昏、疑真疑幻。仰望头顶，原先鱼鳞般有序交叠的灰色瓦片，已经有多处被山风山雨推移，拉开了它们的默契结合。豁口上，白云正悠悠飘过湛蓝的天幕。桥两边的护栏，也在密雨斜侵下脱落损毁。人颤颤巍巍走在晃动的桥上，真有不堪承受的惊恐。小心翼翼地沿着陡峭山路绕到桥下，仰望中有几分震撼：几十根又粗又大的原木如擎天柱一般齐心协力，紧紧托住凌空的桥身两端，这么多年过去了，它们居然纹丝不动。连同依旧不变的峥嵘气象。这种突兀和挺拔，不难回首当年造桥人的豪气和粗犷。的确，这座桥的出现，给了多少贩夫走卒、书生胥吏、商贾郎中以方便，也驱散了往日的平静，而歇息时的闲聊，又使古桥情节丰富，传奇繁多。不说别

古典幽梦 ● 上海著名中学师生推荐书系

人头攒动的"古桥"作为一种文化意象，和家居闲适的"古宅"具有一定的区别，我们在后者身上看到一种家族史，而从前者身上体会到的是一部社会史。

的,仅它是当年赶考的必经之路就很有意思了,那些连走路也念念有词的书生,身揣家人凑集的盘缠,在祈盼眼神的护送下前行,由这里走向远方,为功名成就而全力一搏。他们出发时总是伴着强烈的憧憬,想象着金榜题名时乘高头大马,披红挂绿,嘴角不由浮起了笑意。可实际上,笑着返回的人毕竟少而又少,他们再次从古桥经过的神情和步履肯定别具一种状态。古桥阅尽了人间万象,这些往来不绝的性灵、情趣、襟怀,成了古桥神韵的积蓄,氤氲不散,日益深浓。站在桥身张望,你会与过往的许多目光遭遇,你的视线会叠合起许多古老的视线,让你沉思良久。人们的步履常常是靠桥来连接的,无舟可渡,无岸可依时,就会想到桥,渴望着沟通。<u>无眼而阅尽沧桑,无足而走过春秋,无言而导引前程,这就是许多古桥</u>。

如今,人迹熙攘归于岑寂。一种沟通的形式终止,表明倾心关注的已经消失。只有鸟鸣和水流依旧,山路两边被砍去的枝丫,又伸长开来,遮蔽了古道,还有古桥。绿色更加浓郁,把古桥紧紧包裹。缘由是多年前有一条公路从村子前经过,畅快地伸向前方,古桥就被很实际的人毫不留情地抛弃了,没有行人的古桥犹如没有人居住的古宅,阴湿之气加速着它的衰败。余生也晚,看不见这一切渐变的细节,只知面对的是古桥风烛残年的晚境,尽管从审美上说,这已很有韵味了。

看得出来,古桥在建造方面很有艺术特征。整座桥全然不用一枚钉子,这本身就是一种奇迹。奇迹可以博人赞赏,却不能永恒,否则就不是这般模样。早先行人的步履足音和今日的枯寂凄清，一直在我脑海中交替重现：不同时段，自有它珍惜和抛弃的选择，匆匆的生灭、荣枯，似乎都有命数在内，就好比什么样的季节，就有什么样的花开花落。今日看古桥，其实用性已削弱殆尽，而审美情绪飞扬，古桥已经幻化为一种岁月的标本和陶片，横亘在我们心中。赤足走在这样的桥上，像走在时光长河的深处，凉沁沁的感觉升腾起来，霎时弥漫了全身。对于这么一座古桥，在这么物化的日子里，我还能有如此闲情细细品味，并由此泛起一股怀古情思。真的，我觉得很可自我庆幸一番。

如何理解"古桥"变成了陶片和标本？联系"古宅"的结尾，可否谈谈古物对于今人的意义和价值？

古寺黄昏

我是选择黄昏深浓时分走入这座古寺的。

<u>这座已经显得凋敝的北方古寺，坐落在一处开阔的坡上</u>，和那些煌煌大寺相比，它就像被长风卷走了青春的亮丽，只映现出苍老朴实。除了正午前后还有一些香客结伴而来，使寺院上空紫气缭绕、生机平添，一俟黄昏，人迹萧然，能见到的只是寥寥的僧人青鞋布衲的身影了。

我之所以选择黄昏入古寺徜徉，是有一些想法的。我曾随着熙攘游人，多次在明晰清朗的上午进出那些金碧辉煌的寺院，从雕梁画栋、翘角飞檐的油彩，都可以一下子认出香火旺盛、香客密集的盛况。尤其是那海碗口一般粗大的香烛，总是让寺院终年弥漫在烟火中，佛们承受得了如此的熏炙么？这种味道总是勾起人的特定想象，想到佛，想到往生，想到西方的极乐世界。可是，来的人多了，也不免使佛门净地留下挥之弗去的世俗，无从清净可言，更无从作离奇的联想。

黄昏对我来说是最轻松的时刻，用不了多久，暮色来临，夜色来临，一切就尽在迷蒙之中了，可以有白日不曾有过的身心舒展。黄昏前的劳作，总是使人精神紧张以至倦怠，迎受不断扑来的世务。只有黄昏到来之际，劳作宣告结束，像落日一样卸去重

名山古刹历来是文人骚客旅游必经之地，作者为什么选择了一座略显"凋敝"的北方古寺？

负,安然地缓缓沉落。我相信很多人在这时,会感到如期而至的安宁,这是安息的前奏。不过,当这个晚秋一日又一日加深浓度时,在远离秀色南方的这块土地上,黄昏时带给我的还有一丝淡淡的惋惜。我看到不少黄叶已经悄然地飘落在地,古寺里枝繁叶茂的几株大树,开始了删简的旅程。

这时节,古寺和人一样显出了本真和从容。

我最先看到的是古寺的围墙,围墙多处残破,墙皮剥落,显出内在的黄土,写有车轮般大小的"南无阿弥陀佛",黑色的字迹也褪成了灰色。我在围墙外和迈入围墙的刹那是不同感觉的。围墙外有一种原野的生生气息,而围墙内,香火味流转,明白无误地传递着这样一个信号:这是另一个思维世界了。任何一种围墙都有它的意义存在,给进入其间的人们以警策,明了自我的身份,昭示不同的生命指归和精神向度。长期居住在这围墙之内的人们,总是要通过别一种氛围疏瀹灵魂、澡雪精神,兀自朝着向往的彼岸。千百年来,围墙内的确出了不少我们称之为高僧的人物,同时也因之有许多扑朔迷离的故事传出,给更多的生活于围墙外的人们好奇和神秘。我们往往会看到,一个活灵灵的人进入围墙几十年,就被磨洗得火气全无、行止和缓、低眉敛目,是怎样一只看不见的手在细细调教呢?不过,回过神来思索,比如短短大学四年,那种朗朗书声的氛围下,不也像工厂生产产品一般,成批成批地生产出无数的大学生么?僧人当然比大学生艰辛,读高深莫测的经卷,品尝清汤寡味的素食,倾听遥远国度的袅袅梵音,于他们看来,苦行之中隐寓了大欢乐,逐渐觉悟之中拥有了大自在。如今很鲜明的是,古寺大都成为旅游观光的一个景点了,无甚可看时,均可以古寺搪塞之,古寺的收入可观了,古寺的宗教品位也降低了,那种深长的参悟往往在漫不经心的走动中视有若无,只有心存虔诚的人,在步入围墙的瞬间涌上肃穆和庄严,然后与佛对话。

曾经有人对我说,讨嫌寺院的格局,不论东南西北,不分大寺小寺,格局大抵是千篇一律的。重视中轴线、对称、比例、规矩。即便是当今空间造型艺术走向跌宕变化、奇诡不测的创造,古寺翻新或重起楼台,宁愿割舍富于联想万端的诗情画意,铩去鲜活想象不可端倪的翅羽,也要保持那种千年一贯制的平衡和中正。宗教殿堂就是宗教殿堂,这么悠久的历史和文化积淀,代代承传它的凝重和厚实,越是往后,人们仰之弥高的心理越是积重难返,更不敢别出心裁去随意改动。以不变而应世间万变,能使一代又一代的信徒初衷不改,也真算得上大智慧了。我面前这座古寺,这么小的格局,当然舍弃了诸如地藏殿、大悲殿、普贤殿这些非在中轴线上的建筑,油彩焕然的也只有大雄宝殿,其余都在剥落古旧中,可是这些古旧处,在夕阳余晖的投射下,馨露着古朴深沉的意味。古寺最让人流连并印上心头的,正是这种洞见岁月风霜的真实写照。剥蚀就剥蚀吧,又何必遮掩粉饰,包裹上隔代的不谐色泽;残损就残损吧,这种沧桑感理应更能传唤出生命代谢的过程。现实中的人们是十分乐意解囊装扮这宗教殿堂的,让佛光彩照人富丽堂皇,一身新饰,没有风霜感,也辨识不出年代远近。在我眼里,一代代的雕饰敷彩,越发

"洞见"二字值得玩味,历史之深,历史之沉,原本就是通过这样一种简单的方式得以表现,唯有朴素和真实才具有真正的力量。

走向世俗的技艺和心境,把原先带有灵气的寺院转换成了媚俗。用审美眼光巡弋,宗教殿堂也就是艺术殿堂。可往往在洗去风霜的补救中,艺术性日渐消散,佛性怂恿了求索者的奢华,也纵容了艺术败笔的任意涂抹。

夕阳已经掠过寺顶的飞檐,院内一片空旷,只有那高耸的塔顶端还沐浴在这如同嫣红的葡萄酒的醉意里。接受夕阳的是塔顶那遭受雷击留下的巨大豁口。豁口长满了矮小灌木和荒草,它们染绿了一个漫长的夏季,如今枯黄色泽随风俯仰。有多少岁月悄然远去呀,云卷云舒,风急风缓,雾敛雾散,都在不断地加剧蜕化古塔的形象。从平视塔基到仰首眺望塔顶,目光每升至一层,心绪也随之一层层舒朗开来。塔顶的背景是晚霞游移的天幕,不时有晚归的鸟群啁啾相应地掠过。在这方贫瘠的土地上,七层古塔是令人瞩目的高度了,倘说塔基还完好有如新造,那么塔身就免不了有些唐宋气韵,塔顶则是汉魏风采了。时光的刻手不停地从上往下凿去华彩,高处不胜寒,也就与岁月的本来状态愈加贴近。这么久远的时日了,原先突兀于石上的棱角锋芒,那傲慢睥睨的佩剑武官,那气力雄赡的飞禽走兽,都磨洗得肥痴臃肿。不过,它的伟岸和神圣,总会给人以信心,以为精神永远不倒。<u>寺塔之于古寺,无疑是让人警觉的标识,一面精神的旗帜,在这方开阔的地面上,十里八里,你都可以看到这面凝固的旗帜的风采。</u>

正是此时,我听到了塔檐上传来浑厚清脆的声响。风掠过,拂动风铃,声响穿过黄昏的朦胧,明快

通感的运用,写出了夕阳红之美,色彩鲜艳又带有醇厚的滋味,沐浴在这历史的醉意里面的,其实并不只是那高耸的古塔,还包括站立在这一片古风当中的观察者。

古典幽梦 ◎ 上海著名中学师生推荐书系

地传向四方。这种非人工而随风律奏响的音质是一种感召，使混沌的心有所清理。对于市面上的风铃，我一向是不以为然的，声响中人工意味太重，音域也过于小巧，似乎宜于小家碧玉。而系缚在昂然屹立的古塔上的风铃，浸漫足够的风云霜雪，一经奏响，独有一种穿透辽远的意象，令人心绪驰骋。试想想，还有什么声响比这更高远更具天然情趣呢？我曾有意披阅，前人是很少描写风铃的，而描写钟和钟声的则不在少数。在远古世界，钟声是很有神性语言功能的，负载起宗教祭祀、传达对超验世界的神秘理解，古人就说过："钟，音之君也。"即使是往后神性意味减弱了，钟声还是代表着时光的区分和节律的严明。一些写古寺黄昏钟声的诗章都让人有悲凉意，"孤村树色昏残雨，远寺钟声带夕阳""南堤衰柳意，西寺晚钟声"，都有荒烟斜阳、余霞晚归的意境。我喜爱风铃声响，因着它是随意的。云霓飘过来，暮霭漫起来，长风呼啸过来，只要有触动它的力量，就会从遥远的云间传来悠扬的音韵，无一定之规，无确定节拍，长短高低，纯乎天籁。风铃的音韵是悦性的，不像寺院早钟是匆迫，是催促，也不像晚钟悲凉凄婉。人们总会在耳听风铃声时，不由自主地眺望高处，天际的寥廓，开启我们的心境；铃声的自如，有一种安详的抚慰。退一步说，随意的风铃，至少也给古板而老化的僧人起居添点生趣吧。

　　大凡古寺的石碑，我一向关注。这些坚硬冰冷的石头也经不起时日的琢磨，白日里察看拓片，除了边角一二字尚见端倪，其余的皆石花浮沉，斑驳陆离，犹如浩瀚天际的满目星雨。这几方石碑必定与

看不清文字的石碑，对于历史，它还有什么样的价值？与没有勒刻文字之前相比，它们的身上承载了些什么？

古寺关联,藏蕴着一个个玄机四伏的秘密。到了今日,不消说毫无史料价值,连辨识年月气象都付之阙如。对于古寺而言,石碑简朴的形态和内敛的精神有益于人们追怀久远,它静静地站立在那儿,用不着吭声,本身就构成一种象征、一个文化符号,虽然年久事湮,没了阅读美感,意会美感却无时不在,这往往增长了寺院的凝重分量。这个黄昏时刻,我自知目力不济,就靠洗净的手指头抚摸碑身。碑石的粗糙干涩,使我温热的手在其间拂动增添了明显的摩擦力。这种力直接沁入我的心田,一阵飕飕寒气。也许勒石伊始,这些石碑是负载着语言的绚丽和情怀的庄重,憧憬着往世的微笑。名人笔迹,名匠刀工,构成碑刻的完美。谁能预料,风流总被风吹雨打去,色泽都沉入冥暗之中了。令人嗟叹的是碑底座的动物雕饰既非贔屃,也不类麒麟、骆驼,倒像是写意化的双翼辟邪,刀法粗犷之下,四足雄壮,气势浑厚,幽幽的目光撞痛了我的胸膛,可惜的是扬起的矫健双翼早已被岁月的潮水打湿,凝固住跃跃欲飞的姿势,却再也无力升腾起一分一寸。历史的不息长流,和眼前的相对静止,总是会在寂静的翻检时,品出生命的消逝。

暮色终于整个儿笼罩住古寺的周遭。一人独自在昏暗中穿行,不免有些心神恍惚、疑幻疑真。我走到大殿的台阶前,多少年过去,黑黢黢的供桌上长明灯依旧长明,晚秋的劲风穿过纹路细密交织的窗棂,拂动荧荧飘忽的光。这种烛光助长了阴森,只是比起一些大寺饰之以彩色灯泡,烛光又相对世俗和亲切些,是比较接近奉佛的光泽。当一个人把古寺当作旅游景点或当作宗教修炼来看待时,内心的意味是绝然不相近的,多少人从翩翩风度的美少年跨入这门槛,黄卷青灯,晨钟暮鼓,洗去尘俗之念进入了平和枯寂的老境。这方弹丸之地,消解了人生的种种不幸和虚妄,身心沐浴在佛光的朗照中,以至于能心甘情愿、无怨无悔。对于我这个远行人,徜徉在这种陌生的地界里,大静寂中,反而难以自适,生出些许幻听、幻觉。西风残照,绿暗红稀,季节轮回至此,也许是会更深切地感到生命的凄婉和脆弱啊。只是,像这样的古寺,确能给来此顶礼膜拜的人的心灵终端维系一个希望吗?各种不同地域的人来朝拜,各具不同心性的人气在此聚汇,各个索求的情怀在此吐纳,如此久远的积蓄投射,加上长年香火的氤氲渗透,都使这里的气息难以言说。<u>怀希望而来也罢,得彻悟而去也罢,佛家清空观念的滋润,也许能在心灵深处,挽住欲望之船扬起的风帆吧!</u>

听,暮鼓"咚咚咚"地响起来了,这种很苍老很苍老的声响,沉闷而又钝拙。黄昏在均匀鼓点里走向终结,沉沉夜色即将被召唤而来,我看到浮在天边的那一弯淡淡的冷月了。

作者爱写古迹,但这一次的角度其实是"黄昏"。选在黄昏,有两个原因,黄昏时段少了游人的纷扰,那略带静谧的黄昏,就像极了古寺屹立到今天的历史,凝重庄严。

抚摸古树

经常会在外出的时候看到巨大的古树。我不是学植物学的,至今仍弄不清楚是什么缘由使它们成为如此庞大的形象。难道仅仅是生长时间的久远么?是否还有生命本质的内在原因?有时我就喜欢琢磨这样古怪的问题。往往在夏日,有着一身巨伞般浓荫的古树,总会随着热量的日炽,益发引起人们的喜爱,那遮天蔽日的树冠总是宽容了许多乘凉的人们,使人心气平和,肌骨清凉。仰望树冠,使人想起生命的鲜活和旺盛,而抚摸树干,则使人想起生命的古老和坚韧。换言之,我们看到了穿过无数岁月的生命积蓄。

这样,往往使我把注视古树当作旅程中的一件事。有时看到古树,就执意停下车来观赏一番,抚摸片刻。没有一株古树的形象是一样的,也没有一株古树给人相同的风霜感。当然,给人的念想也就截然二致。它们总是生长在含碱量不一的土地上,映衬着那个特有的背景。有的生长在荒山野岭,结果落果,自生自灭;有的生长在古寺道观内,稍得维护,便成顶礼祭献的主题;有的生长在田头村尾,自然衍化为村民内心的倚靠。可称之为古树的树是越来越少了,且就自然规律而言,有生就有死,就是长寿之树也无法逃逸。那些不到善终之树,也往往因雷打电劈伤筋断骨,化为一截截树桩。还有因着城市的推进,人口的激长,在高楼大厦拔地而起之时,逐渐地消失在我们的视野里。现在我们看到的古树,城市里固然还有一些,可是要看到本来的面目,最好到离城市远些的乡野山间,那里的古树,会更充盈着古老的韵致。

　　我看到的树不可谓不多。在我曾经插队的地方,就是丛林长满叠嶂的山区。那里开门见树,开窗见树,出工见树,赶集还见树,绿色盈目,绿意洗心,连夜间卧听的不息松涛,我以为也是绿色的。可是,那里众多之树真能称得上古树的也并不多,饱含沧桑感的就更少了。就像那人工所植的速生林,眼见着"刷刷刷"地往上伸展,用手叩动,木质虚着呢,疏松得很。若砍下来,缩水了,腰围要细上一圈。虽然外表好看,也可能在不长的时日里长成参天大树,可归结到底,只能称树而已。古树的相貌大都是丑陋的,上好的时光早已逝去,转眼间春花春树变为秋月秋池,花朝月夕空成断云残梦。而且越往西北走,土地愈贫瘠,古树的容颜也似乎愈朴化,树干粗涩不已。有不少裂开宽松的纹路,蜘蛛结网于外,飞虫藏尸于内;有的败叶枯枝垂挂,废弃的鸟巢架于枝杈,有如空中抛掷下来的一堆垃圾,糊弄着树身,脏兮兮的。可是,古树毕竟是古树,虽无从与新枝比柔韧娇美,却不失为一种时光的象征,只要一触目,大致会联想起相应的岁月,是汉时林苑,还是晋时风流?都为之舒展于眼前了。

　　古树大多长在寂寞处。这些伟大的植物,于热闹之处大抵是不能存活顺当的。太多的人气、声响,

到底什么是"树",什么是"古树"?

太多逼迫的空间和太少的阳光,总是不绝如缕地损耗着它们早已苍老的年华。而在大寂寞空旷处,它们尽可能获得充足的阳光和霜雪,自如地叶绿叶黄。有时候,人少一些对古树的修饰或调理,就是古树之大幸了,就连那种倒下的姿态,也有自然之美。可是我就看到不少好事者以粗大的水泥钢筋凝就的树托,从四面抵住就要倾折的树杈,止住了它的任意倾斜。人的好意是显而易见了,只是这几根水泥拐杖一架,古树的原生美态,尤其是古拙的韵味,你无论如何也找寻不到,反而看了滑稽,禁不住想笑。这种干预总是比比皆是。人是万物之灵长,可是在自然的怀抱里,与古树一样,同是自然之子。我们总是以己之欲念去戕害同类,甚至把古树老去的权利都剥夺了,让它们成为一副尴尬的模样。

当一株古树绿色退尽,枝丫残缺,会是什么品相?当一株古树皮骨分离,胶汁尽失,观赏者的感受又会如何地荡起波澜?在我的印象中,凡树必与绿色不可须臾分离,没有绿则不称树。然而,古树则另当别论。在潮湿气深重的阿里山上,我目睹了苍翠年轻的桧树林,这是一种汁液饱满的生命,犹如血气充足的小伙子一般。可是在接下来的行程里,我看到了两株古老的枯树,不由得让司机停下车子。我没有去读古树旁边的说明,故也不知这两株古树是什么品类,更不知什么原因成了这种状态。吸引我的是古树本身,如利剑一般地直指苍穹,阴暗的云从它们上端浮游而过,暖湿的风在周遭发出呼啸。看那摧折的杈口,被风雨日夜销蚀,锋利而又峥嵘,突兀得如在倾诉、如在呼号,令人惊心动魄。我用温热

品相之丑与生命之美,矛盾而又和谐地共存在古树身上。

古典幽梦 ●

的手敲了敲主干，传来遥远的"空空空"的回响，它早已被岁月风干，似乎一遇明火，就会化为一支巨大的火炬。在我看来，这样的树有不死之美，虽然失去一身绿装，但是它永远不倒的架势，要比绿树更能给人一些有关生灵的思索。我想，凡是到阿里山的人一定都会走下车来，看看这两株很丑陋且枯焦的古树，甚至拍几张照片，然后默默地上车前行。

关于古树总免不了传说萦回。大凡太超常的事物，都有精变的嫌疑。每一片飘扬的叶片都有一个撩人心扉的故事；每一条垂落的气根都牵连着奇思妙想。我想这大抵和古树给人某些庇佑有关，尤其是风雨飘摇之际。我到过山西洪洞县，在苏三监狱参观时学到一首当地人耳熟能详的歌谣："问我祖先来何处？山西洪洞大槐树。祖先故居叫什么？大槐树下老鸦窝。"一听歌谣中有大槐树，立马引起我的热情，便乘兴前去。但是这一次我失望了。我根本没有看到第一代的槐树，那株汉代的槐树早已化为尘土。可是有位小姐却过来问我的姓氏了。她随手查阅了一张很大的表格，然后欣喜地告诉我，说我的祖先曾经过大槐树下，我的根就在这里，人是不应该忘祖的，多少也要有所表示吧。呜呼！此事疑真又疑幻，只是一时难以查考，我心中暗暗叫奇：这株早已不见影子的大槐树呀！

每一次看到古树，我总是会有一种麻酥酥的感觉油然而起。任何一种物体的抚摸，回馈都不一样。古树那生硬如铁的木质，粗糙而又起伏不平，总是会磨痛你的手指头，磨红你的掌心，就生命的老辣和稚嫩而言，人与古树真没有什么可比性。

老槐树的形和魂在时间的流逝当中两分，但是又是因为祖先的流脉而两合。

百年烛泪

晚间有几个人来，说话间，停电。

从书房架子上取出一盏铜制烛台，又摸索出一根白蜡烛插上，然后点着。烛光昏黄且不定，稍有一点空气的飘动，都可以从烛光中觉察出来。烛光的迷蒙，使我们连对方的五官都不甚清楚，还觉得有些变形。不过，这助长了我们谈话的随意，好像不是自己在说话似的。诸位开始注意了这个铜烛台，它的外观像个茶缸，圆周镂空，中间突出一个圆柱，圆柱内空，正宜于蜡烛插入，即便端着小跑也不会颠倒淋漓。烛台里边全是烛泪，最早的烛泪百年以上。记得小时候曾经用小刀撬过不少烛泪，重新制作成微型蜡烛，却没有一次撬得彻底。于是烛泪重烛泪，泪泪堆积，又渐渐满了起来。它究竟是哪一代传下来的我不清楚，有一年回老家，趁便带来，不想正逢停电，适得其用。

上上一辈人的劳作成果，由新颜蜕为旧貌，直到今日依旧如此实用和具有审美意义，真是再好不过。家族史说穿了就是一种传递。文人喜欢说精神传递，什么诗礼传家、世代书香，可实际上都未能传多久。就我熟识的几位老书家，过世之后，其子孙殆无继承者，不是学理，就是学工，或者根本没有兴趣。原先被他视为珍宝的古人法帖，如今蠹鱼穿行，灰尘

烛泪百年，烛台亦是百年。侧写烛泪，反衬烛台。

古典幽梦 ◎

上海著名中学师生推荐书系

80

覆盖。寻常人家比较实际，总是想到比较实用的器物，传下来可让后人具体受用。一枚元宝、一副玉镯、一件古瓷器，都可以在危难之时显身手，帮后人暂渡难关。事实表明，这后者越来越给人实在的感受，后人没有不乐意接受的。精神的承传玄虚得很，倘若晚辈思维与前辈不合，精神的传递就如擀面杖吹火，没有丝毫可通。近百年风云激荡，旧说不敌新学，晚辈早有自己的安排，往往把老祖宗那一套抛在脑后。<u>一个家族接续久了，总会有一些代代相传的东西，不易碎的，不易飘散的，更符合时间推移原则的，像烛台这样的物件，只要不存心去破坏它，它会继续它的旅程，只不过易了主人。</u>所以，这类东西的命运都不需人特地去为它担忧。有时到收藏殷富的人家去看藏品，我都会想到这藏品百年之后如何的问题，这都是浅薄之念。如我眼前重叠的烛泪，谁的生命长过它呢？

物质传承与精神传承，各有各的尴尬。

  在对眼前的烛台越发清晰感受时，对于家族史却越发渺茫了。对我来说，除了对祖父、外公一辈还有印象外，再上溯就只是苍茫一片了。我没有看到家谱、族谱，估计我们家没这些纸本，也就从未向大人询问过修家谱、族谱一事。与有些氏族十分热衷修谱的情绪相比，我十分漠然。前些年我比较看重欧美文学中的超现实主义小说对神秘超验境界的描写，里边关于宗教宿命和救世的笔墨，曾一度影响了我，以为观前和顾后无甚必要，因果早就形成。这使我身心轻盈，仿佛自天外来，人生一趟无非是要印证一番罢了。可是，后来我得到了一些改变，偏离游移，我看上了自然主义文学那种动用科学实验的精

第二单元　古物沧桑

神,动用心理学、遗传学来剖析人生、注重人的自然本性的描写。我实际上是绵延瓜葛常青藤中的一叶。我开始关注人的血缘关系及衍派衰旺的奥秘。每个具体的人总是以为独立,这太浅显了。追究起来,都是千百代承传进化的结果,从形体、行为到精神、智力、语言,都是如此,因此此家族与彼家族,绝不相类。只要有一代中断,这个族类就注定消失。所以,人们总是会在一些旧时节日里把上好的食品作为贡品,以祭祀那不曾谋面又似乎在冥冥之中走动的祖宗,祈求保佑人丁的延续。我们这个古国的民族绵延性是世上绝无仅有的,而有不少民族先是辉煌,后是衰败,再后消亡。在这方面,就连当年一些横跨欧亚的大帝国也是如此。中国的家族保存历来为人所重,且每一代都有不同。从老照片对比,上一辈质朴而下一辈妍美,上一辈古旧而下一辈新潮,从进化的外表可以看到物质的改善。至于生命的实验不是儿戏,像《红楼梦》的贾家到了宝玉那一辈,大致就弱化到倚红偎翠的份上了。我当然不清楚这一支到了我是强化还是弱化,这是有机会要好好琢磨的。我看到早年的烛泪因蜡质的粗杂而浑浊,今日淌下的烛泪,因着蜡质细腻而晶莹洁白,这是用肉眼可以分辨出的。然而,分辨人的进化,那太复杂了。

有人认真地对我说:你这个家族太大了。按他的推测,我母亲的姓氏,可以一直追溯到春秋的颜回。孔夫子对颜回是很满意的,认为他"一箪食,一瓢饮,在陋巷,人不堪其忧,回也不改其乐,贤哉回也"。颜回无疑是安贫乐道的文人典型。而从父亲这个姓氏,他认为至少可以追溯到宋人朱熹。再浅

以蜡喻人。

近的思维，也能掂量出朱熹的分量。可是好些年过去了，宗亲大会也开了几届，我始终在外而没参与。我的想法是直通通的，颜回也罢，朱熹也罢，和我真的没关系。有好事者问起，我是一脸茫然。我在大森林中看到已枯落的母体主干和无尽葱茏的分枝，它们之间已无太多的干系。子系统有自己的生活方式，开始了对自己的负责，这就足够了。我比较强调的是一代一代对自身的负责，除此之外没有更切实际的自爱方式。记得当年米芾盛赞孔子："孔子孔子，大哉孔子！孔子之前，既无孔子；孔子以后，更无孔子。孔子孔子，大哉孔子！"这显然是删繁就简的提法，照此说，任何一个人都是空前绝后的，世上没有两片相同的树叶，何况人呢！只不过越往后人生越滞重，前代遗留下来的学说、仪轨，总要如此这般地引导和制约我们，甚至成为典范规则，不免让我们拘谨。的确，有时我们试图通过某些遗留物去逼近那些桀骜不驯的灵魂，但是时日推移，难以得知语言中的原本意图，以至云遮雾罩般的神秘和玄乎。

　　在我上几辈人，就着这烛台的幽幽光亮在做什么呢？像诗中的"共剪西窗烛"的诗意，我是未曾目睹，倒是小时候见过养母般的二姨在烛光下为我们做针线。她注意到了烛泪的滴落，不由加快了穿针引线的进度，以便节省一点。倘烛光摇曳过大，整个房间就晃晃悠悠起来，烛泪的滴落就如同断线的珠子一般，这对于不宽裕的家境来说，是一种心疼的浪费。如果不是煤油灯尽，是万万不会请出铜烛台的。越往前的岁月理应越珍视烛光，那种秉烛夜谈、剪烛西窗的浪漫，大概是富人所为吧。倾听着流逝之音，

作者念古爱旧，在其他文章中也表现出对"古树"和历史沧桑的喜爱，但是为什么在这里会主动拒绝自身和家族历史主干的关系？

从实用到审美，是历史给现实蒙上的纱巾。美固然令人感叹，现实却更为真实。

83

实用也转化为美学观赏。不再吝惜烛泪的流淌了，任其燃烧而无边际地对话，没有丝毫地心痛。是什么使我们不再怜惜烛泪呢，甚至对滴落的烛泪，心头荡起清洁和柔美？我常常会被自己设置的小小问题噎住。

晚间，照亮我们双眼的光很少是烛光了。停电使我们与烛光相逢，看烛泪垂落，这种偶然连带起的往昔的气味。只是这种偶然的机会，在城市里已经太少了。

古典幽梦

◉

上海著名中学师生推荐书系

千年瓦当

从满园春色的洛阳归来，行囊中多了一枚沉甸甸的物体。当时我用一件汗衫包了又包，裹了又裹，放入行囊最安全的角落。这是一枚硬邦邦的瓦当。记得在洛阳时，有人说是秦时瓦当，有人则认为必汉代瓦当无疑。对我来说，只是中意它那粗糙古厚，那种愣头愣脑的气度。我想，沐浴过秦时明月汉时风雨，才有这等模样。

与任何一些古代孑遗一样，这方瓦当也很能撩起人不着边际之联想，借此联想来增添它的美学价值。尽管它是如此寻常，可是时光的照拂却给它涂上了一层神秘的色泽，任你如何展开想象的翅膀也不过分。譬如，这方瓦当是来自秦时的阿房宫、羽阳宫，或是汉时的未央宫、长乐宫？也许是，也许根本不是。因着无从查考，使物象迷离，让你想象乱成一团。<u>我们总是喜爱把自己所获之物赋予一些神气，这也是现代人的一种常见心态，甚至连自己家中的赝品也视为至宝。</u>如果从平常角度看，即便是未央宫那富丽堂皇的建筑上的瓦当又怎么样呢？瓦当是斯文之称，俗称是"筒瓦头"，无一点诗意，为的是承接瓦檐、庇护檐端，最先承受日晒风吹雨淋。它就如今日民居的一片瓦一方砖那么平淡无奇。许多年过去了，摩天高楼灰飞烟灭，土崩瓦解，许许多多的瓦

富丽堂皇与寻常人家，逐渐远去和日日清晰，生活中历史中事物的变化和发展都带着哲学的意味。

当也跌落在尘烟里。那些稀世奇珍渐渐化解了，珠玉粉碎，脂粉失色，却想不到千年之后，后人还能不时地从瓦砾草丛中，找到完整瓦当的身影。在惊喜之中，文本中无比堂皇的宫殿毫无声色地远去了，而一枚枚瓦当却在人们的抚摸中清晰起来，其印象感觉都胜过秦汉时的任何一位帝王。

有时候不免犯了猜疑，连一枚破旧的瓦当也能撩起人浩然无边的怀想，这其中以偏概全的误导有多少呢？有时候我们也见到一些前人严重的败笔，如畸形的花瓶、丑陋的书画，胡乱刻画的碑文，就如今日之蹩脚工匠所为，本身没有价值可言，可是落在谁手中，没准就视为至珍至贵了。这种心绪常会迷糊了我们的眼睛，辨不出良莠。相应地就有许多仿古作旧术应运而生，做出大量的伪古董，以满足某些人的好古之心。我们爱说眼睛是雪亮的，这只是指自身遭逢利害冲突时，会看得清楚一些罢了。真要透过时间的迷雾，对往昔的秦砖汉瓦、唐书宋画作切实的描述，总是浪漫随意，过于透明澄澈。这么一来，总要隔一段时间，修正一下我们眼力的偏差，颠覆已成定局的结论。扫兴之余，然后从头开始。

掩埋瓦当的古城洛阳，已经大大地减弱了古色古香的气息。我指的是春天和夏季的洛阳，由于艳丽牡丹的怒放，使这个古老的城市平添不少脂粉气息。我随着拥挤的人流到公园去看牡丹花，人流的涌动使我增添了不少热情，在热情的温度中暂时忘记了这个城市的特征，身前身后都是敞开的花朵，目击这种娇艳，恍若身在江南。隔天下起细丝般的小雨，滋润了街市。走出户外，好像还飘散着淡淡的花香。两千多年过去,这座城市在不断的改造蜕变中,脱胎换骨,以便适应时风,它的古雅气息理所当然要散失,有时没有什么迹象可以证明这就是昔日的古都,除非打地基时进入土地深层,那些被翻起的土壤,会泛起一些古老的滋味。

瓦当代表的当然是过去的岁月,代表着当时工匠的烧制水平。如果仅是烧制,那是不足为奇的。有了相应的技术,可以烧出一大堆来,让你受用无尽。瓦当是宫殿中最不起眼的部件,可真要看出些眉目,还得超越这一物象的外部结构呢。使我兴味盎然的是这些凝固的泥巴上边,附着工匠的浪漫和情趣,巴掌大的空间,夔凤纹、玄武纹飞动,菱纹、莲纹舒展,小小的空间神气活现起来。泥巴最为朴实,工匠却大胆地将所思所想注入其中,这使我大为震动。"长毋相忘""延寿长相思"是一类,"千秋万岁""与天无极"又是一类,都是内心的憧憬和展望。他们的地位卑微如蝼蚁,却也不放过这种表情达意的方寸之地。如果说一定要指出一点什么,那就是比北魏人留下的大量造像记更诗意和鲜活。我看过不少造像记,一大堆祈福名姓过后,总是"咸同此愿""咸同斯庆",内容单调如一,令人荡不起波澜。而瓦当文字则让人心跳。"长毋相忘",多么好啊,让人想起爱情、故友、青春、少年。如果爱情难以追求,退而求其安宁,应该不为过吧。瓦当文字传递着岁月深处的渴求,这些人及其心愿,都已经落入地层深处,徒令今人唏嘘。"长安一片月,万户捣衣声。何日平胡虏,良人罢远征",现在读来已不限于长安了。气氛是如此朦胧平和,而捣衣棒下的声音却直通通地进入内心。诗人这种类似白描的手法，要比一幅精致的工笔画摄人魂魄。战乱，使人对于安宁的寄寓无所不达，祈愿遍及各处，在一代又一代薪火相传的语言链条里，永久地存活。文以载道，都如是说，其实在时间的流逝里，道是最容易转变的。某一个朝代衰落，某一个朝代张帜，道就截然不同。可是语言却始终如一，忠实不变地承传着内心的向往。

一枚瓦当大致的年份，通常会引导我们的思绪追溯那个年份的许多陈迹。平日，我们的思维多在现实的琐屑中，纠缠着难以越出，以至变得多实惠少浪漫。瓦当的出现给人虚空和梦幻，特别是夜间在陌生的空间行走时，会被玄虚笼罩。如果一日间接近的古物太多，心灵就会倾斜未平，脑海中总是有不同时代的风来雨往，令人难以入梦。古人叩门，在我看来犹如鬼神叩门，都是可感知却不可视不可抚的。倾听来自久远时空的雪泥鸿爪，夜半惊魂，都会觉得出自家中瓦当、陶罐、青花瓶一类的腹中，是它们发出的古怪言语。在地下沉沉入睡，应是它们最合适的居所，它们和地下的一切，共同构成那个世界寻常的一部分。在地下世界里没有贵贱之分，黑暗中不辨你我。我注意这种现象很久了，当年的帝王贵胄和山野草民，在地底都一般形骸，肉去骨存，都一样的难以入目。偶然地出土，打破了这种千年平衡，等级高下又重新复活于他们中间。那些考古的专家们煞有介事地推断分析，终于把官阶一一剔抉清楚，就像吃一条清蒸鳜鱼一般，最终要看到由上到下的鱼刺儿，这时就可以来细数了。瓦当出土后当然称不上一级文物，二、三级也够不上，这使原本抱成一团的地下兄弟,如今有的身在庙堂之高,有的则在江湖人家的橱子里。它们怎么知道千年之后,仍然要分出一个等第,人,为什么要如此对待它们呢?

还会有许多类似瓦当的古典什物浮出土面,有时是必然的,有时是偶然的。让我们把它们置于显眼处,让人把玩品评,以为风雅,倒十分不自在了。瓦当的本来作用,就是遮风挡雨的,为什么时过境迁,我们阻止了这种亲近?!

让历史回归本源,让古物回归自己的地位,才能让我们的情感真正自在。

浮出水面的古船

潮起潮落,帆去帆来。海边人家总是习惯了盈耳的涛声,看惯了波澜的汹涌,若无其事地做着自己的事情。大海对他们来说,实用远远地超出了审美。

不知从什么时候起,海边沙滩上总是会在退潮的时候,露出一些木块的棱角,它们在海水中浸泡已久,不管是阴霾笼罩,还是丽日中天,永远是湿漉漉的,好像才从海水中捞出一般。渔家认为用来做柴禾最好,于是总有一些闲散下来的人,拿着柴刀、镐头,去砍去刨。

当我第二次来到这个海边,渔村没有什么大变,还是弥漫着永久的鱼腥味,脚下的卵石依旧潮气散发。只是当我坐在礁石上看着潮水迸溅清丽如花时,那些浮出水面的木块棱角已经消失了。我来之前有人告知,那是一艘宋代古船,待确定时已被砍得乱七八糟,现在藏在古船馆了。

我就感到有些失落。

在这个曾是沉船的地方,涛声把人的思绪带到久远。谁也不知道,这艘庞大坚实的海上飞行器,载着那么多的瓷器、香料、绫罗,几百年前从哪里来,要上哪里去,为什么最终泊在这里不得生还。那些焦急希望它前来的人呢,还在翘首以待么?

古船,对于古老时代来说,是凌万顷之茫然的利

古典幽梦 ◎ 上海著名中学师生推荐书系

器。人可以在坚实的大地上奔跑，不管路途多么遥远险要，人的双足都有抵达的力量。可是人们对于海的认识是那么有限，足力再强的人，对于这种轻盈柔软的液体，仍然心存恐惧。它是如此浩渺无边，人在它的面前，真是沧海一粟。好在人的智慧促进了海上行履的飞跃。在古人眼里，只有木头能载人浮于水，许多块木头的编织，就成了船。船的形成，给人便利的同时，也把人推向死生未卜的边缘。往往是预定归来的时日，会有不少人到海边迎接归帆，一旦归帆无着，不祥之兆马上浮了上来，冲着海潮哭喊，在海滩上狂奔，捶胸顿足。海边总是有许多衣冠冢，面朝大海哭诉，清明时节会有人沿海边走，为亲人喊魂。天风浩浩，海涛沉沉，总是迅疾地把这种哭诉吞没，凄凉带着孤独无助。人面对于海、船面对于海，永远是那么细若尘埃。

每一艘新造的船都维系着一个新的希望，尽管再大的船在海上也是轻若蛋壳，但是它所储藏的人的心愿，却未必大海能够包容。出海前的仪轨是如此隆重，牺牲、香烛、爆仗的施用，都如此讲究。动作必须那么沉稳，神色必须那么庄重，有时让人想发笑，却会被周围的气氛包裹，化为肃穆。船的禁忌又是那么多，鱼是每天都要吃的，正面的肉吃光了，从大人到小儿，不会说一个"翻"字，更不会做翻的动作。渔家词典里，这个字难以查找。实在要表达，他们会用另一种方式或眼神，让你意会。女人和船总是无缘，她们站在岸边远远地看，手指蝴蝶掠翅般翩飞地织网，禁忌的遵守就是对平安的祈盼。

那些船体牢固又顺风顺水的船，在归航时给人

古船代表了那个古老的时代的交通，由交通深化出来的文明和故事，就成就了这个时代。

带来了喜悦和欢笑。许多鱼贩子等候久了,此时一拥而上。他们不是奔船而来,而是奔船上的鱼。这时就围着这些烂银子般的成色,讨价还价。如果交了好运,捕捉到些许海上珍奇,那么这种惊喜就会传染开来。资深得不能出海的旧日船老大,会用一种俯视一切的口吻说,活了这么久,才第几次看到。这句话一出,有利于船主,价码又升高了几成。散发着本色木质香味的新船,命数常常会让人好奇和关心。首航首获,顺与不顺,预示着将来。这个念头促使船上弟兄勠力同心,不敢松懈。还好,大海的胸怀总会给初航者一点面子,使他们归航接受同行的叩询时,面若桃花。夜幕来临,船桅如林,船舱缝隙里透射出光亮,那是他们在大碗地喝酒。

有许多的涛声流逝了,许多的潮水去了又来。许多的新船成了旧船,打着厚厚的木质补钉。新木的气味,被海水浸泡得发出鱼肚般的气味。它们还在海面上行走着,桅杆风化出裂缝,帆面如同残破的战旗,行走的步履已不太稳健,速度也慢了下来。有时大海一个小小的玩笑,就会令船上人家大惊失色。

又过不久,沉船就出现了。

沉船是大海的杰作。船和海之间,没有什么游戏规则,一方如此的强大,一方如此的弱小;一方由自称是万物之灵长的人驾驭,一方是柔和蕴含着暴烈脾性,相悖多于相和,偶尔一朵浪花,使千百人不知所措。我想起小时候就做过这样的恶作剧:看着蚂蚁成群结队,通过两片稍稍搭在一起的树叶,从这株树过渡到另一株树上去,回快乐老家。于是我把其中一片树叶撕开一指的宽度,这对我来说只是举

古典幽梦

上海著名中学师生推荐书系

究其根探其源,船只从新到旧,最后难逃一个"沉没",我们今天所看到的古船,大多都是沉没时的状态。

手之劳,而对于浩浩荡荡的蚁群,无异于鸿沟巨壑。前锋霎时大乱,后续部队又密密麻麻涌了上来,有序遂成无序。我无法算计它们要花费多大的工夫才能恢复原状。至于问理由,更是无从探寻。这种关系,今日想来如同大海与船的关系。后来人看得清楚的,不是在海面上国王出巡般的豪迈,而是它的沉没。对于海来说,载舟覆舟,只是一种能力的两面体现。对于船和船上的人,也许就夜尽天白、幽明两隔了。

沉船对于海底生物是一种友善的通知。它们会慢慢聚拢过来,观察这由上而下的不速之客,渐渐地附着于船身,穿梭于船体各个部位,啃噬船中装载的各种物品,沉船给海底生物增加了不少营养。无数的沉船,并不使广阔的海底拥挤,时日长了,船身包裹在黑暗里,海水沁入了它的内在,海底众生相改写了它本来的颜色。沉船如同一枚破旧的巨大蚌壳,就算是它的主人死里逃生,恐怕也认不出它来了。一艘船在海面上消失了,它的归宿就是在海底静静躺着,人们将渐渐把它遗忘,又继续运用人力物力建造新船。好几次我从资料上看到沉船的照片,我惊异它们沧桑的品相,海水这一温柔的杀手,对于木质的船、钢铁的船,消化起来令人不容置疑。

人们对于沉船不会有太大的兴趣,兴趣的锋头直指沉船上的珠宝或古董,沉船就像是盛宝物的盘子,要不要都没有关系。这使许多海上探险者,终日游弋于浩渺之中。可为什么不想些别的,那些唐代的、宋代的、元代的、明代的,沉船将海底变成一个博物馆了。海水淹没的古代文明,和地层下掩埋的相比，毫不逊色。谁能发现一艘古代沉船，谁就能握住前人遗失的梦幻，只是，谁来给梦一架梯子呢？<u>当一艘船远行的时候，曾经维系着多少人的希望啊，就算是一叶薄薄的扁舟，也含纳着家人温饱的寄寓。</u>我想到翻动《诗经》时，眼前掠过的尽是车队，而翻到《楚辞》这一页，则行舟如织了。水对于人是一种阻隔、一种拒绝，清秀的南国人善于用船来撩开屏障，走向辽远。那条六朝时穿过都城建康的秦淮河是多么令人销魂啊，画舫轻移，箫声临风，烟笼寒水，月笼丽人，空气中飘浮着清荷芳香，潇洒倜傥的文人墨客进进出出，桨声灯影里诗章洋溢。现在，这些画舫都沉入水底，连同当时的文采风流、醉生梦死。我不知道会不会有人打捞他们，那时的脂粉气、才子气，也只宜用心灵之网细细打捞了。

船的本性，就是追逐浪花，迎受风雨，一生与海相伴。严格地说，失去乘风破浪能力的船，是不宜再称船的，就如同折了双翅的苍鹰，不及蓬间雀了。我在一个仲夏来到这个古船馆，这艘浮出水面的宋代沉船残片，已被刮去附着物，油饰一新。那些被砍去、刨去当柴禾烧的船帮，已被补好，那新的船帮经过高超的仿古木处理，一般人根本看不出是新补的。这古船现在安坐在人们特地为它建造的殿堂里，讲解的小姐正在渲染宋代闽港的盛大场面，人们的眼前出现了浩瀚无垠的水际。

古船只能悄然无语。它倾听着遥远的涛声，却<u>丝毫不能动弹分寸，谁能看到它干净的躯体内深埋着的隐痛。</u>

为什么让它远离了大海的怀抱？

船沉没的时候，人或许会死亡，而船本身却始终有着游丝般的生命气息，承载着神秘的宝藏和历朝历代的故事，沉默而又安静。

让瓦当回归屋檐，让船只回归大海。

像流水一样地回溯

冬日的中原原野,一派衰飒,如果用一种色彩来形容,那就是灰。不过,气息是明显凝重古厚起来了。我长年生活在南方的青山绿水里,到这样的地界会因对比而敏感。同车的几位中原人,正就着啤酒啃烧鸡,对窗外风景连看都不看一眼。他们是做服装生意的,闲聊时曾表示厌倦这里的地气,跑了几趟南方,发点小财,心就漂泊无归了。我换了一趟车直取殷墟。殷墟的提法当然只有一部分声气相投的人才挂在嘴上,地图上则是安阳,而且没有标出小屯村。我们之所以喜称殷墟,是因为这么叫我们心头上会是别一种滋味。这个字眼太带有情感色彩了,如称安阳则索然无味。记得那天我们沿着原野行进,去观看出土甲骨文的所在,我们这些成年人是那么幼稚而又专注于自己的足下,总是希望有奇迹出现。其实,三四千年流水一般地过去,曾经有过的辉煌和黯淡都已散尽,地表除了土疙瘩和迎风摇曳的衰草之外,别无他物。我们又凡胎肉眼,没有丁点透视土地的能力,只有一种相信的虔诚不散:这昔日的殷都地下,依旧奥秘无穷。

我终于在这里亲睹镌刻在龟腹甲、牛肩胛上的文字了。如果说我是首次亲睹,这有悖事实,只是以往在其他博物馆所见,感觉总是淡淡的,而今氛围不

安阳与殷墟,本来不过是一个地方的两种称呼,但在这两种称呼里面体现出了不一样的历史情绪和学术感情。

同,看起来就有些震荡,呼吸跟着急促起来。出来时我是认真地洗过手指头的,遗憾的是邀请我们而来的东道主也视此为宝,死活不肯让我们亲手抚摸。我只能把脸贴在冷冰冰的玻璃上,倾注我的喜爱。倘有幸让我的手指轻轻拂动,让我的手泽和远古那位占卜或镌刻的先人手泽交叠在一起,不知会是什么样的一种感动。我发觉我的心绪有些游移,外边恬然升起袅袅暮霭,原野上紫气缭绕,仿佛对世事的变迁浑然不觉。人们忙碌地在废墟上建造乐园,就是地基下有旷世之宝,倘不是偶遇,也不会煽动起人们的热情。<u>殷商这个时代已经和我们相隔一道厚厚的历史屏障了,我们只能看资料凭想象来构筑当时的情景。</u>我看了几幅宫殿遗址复原图,心中就不安起来,希望这些好事者千千万万不要把它复原成实物。当今的圆明园遗址如果千秋万代都如此就挺好,唯有余下的几方东歪西倒的石头,已远远胜于复原的气度。废墟的魅力不可抵御。

有多少久远的实物归宿难卜啊!它们一经浮出地面,福祸就全凭命数了。书上一律写明甲骨文是在 1899 年面世的,一经叩询,不对了,在此之前所见甚多。可那时不识货,权当龙骨,成麻袋卖与药铺,研成粉末之后可治破伤风、高热等症。药店老板还讨厌上面的字迹,以为不祥,非得刮去才肯收购。这时,它的精神价值就在昏聩中沉沉入睡,只显示出了极为一般的实用价值。当甲骨文之美被蒙上一层厚厚的愚钝尘埃时,也就等同于一般的龟甲和兽骨了。我们当然要感谢王懿荣、罗振玉、刘鹗这些智者,不是他们,这些宝贝依然要继续充当疗伤的药材角色。

这一层玻璃是历史障壁的具体化,这是历史的必然,也是现实的慨叹。

古典幽梦 ●

上海著名中学师生推荐书系

可是,已不知道有多少龟板消失在碾槽的铁轮之下了,那走出药铺的老农,那一双嶙峋粗糙的手掂着几个小钱,一张多皱黝黑的脸却溢了笑意。这是不是很让人可恨啊?且慢,把思路稍稍网开一面,我们的怨恨就会淡然许多。时在 19 世纪末的农民,能有多少文化和觉悟啊?北方凋敝的岁月,维持生计是人之本能。君不见敦煌藏经,它是那么明显地放射出宝藏之光焰的,还不是无人理睬,眼睁睁任其流落异乡!可见福祸自有天意:研成粉末的有助于药用,有幸存世的可供考究;流落异国的反成上宾,留存国内的倒辗转散失。说话间就到了 20 世纪末,已有专家恳切提出在敦煌经卷面世百年之际,吁请各收藏国能让敦煌文物回一趟"娘家"。这很好,倘能如愿,一者可以看到强盗加智者的昔日背影,还有高度完善的保护精神,二者可以看到我们麻木而又腐朽的过去,以策未来。如今,塞北江南都在大兴土木,仍有多少建筑工程中的古物在推土机的轰鸣声中化为碎片啊。甚至明摆着就知道脚下有宝,为了不招惹麻烦,趁月黑风高迅速夷为平地。明摆着一打报告就得停工以待勘察,搞不好作为文物遗址保护起来,那肠子都会悔青了,谁愿意和自己过不去呢。如此想来,挖甲骨以换几个小钱的农民反而变得可爱了,多亏他们把它们送到药铺,才有幸得遇识者,这是不是上苍的有意安排呢?

我们钟情殷墟,是因为它给我们打开了一个陌生的空间,同时也给我们带来抹不掉的愁绪。甲骨出土后,破译者蜂起,有深厚学养和具得天独厚条件者自然捷足先登,迎刃而解地拨开了不少缭绕于文

祸福是天意还是人为,关键是看这散失是无心还是无视?无心可以原谅,无视则让人叩问良心。

字中的迷雾。而越往后越艰涩，后来就剩下一堆不带肉的骨头，谁愿意啃谁啃去。这与现代生活节奏形成鲜明的反差，一边是轻歌曼舞、灯红酒绿，一边是萧瑟枯寂、为历史死结解码。殷商人死得一个都不剩了，任何一个死结是否解开，也只能由今人来裁断。有一位同行者笑着说他断断续续三年间翻了不少史料，考一个字，结果某权威一下就否定了。三年啊，可以承载多少欢乐，可他三年考一字，无成，还笑，痴情也有昭于鬼神了。我是缺乏这种走极端的精神的，这条路我也认为太狭窄了一些，但我向他表示了真诚的敬意。我说，你既然以为考证无误，在援笔濡墨时尽可以大胆去用，这也是你研究价值的体现，至少是对三年冷板凳的回报吧，为什么我们的成果都要以别人认可为欢欣呢？这么久远的年代对谁来说都是扑朔迷离，凝成的死疙瘩，解开的方式怎么可能一致？类似殷墟这类出土给予我们太多的心灵重负。我到过一个小县城的文化馆，得知这些年陆续出土了一些古物，便提出看一看。馆长马上同意了，并说难得有你这样的心情。一个单间的铁门"咿呀"一声打开，顿时有一股铜锈霉味迎面扑来。只见昏暗的室内简易地钉了几个架子，铜器居多，有盘、壶、尊、爵、镜和一些形态诡异的器皿；另一个角落则是一堆陶罐、木雕和玉饰。砖文、碑文由于沉重，干脆码成一摞。我见到一个小箩筐，里边黑乎乎一堆，正想抓一个瞧瞧，被馆长挡住了："小心，别刺着。"他递过一块布，让我敷在手上，伸入拈起一支，原来是墓中人的精致发髻，可怜都锈蚀到一起了。旁边还有一个箩筐，半筐子古钱币，秦汉相亲，唐宋拥抱。

三年一字，是执着的追求，也是后人对历史的一种九死不悔的忠诚，这种忠诚本身是值得尊重的。

古典幽梦 ●

上海著名中学师生推荐书系

这个箩筐盛的就是厚重的史册,却没有人来翻阅它们,以至尘封。如果有一座大房子,如果有配套的设施,由远而近分门别类敷衍开来,称小博物馆也不枉。可是这里的条件永远处于"如果"。梅雨在每一年都要光顾这座小城,空气中捏得出水来,这里的藏品就每年遭遇一次重创。如此说来,出土反不如不出土了。

我们不能不叹息土地的奇迹,它能包容一个又一个紫气飞扬的王朝的梦想,接纳一个又一个横亘岁月的创造。地下的魅力拂之不散,是因为它把昨天翻给我们看。并不是许多人有兴趣于先我们而去的古人的行踪的,把他们作为课题来研究的人更是稀罕。不少惊喜的发现往往在这些研究者赶到之前就损毁得杯盘狼藉了。这么悠久的历史沉伏于地下,出土便永远没有穷期。这不免使研究者奔走不迭,迟去一步,幸许只有残汤剩水了。不少古物,尤其是精气弥漫的朝廷、庙堂重器,出土前都是有异象的,出土的刹那神气夺人、日月蔽亏,却往往落入一些庸俗之辈手中,折腾得蔫头蔫脑。就如秦国十石鼓,唐初出土后即处于遗忘状态,先遭一番风吹雨打之苦,待宋人司马池费些气力移至凤翔府学,已是斑驳风化。宋徽宗时取入禁中,便有俗不可耐之徒以金片填字以示珍贵。待金人大破汴京,石鼓劫掠北运,一路舟车运载,颠扑撞碰,崩毁不少。加之历来野蛮椎拓,"既击且扫",剥渤无数。有一鼓已文字尽失,据考曾被村妇滚了去,当了捣衣砧子。石鼓有灵,肯定用我们听不懂的语言悲愤疾呼:"求求你们,送我回地下去吧!"如果没有识者,再有灵性的古物都会被玩弄得精神委顿、形体亏损。可是,有多少识者呢? 就像这些巴掌大的龟板,能镌刻上这么小又娟秀精美的痕迹,本身就是一桩奇迹,仅这一点就足以令人寻思,偏巧遇上有眼无珠之徒,则视有若无了。我理所当然联想起了兵马俑。当时的农民不也挖到这类"瓦人"并击之粉碎么,他们眼中的"瓦人"与旱魃无异,这种思行依然是与自己的衣食紧密相衔的。大概是先天带来的悲天悯人的天性,并随着年龄的渐增,在注目这支强健队伍的面容时,我的悲观情调是加重了。你是不是发现众人的汗气、口气、内气、外气甚至指指点点的动作,都在给它们不知不觉的侵蚀和糟蹋呢? 原本有华彩的,如今早已退去;原本有神气的,似在梦醒之间。但是它们仍然要被动地接受这些天南海北幸福得要死的人们的目击和指击。在失去了土地这层坚固的盔甲之后,这支裸露于世曾经横扫六合的精锐连招架之功都消失了。活着的人是很需要一方平静的心灵港湾的,难道这些陶制的躯体就不需要么? 在此我想表明自己的态度,我是举双手赞成不开掘乾陵的。它的设计对于古代盗墓者无疑是铜墙铁壁,从山的侧面向山里头深掘进去,安放停当后,再用厚重难移的大铁门封埋起来,上头便是厚实的山体,令多少垂涎欲滴者觊觎而束手无策。它保佑了李治和武则天千年来的灵魂安睡。<u>按照当代的开掘能力,天下没有攻不破的城池,问题在于开掘之后会给我们带来什么样的精神痛苦。</u>那么多有灵性、充满慧心造就的美好在安睡中一经梦醒,见空气、见风、见光,特别是见活人,有的马上就化为一缕青烟成为缥缈。

造物者人也,毁物者亦人也。"盔甲"原本护人,今日一用,居然也防了人。

古典幽梦 ◎

上海著名中学师生推荐书系

痛苦之于肉体只是一时,痛苦之于精神,则是万世。

　　我们在精神上太没有对地下世界足够的尊重了，在物质准备上更是捉襟见肘。对珍贵的事物不加以珍惜，把很有序的地下空间化为无序，通常是今人发泄形式之一种。对古人不负责任的恶习是当今流行起来的社会疾患，这种疾患在千疮百孔的古墓葬群落、在胡编乱造的历史剧上发作得尤为彻底。有时候，走进古垤斜阳里，走进荒郊夜色中，我会听到一种声息从空旷中传出，它无法使我模拟，却使我感到悚然和敬畏，不知道发出声息的是什么样的灵魂。我比较倾向于以为，这是发自土地深处的无奈叹息。

　　不管怎么说，这方热土总是有幸的。昔日的殷都建造于此，使它风雨百年风采迤逦。这对后人来说太带有偶然性了，是什么使盘庚独钟小屯村呢？在盘庚之前，先王已有五次迁都的历史了，频繁的迁都旨意不明，似乎都在接受冥冥之中的暗示，可是灵魂毕竟难以安宁。轮到盘庚迁都，许多贵族厌倦透了，群起攻之。盘庚只能力陈其利，他是有些统治手段的，连哄带吓先使贵族服帖，平民也就悄无声息地跟从了。一路风尘之苦由奄（山东曲阜）迁徙至殷（河南安阳），贵族们又乱成一团，说睡不安稳。盘庚此时已王气雍容、运筹若定，巧妙借助鬼神平息了心潮的骚动。这些弄神弄鬼的实物，除了甲骨文字，还有威严的饕餮、狞厉的鸱枭附着的商鼎。鬼神的昭示随着岁月的磨洗而淡化了，这些商文字、商鼎却日益夺目起来，这肯定出于盘庚意料。后来殷商的顺利发展证明了盘庚是有眼光的，书上记载："自盘庚徙殷至纣之灭二百七十三年，更不徙都。"并不是所

像流水一样回溯历史，就要找到文化意义上的源头，抛开世俗伪饰的假象，寻求精神内容。

有的土地都有这般运气的，它经常使我们这些有好古癖、有怀旧感的人向往不已。从地理学的角度看，这里的土地在物质结构方面不会异于其他，但在我们看来，它是饱含着深厚的精神内容的。古朴、凝重、深沉、朴茂，甚至连拂面而过的清风都有所不同。在这样的地气熏炙下，我们会产生一种很幽深的怀念。这些先人长存于世间的生命信息无时不在包裹着我们，给我们想象、联想乃至惶恐和手足无措。我们大多是沿着自己的思维和理念来与古人古物对话的，理解自然千差万别。这是因为我们长期在市井、书斋度过，而亲临实地的契机又无多。看来，人是需要不断找机会四处走走，感受与自己熟悉的家园所不同的气息，并通过不同气息的接纳，汰洗自己肺腑内的麻木、陈腐和无动于衷。特别是经常到有古都色彩的土地上，那些充满了幻象、神话、巫术观念的神秘符号及图饰，都会给都市生活中的人奉献一种混沌初开、带有毛茸茸的原生美态。可惜呀，如今这些土地大都开发成闹哄哄的旅游景点了，死去的人为活着的人提供富足，也助长了贪婪。这样，我们要感应远古的气息就更需要心有灵犀，使真实的内心返回到事物的处女状态，一方断碑，一截残戟，一尊破损的造像，都有可能敏感地传达出扣人心弦的文化密码。殷商由于久远，密码传达的信息就越混沌、圆融、诡秘和多义，除了需要我们具有一定的解码技巧之外，我们的心情状态更决定了我们解码的深浅程度。可是，我们总不能逃脱这个喧嚣而又躁动的社会氛围，心如沸水，心如沸水啊！这又怎么企盼与古人貌合神共、如合符契呢？就如我们这次殷商行，

古典幽梦 ◉ 上海著名中学师生推荐书系

沸水之浮躁，流水之清静。

大部分时间是在会议室、宾馆和汽车上度过的，真可谓行色匆匆思绪匆匆，似乎与一位久已心仪的陌生人打了个照面便擦肩而过，而今蓦然回首，却连模样都梦里依稀了。我只能在往后的日子里，继续翻动《殷契卜辞》《殷墟书契菁华》这类印刷品，可这些成了纸面上的影像，分明已拂去了岁月的雨露，变得轻浅起来。我认真地想过，倘能有足够的时间、澄澈的心绪、清幽的环境来滋润这些远古遗物，不唯在学识上有长进，在精神上也是一种净化和富足。我们可以一边摩挲，一边在这深沉的原野上走动，甚至匍匐于地作小儿状，接受无形无声的沟通。斜阳远村，烟渚月色，寒林暮鸦，都会从不同的角度启动我们的性灵和情思，我们会看到厚土之下掩盖的汩汩不息的生命之源，看到依然鲜活狂跳的生命内核。究竟要什么时候，我们能够从容地拥有呢？无奈总是如影子一般地追随我们，很快，我们忙乱收拾行装，班师回朝了。

　　在南下的列车上，我斜靠在卧铺，取出刻刀，在一方中原朋友赠送的印石上，沉重地划下了三个字"殷墟梦"。

殷墟之梦，希望跳出凡尘俗世，直接和历史接轨，这是一种愿望，也是一种无奈。

■ 残破包裹的沧桑

穿行这片参天的桧树林时，真是闷热极了，前胸后背的衣服都紧紧贴着肉体。从巨伞一般的树顶飘然落下细雨，使阳光难以穿透的林间，更为湿气漉漉和腻滑。沿着阿里山的这条石径小路，我小心翼翼又不失兴奋地前行，为的是要亲眼看看那一段已被凝固住了的历史烟云。阿里山是台湾的象征，而阿里山神木又是阿里山的神祇，阿里山之魂。大概来台湾的游客，都不想失去这个亲睹的机会。已经难以从年轮上计量神木的年龄了，千年前汲日月精华、山川灵气，成就了这片茂密树林中首屈一指的伟岸。而后诸多缘由，使它绿色褪去，主干轰毁，成了眼前这样一段木头桩子，不复当年竞相轩邈又当风有声的形象。它蒙着满身的历史皱纹，日复一日，苍老而且残破。它吸引我的到来，并不是它的美。用美是不宜形容它的，也过于浅薄和轻巧。<u>它以残缺不全和面目的丑陋使人心灵悸动，从而加深了它的凝重。它实际上已转化为某种象征了。</u>我的感觉变得复杂起来。

中国的历史太悠久了。随便一片秦砖汉瓦、古陶旧瓷，都比一些国家的历史要长得多。那些带有古典情怀、古典气质的物体，往往会给生活在日渐现代和精致中的城市人难以言传的怀想，并不是所有

古典幽梦 ◎ 上海著名中学师生推荐书系

残破是历史的脚印，只有在历史经过的地方才有沧桑的美，崭新的东西代表不了过去，即使完整也不真实。

的国度都有这种情怀的。一个起风的黄昏,三危山的落日西沉,传来沙哑的辘辘声,这是一个叫斯坦因的匈牙利人(后入英国籍),正在努力地把莫高窟藏经洞中那些堆积已久,发硬变黄甚至残破不堪的经卷运离中华大地,他平静的神色掩不住内心的狂喜。越是古老的土地,难以望见历史尽头,神秘感也就越积重,无从查考的真伪也就越多。特别是那些语焉不详、神龙见首不见尾的吉光片羽,更是给人绝大的可乘之机。像《易》,万事万理皆系于《易》,可古来有多少人真能弄懂,我是很怀疑的,却大都化为摆摊算卦、察看风水的江湖把戏了。

我是随着对艺术理解的逐渐加深而喜爱那种由残破包裹住的沧桑。这种感觉一进入心灵深处,就如烙住而永世不会褪色了,因此有时会起鸡皮疙瘩,颤抖或热泪盈眶。好几次我到北京,我去了故宫,在那里难以自持,也因而至今未去八达岭长城。我一次又一次地从电视的特写镜头中看到这一段最为完整无缺的长城,我的感觉永远是这样的:它太新了。倘我亲临,一定会感到更为崭新,使我很难与秦、汉长城联系起来思考。一旦眼前的实物和心中的向往标准相距太远的时候,对它的真正接受就有一个很难契合的缝隙。为了这种契合,不得不等待时机甚至忍受相思的煎熬。如果换一个方向往西北走,那种如实映现历史风涛的厚重感就会日渐一日地逼近你的心胸。像甘、宁、陕都是有遗迹可寻的。我常劝学生外出时,不妨到这些地方走走。到这些地方不像到八达岭长城那么顺当,要吃点苦,但感觉会是别一种。像横山的秦长城,已是残破得散乱不堪了,在

缺与全,唯有真实才有沧桑之美。

这种状态前,你坐下来,或者斜靠着,天籁之响从长空划过,会产生幻觉,那残破至极处一个个凹凸不平、深浅不一的小窟窿,风吹过来,发出吐纳的呜呜咽咽,如泣如诉。生命岁月无数主题如风掠过,它们总是裸露在旷野,无遮无拦,任凭时间的凿头随意修理,由新而旧,由旧而残,有的断落坍塌甚至夷为平地。这些至今还残存的片段,无不在夕阳的辉煌之下流露着峥嵘和高古。这已经不是一段段普通的城墙了。它成了历史的里程碑,释放着无可遏制的能量,并显示着历史演进过程中的本来面貌,每一个愿意驻足读它的人,都感受着大荒地老,而大凡能够破译出其中的一些信息者,心灵都会不由自主地战栗:还有什么能够比历史的真实展现更能启示人对生命的体验呢?

像我这种喜爱也许属偏执之一种。在我印象中,更多的人是喜好大全的,向往诸如完美无缺、完好无损、完整如新的。古来艺术就有对大团圆的特殊感情,连杯中之物都要讨个吉利,命其名为"十全大补酒"。为了这种完整,人们往往动用自己的智慧和借助科技来补残补缺、救疏救漏。八达岭的长城就是这种典型,它在游客面前展示着逶迤不断的风采,似乎历史的长风在这儿拐了一个弯。殊不知形态是可以加工做旧的,可每一块原有墙砖所渗润的历史情绪,却是任何能工巧匠所难以赋予的。好在众多的游客非考古学家,也无好古癖,来此一游纯属玩玩,要是看到残破长城,不准还要发一通牢骚呢。打开电视,历史长片一部接着一部鱼贯而出,一会儿是沙场上的刀光剑影,一会儿是豪族间无尽的瓜葛,

古典幽梦 ● 上海著名中学师生推荐书系

一会儿又是宫闱中的情意缠绵。余生也晚,无从亲睹古人的生活状态,但见言语、动作,连同眉宇间神情,皆当代人风规,只是没有沧桑感。《秦颂》上演的时候,我正闲着,便前往欣赏。我于秦文化没有深研,我是从秦代诸多书法刻石来把握秦文化的,通过斑驳的《泰山刻石》《琅邪台刻石》《会稽刻石》来构成秦时的一组组画图。《秦颂》自然不能与我所复活的场景一致,特别是剧中的"秦始皇"把"床笫之欢"的"笫"念成"第"时,我就有如坐针毡了。这两个字极相似,却有着遥远的历史跨度,真的秦始皇一定不会念错的。这样,用再古旧的服饰来包裹,也毫无补益。

有好几次,我带儿子到博物馆去。他从小有集古币的嗜好,又对古物有特殊的惊喜。空空荡荡的馆里是很适宜我们父子二人悠然起澹远幽微之思的。现在许多地方嘈杂不已,唯有这种地方清静异常,令人生出许多失落。由于馆内极少人至,灯便没有打开,我们从原始社会开始,一直走到晚清,犹如穿行在幽暗而又漫长的历史甬道中。让我感到意犹未尽的是这些实物,脱离了原先那个文化环境或物理环境,静静地躺在明净的玻璃橱里,这种剥离使它们的本来意味削弱了不少。就说那个来自武夷洞穴中的船棺吧,这个庞然大物被保护起来后,它还有先前那种令人惊喜的魅力么?当我乘着竹筏在九曲漂流时,抬头仰望刀劈斧削的山壁上的船棺,像是随意搁置在浑然清气之中。悠悠白云之下,山风吹入玄色洞穴,发出幽幽的声响。这种特定环境下的特定场景,蓦然地闪现,黯然地消逝,令人怅然。船棺,连同那峭壁、衰草、山风、老苔，是一个严密的整体，而下方寂然的寥廓田野、河流及氤氲气象，显示出一派巍然、悠远、飘忽之情。它们同死生，共衰老，以至有着超越性的力量，让人一触目就惊心。现在好了，把其中一副船棺取下，用玻璃框罩住，贴上标签，大约就只能产生教科书的作用了。我很喜爱杜牧《赤壁》一诗中的两句："折戟沉沙铁未销，自将磨洗认前朝。"想想吧，站在滔滔东去的大江边，面对沉沙中锈迹斑斑的残戟，漫长的历史都会清晰地钩沉而起。在这样广阔的背景下，有时比捧读典籍更能让人铭心镂骨。

在现在这样的时间段上，我们会更远离历史，不辨沧桑。人一接近实惠，就势必减少古典情趣的熏陶，没有这种累积，人的学识修养就会变得浮浅起来。在艺术上，要进入到古典的内核是需要长久的过程的，缺乏这种准备的人们，尽可以利用化学材料产生的反应和繁缛的工艺手段来渲染，极尽创作后的古色古香，可是稍稍与真品放在一处，这种侥幸就立时被粉碎了。随意从汉碑中取一方来看看吧，纵然是如波如云的石花，如渗如润的漶漫、如胶如漆附着的苔藓，都是一种历史的情绪和趣味。没有时间的自然淘漉，就不可能剥落成如此的状态。在这些残破面前，我们看到了历史的阴晦与晴朗，特别是那些风霜侵蚀处，我通常用"韵致"来解释它，因为我无法用笔法的归属和结构的逻辑比例来条分缕析，它已不再从属于视觉，而纯乎一种内心的感觉了。苍茫辽远的贺兰山，维系着我的牵挂。纵横交叠的山势筋脉，绵延数百里，镌刻着数千幅形态诡秘的岩画。新石器时期已有人在这里出没,深藏着一个个氏族、部落的祈祷。几位对历史有着极度崇仰和虔诚的朋友,在五年的时间里,于深山峡谷中,于悬崖绝壁处,硬是抢救了近千幅。<u>终日摩挲这些带有神灵崇拜、巫术意味的奇诡画面,在人烟荒芜处与古老的遗迹对话,时日久了,便有一种浑融之感。</u>告一段落的时候,他们寄来一张拓片给我。时间久远,已分不清是羌戎还是突厥哪一族绘画好手的杰作了。群羊在奔走,简洁洗练的线条抽象而又象征,通篇意象盈满。捧在手上,就如同捧着一块化石一般,沉重又神秘。也许在我感慨不已的时候,他们又向更深的崖壑进发了。在积淀数千年的沧桑中倾注所爱,并为此痴迷,萧森静谧的贺兰山如若有灵,一定要给这些年轻人更为丰饶的回报。

时代的航船在吃力地穿越了文化沙漠之后,必然更为迅疾地驶向日新月异的彼岸,不再过多地旁顾或频频回首。其实,从历史这张无比巨大而残破的网络上随便挑选一个孔眼,都会蹦出一串饶有兴味的问题来:凌家滩玉龟玉版上诡异的图案意味着什么? 濮阳西水坡由蚌壳堆叠的龙虎之形是象征天象中的什么? 这些祖先留下的遥远悬案扑朔迷离,也许有结局,也许没有,却都一样的隽永。只是,随着光阴的流逝,它们给了我们亲近的困难。<u>"不知有汉,无论魏晋"</u>,在时下已经不是什么耻辱了。<u>我总是担心有一天,这些被积淀而成的、被称为古典的东西,真的会在追求簇新的过程中,隐没在人们仓皇行进的尘烟里。</u>

只有走进承载古物所存在的自然背景,才能真正与历史建立联系,进行对话,这是在博物馆里面所无法体会到的。

"仓皇"一词写出了现代人"趋新"的盲目与浮躁。

岑寂的碎片

那方不毛之地一直为我神往。

像我这般珍惜故纸的人,常常会留意典籍上、画册上的一些残破纸片。这些纸片都没头没脑,残损得不成样子了。这时我总是心弦一颤:该不会又是楼兰的碎纸片吧?凑近前一瞥,十有七八,果真是楼兰出土的残破纸片。

楼兰,真是离我太遥远,又太亲近了。

曾经想过,楼兰于我来说,已不是地域上的一个名称了,而是一种精神领域的烙印。一开始我不知它具体的方位,只为那种莽原气象、苍凉气息吸引,心想什么时候也走去看看。后来有人告知楼兰在罗布泊附近,不由让我吸了一口冷气,天啊!行动的信念顿时萎缩了不少。倘没有天赐的力量,是断断难以进入这块神秘领地的。因为有不少人殒命于此,最靠近的可能就是余纯顺了。这位上海壮士的心愿是徒步罗布泊,可是却倒下了。不消说它的腹地,就是边缘也是杀机四伏、凶险有加。高温、缺水、沙暴,加上内心无比的孤独,哪一种都足以让人毙命。它更多地成为了人们精神上的向往。既然体能在目前无法跨越,那么只好在心灵上逼近它吧。

我分外喜爱楼兰的这些汉文残纸,从外观上看,边缘都被时光的风霜啃噬得斑驳陆离,犹如一片片

遥远是由于历史的阻隔,亲近是由于古物的媒介。遥远是由于路途和客观自然条件的阻隔,亲近是由于它是人们精神上的向往。

古典幽梦 ◎ 上海著名中学师生推荐书系

洞见筋脉的黄叶。我见到的这些残纸上密密麻麻地写满了汉字，古朴而稚拙。只是由于残片，即便从内容上细审，我也弄不清哪页残纸居先，哪页残纸断后。原先贯穿纸片使其排列有序的细韧皮条，经不过风雨磨洗，命若悬丝，不知哪一日清晨呼喇喇分崩离析，这一摞摞记载楼兰心迹的古纸本霎时如天女散花，散乱而嘈切，再也无从整理。有序顿成无序，整饬变成芜杂。岁月的更替更是纵容了这种零落的加剧。一些重要的记载被风吹雨打腐烂去，一些关键的词组也剥蚀风化，明明白白的史实成了一堆毫无头绪的乱麻。今人再有天纵之功，也难以如女娲炼石那般补其天裂。神秘的气息开始飞扬，越往后越神秘莫测，好像前世来生的经幡四处飘舞。这里总是苍凉之至死寂之至，只是死寂中蕴含无限的饱满。我想会有一些人，面对那无尽荒漠的方位，踮起脚神往地张望。

我们是完全可以在精神上还原、再现当年丰饶的场景啊。

一千多年前的楼兰，是何等的富庶和滋润呀！这个美丽的绿洲王国有如丰满而妩媚的少妇，林木葱茏，水草丰茂，波光荡漾，百鸟啁啾，真正是一片乐土。它位于欧亚腹地的这个优势，使黄河文化、恒河文化和古希腊文化水乳交融般地糅合在一起，在不断的西行中，在不断的东渐里，掀开了一页又一页灿烂和希望。不过，如果上苍长久地青睐楼兰，楼兰就不会有今日的震撼了。那种歌舞升平的过程，是不可能长久地吸引人的精神向往的。楼兰以它的消失，使后人察觉到了宿命的密码的诡异莫测，使人感

苍凉是因为残破，死寂是因为这文明的断绝，但是在这断绝的文明里面蕴含了太多不为人知的历史，所以无限饱满。

到再滋润饱满的生命,也会如流星一般,在瞬间划向虚无。

后人看来,漫长的岁月行程中,楼兰宛如一夜之间从这个地球上被抹掉。如今,我们摊开地图,在新疆南部,有一方缀着黑点的空白。在那里,江河湖海的绿色标志,无;州县城镇的圆点标志,也无;山峦沟壑的等高标志,还是无。茫茫荒漠,阒寂苍凉,残月在天,清冷无比,这便是楼兰的真实写照了。我不是楼兰研究的专家,可我看过一些专家的高论:是战争彻底毁了楼兰的富庶,使它跌向荒芜;是罕见的瘟疫断送了楼兰人的繁衍,香火不继;是不可抗拒的沙漠化推进,使绿色家园夷为废墟;等等。研究存在的东西要实在得多,而研究已不存在的消亡之物,也许就扑朔迷离了。谁都可以说出一大堆理由来,但是对楼兰人来说,是否就真的撩开了消逝的面纱?着实没有意义,正误都无所谓。

我也觉得无所谓。我有兴致的就是这些古典的碎片。由于没有完整性,它使人们也就看到一个碎片的楼兰,看到了那些舞文弄墨的楼兰人迷蒙的背影。在我把玩到的一些墨迹里,这时的书体,正处在隶楷若即若离的阶段,那种楷有隶意、隶含楷法的驳杂胶着状态,醰醰有味,品之不厌。这些墨迹和相应时期的魏晋名流风格如隔江海。楼兰残纸墨迹总是那么素朴,淡墨青衫一般天然动人。当然,有些笔迹真的没有写好,直让我读起来皱眉头。但这也难怪,那时的深目高鼻的楼兰人也许接触汉字还不是很多,还没有学会书写的含蓄呢。有时用笔恍若马背上挥刀,直通通地就挥了过去。这宛如在纸面上作

古典幽梦 ● 上海著名中学师生推荐书系

长枪大戟格斗,咣当作响。我当然不太习惯这种表现方式,觉得太抛筋露骨,只是书写中一如既往地不作态,则是我屡屡赞美的。这时的江南名士,已经能写得一手流畅婉转的好字了,楼兰人的字迹却都处在未完成的品相里,似乎等着后人去弥补。可是我感到了字里行间充溢的宗教神秘的气味。佛教进入中原,首先要途经西域诸国,是这里的人过早地皈依了吗? 这真是一个饶有趣味的问题:有技巧的人足以达到完美,却全然写不出如此韵致,或是心灵空间缺少了什么吧?

面对残破不堪处,心痛不已,却又令我狂想未休,试图动用我全部的想象力去追索。这颗心就总是托付给了遥远和苍茫,让我心旌迷乱,忘却了时间。

由于这些残纸当时都是出于个人之手,他们书写时的情态、动机等各不相同,这正是不可究诘的。往事如沙海浩渺,在叹息离它们太迢遥时,我也想到相互之间的内在关系,究竟是谁更亲近它们呢?

这就不能不提到瑞典的斯文赫定了,我觉得没有必要回避这个也许会让人不愉快的名字。20世纪初,这个具有探险血统的人就来到罗布泊附近的荒漠上,发现了遗弃千年的楼兰遗址,挖掘的序幕就此拉开。我惊异不已,这实在是一个生死之旅。有人曾把来中国探险考古的人一律视为利欲熏心的人,我想这是需要纠正的。他们首先是个文化人,然后才是商人或强盗吧。我是很注意这些人的行为的,他们总是精力充沛、体格健壮,适宜在艰苦卓绝的环境中工作,吃着粗劣的食物,听着荒野狼嗥。可以轻

书法并不仅仅归于技巧,平民艺术也有它自然本源的魅力一面。

易推想,20世纪初亲近罗布泊边缘会是何等的艰难。但是斯文赫定还是千里迢迢地赶来了。这些人有着狼狗一般敏锐的嗅觉,而且不是一个人,而是一伙、一群,只要破旧的中国哪里有宝藏出土,蛛丝马迹,都会把这伙子人招引过来。斯坦因不是到了敦煌,轻易就把藏经洞的珍贵经卷搬走了一大批么;华尔纳则动了点科学的脑筋,发明了一种特殊的胶水,专门用来粘走那些活灵活现的鲜艳壁画;还有一个叫A. von 勒科克的德国人更绝,跑到荒无人烟的高昌古城的柏孜克里克石窟,硬是用犀利的狐尾锯,把壁画连土锯了下来,然后装箱运走。

有人不信,以为真有点接近天方夜谭。

这类事情在那个时节委实太多了。如今我只能粗疏地在自己那张记事地图上作种种颜色的记号,这里,或者那里。这种登堂入室的文化搬运行径,曾使我们蒙羞并且愤慨不已。当然,我也透过他们进进出出的顺畅神情,反观到当时社会背景软弱的基调和底色。心想,还是不要轻易地由自己来下结论吧。

时光流逝未止,从 1900 年斯文赫定抵达楼兰算起,一个 50 年过去了,又有一个 50 年也过去了,20世纪已走到了自己的终端,21 世纪开始了。

风沙越来越沉重地覆盖在楼兰遗址上,终日无绝,漫过基础、漫过墙堞、漫过城楼,着力剥蚀着突兀处,料想在不久,就连高耸的烽燧也要被遮埋,遗址外相或许会荡然无存。一切绚丽和辉煌,在如许长的岁月中,被黄沙摧残成一片迷蒙。

只余下楼兰残纸了。毕竟是一种底层的产物,土气中蒸腾着芸芸众生的气息。在我分类后剔除一

古典幽梦 ● 上海著名中学师生推荐书系

楼兰残纸并没有因为它的残破而失去历史的价值,相反,它们在这个古文明神秘消失之后留存下来,成为最可珍贵、最可保藏的见证。

部分芜杂者，又一次重读时，我进一步确认和印证了思索——它们尽管是残片，却必将长存，就像楼兰上空的长风和楼兰身体上的沙丘一样长存。这些碎片有自身的特性，获得朴素的色调和质地，尤其是时日赋予了它们长存的生命力，已不惧怕世俗的侵入了。现在这些残片，有不少就躺在域外堂皇的博物馆里，受到良好的保护。我已经恨不起来了。斗转星移，恨只是一种很单一向度的情感。放在大文化的背景下，仅仅是恨无济于事，无乃太浅薄了呢。当然，像有些文人感谢斯文赫定这帮人，说他们为我们保存了多么珍贵的残片，甚至比我们看管得还周到，似乎也没有必要。从完整的纸本到碎片，可以看出自有命数，该消失的终将消失，该存在的终归存在，似乎用不着人去设计它们，就像随时而至的风沙骤起，大漠日沉。

我慢慢地走近楼兰，当然是指心路历程的接近了。楼兰的国度在我心目中破碎万端，和碎片的纸本一个模样。其实，认识一个世界要达到周全是不可能的。面面俱到，反而什么都达不到，什么都肤浅之至。残破消亡的那些部分，已遥远得无可追问了，心痛之余，却可以让我更注意残留的片段，投注得更为集中和强烈。人生不是完美无缺的，它不是因为有缺憾，坎坷才更给人以真实么？历史不会平坦发展的，它不是因为有曲折，隐秘才更让人信服么？中国考古学的发达，除了地底丰富遗存的灿烂和难以置信外，还在于人们急切地要求解开隐秘的那一部分。土壤中的文化层对于文人来说，真是高深莫测，魅力无穷。这也是中国野外考察技能高超的前提。碎片的楼兰正是攫住了人们想破译、解读残破的心机，逐渐把人引入岁月的纵深。

从史料的完整性要求来衡量，碎片使人怜爱不已，但它的物质价值已抵不上完好者。若从审美价值上说，碎片却具有相当强的象征性，借残象以会意，妙在存残之间、藏显之外。碎片才是历史的真实写照，洗尽了绚丽的色彩，茹涵着久远的苍烟落照，一身的素朴憨厚，一看就知道穿越了千年岑寂。凝视这些碎片，感伤的潮水还是会不由自主地侵袭过来。

当年的美丽楼兰，这个绿洲上的王国，丝绸之路的要塞，总是驼铃叮当，人迹熙攘，多么地令人眼热而起兵戎呢。周边的游牧民族厮杀终年不歇，北方的匈奴汹汹如潮肆意南侵，连大汉王朝也皇皇挺兵饮马于此。说话间，纵横捭阖的谋略，金戈铁马的交响，绿野上驰骋的一世之雄，而今安在哉？

命比纸薄，真是命比纸薄！面对楼兰残纸，我们真可以仰天发出这般浩叹。

英雄的时代被黄沙掩埋了，我们再也找不着那个时代任何骄子的踪迹了。

碎片，唯有碎片遗留下来。

尽管没有哪一双巨手可以重新装订历史的旧梦，使它们按初始的状态展开着；尽管没有哪一双慧眼可以洞见久远的玄机，轻易地寻觅到遗失于尘沙中的符码，但是，你发现了吗？当第一次通过田野考古技能，拨开表土寻找到精神性的碎片之后，对于地下的精神漫游就开始上路了。越往深处走，人们必然越陷入长久的思索，其中就包括往生与未来。

我们还真得仰仗这些岑寂的碎片呢。

古典幽梦 ◉

上海著名中学师生推荐书系

116

时光堆积的地方

　　每年我都去几次博物馆，有时是自己去的，有时是陪人去的，有时是旅途中早早安排的，有时则是偶然撞见，匆匆一过的。博物馆看得多了，便觉这类建筑真是千形万状，堂皇、寒碜，天壤之别，其中的藏品，审美价值也不可同日而语。可是，有一点是相同的，那就是这些博物馆都堆积了太多的时光。一件藏品的时光就够长的了，千万件藏品，真是使人如同泡在巨大的时间流里，无法脱身。陈旧的气象，隔世的氛围，一时让人难以言说此时的心境，竟不由自主地叹了一口气。

　　至于自己对博物馆的兴趣，一时还难以言说清楚。这只能是很个人性的兴趣之一种，就好像有人热衷于打牌，可以通宵达旦进行一样。大多数的博物馆光线都不是很有利于视觉的投注，有不少次在昏黄的灯光下，我欣赏几尊汉代陶俑，就很惊讶它们身上的颜色怎么可能这么黯淡。有的博物馆连灯也不开，逢阴雨天，也就更加凉飕飕、阴森森的。各种古物都在这种潮湿的节气里散发着所在朝代的气味，这时眼力不济，一片模糊，而嗅觉反而派上了大用场。青铜器那种铜锈的味道，是这么生生的又冰凉无比。它们立在那儿纹丝不动，力重千钧，与几年前看到的一模一样，可是味道更加浓郁了。它们曾

通感的运用值得称道，分明隔了玻璃罩，还是可以从视觉到触觉再到嗅觉，以博物馆中的青铜器之冷清反衬当年作为祭器时之辉煌。

117

经当过祭器,一些大鼎大钟还代表着社稷的希望和国运的昌盛。现在,时光在它们的外表留下的行走痕迹看来很浅,气味却弥漫开来。而瓷器,那些碗碟、花瓶,总是那么完整如新、洁白细腻,使时光的刀斧手无从留痕,总会让人觉得它的主人才用完洗净走开,也许待一会儿就会回来。当然,像瓷器这般总是洋溢青春气息的藏品很少,绝大部分老相毕现。它们来博物馆的时间不长,可它们待在地下的时间又太长了。于是把崭新的现代气息的博物馆,染成了另一种色调。

实际上,我们对于博物馆里那么多的藏品,有所感受或研究的不过一二,更多的是一无所知。博物馆展示的历史流程,总是用规规矩矩的黑体字写下了许多说明,却没有多少人驻足良久慢慢阅读对照的。似乎没有必要像老夫子那般认真,大多数人更喜欢感性的认识,目击那一个个从地底冒出来的古物。造型越奇诡古怪,就越招惹人的注意;如果造型平平,又没有特别注明其物质价值,那么审美价值也可能在我们匆匆而过的足音中消失。每次从博物馆出来的晚上,我总要试图清点一下多少物体留存在我的脑海里,说来也惭愧,居然少得可怜。如果一天同时参观几个大小博物馆,到了晚间,脑海更是混沌不开,汉晋不分,唐宋莫辨了。有人总是说到博物馆去可以感受到社稷的庄严、物产的丰厚,依我看更能感受到的是宁静。博物馆是当今最安宁的地方,除了来往者稀少之外,来此的人也是怀静穆之心的,脚步总是缓缓的,很低很低,生怕惊动这些久远的灵魂。有时候,馆里为了表示重视,还派出讲解小姐,

我们在面对古物的时候是出于何等的心态?会走入博物馆里的又是些什么人?所谓的安静,即是这集聚古文明的建筑物所为我们营造的气氛,也是我们所要追求和向往的境界。

古典幽梦 ●

上海著名中学师生推荐书系

开始聚拢着认真听的人多,不消三五分钟就散开了,自由自在地与古物交流,会更有一种默契和轻松。因此耐着性子聆听小姐娓娓而谈的,大多是参观团的团长、副团长,他们碍着面子不好走开。他们是最为遵守历史的进程的,由原始社会始,至夏商周秦汉……而其余的人则颠倒时序,让心绪在历史的长廊里恣肆地飞翔。

有好几次,我在博物馆里发现了赝品,这使我向来对博物馆真实的信任产生了危机。有的馆藏品被鉴定为相当珍贵,而且只有那么一件,譬如先秦的石鼓,为了防备江洋大盗,博物馆于是把真品藏匿起来,而让仿制品登堂入室作了替身。仿制品都通过了做旧处理,从外表上看技巧是十分成功的,内在却让人不舒服。至少我们花钱买票到博物馆,是祈望与真正的灵魂交流的。真与假的最大差别就是有灵魂和没有灵魂,这是外表的逼真遮掩不住的。除了所使用的材料年月不同、成色新旧有别,更明显的是制作者的心思差异太大了。我对博物馆用赝品来搪塞真诚的心,的确十分不快。因此,我会很喜欢那些小市、小县的博物馆,没一丁点名气,又很小,甚至寄居在文化馆大楼内的一个边角房间,可是里边的东西都是真的。只有一个人兼管的博物馆,他才没那闲工夫造假。你会看到那个世界的真实景象,嗅到那个底层社会的发霉味道。博物馆的主人总是很抱歉地告知地方很小无法摊开,再说也没啥好东西。由于是堆放形态,也就更与地下深睡时相似了,没有太多的人工痕迹。我会很敏感地从它们的不同色泽,联想到生命的景象。当初是活生生的人塑造了

所谓的灵魂,就是历史的沧桑痕迹。

119

这拨没有生命的陶俑，岁月走远了，活生生的人老去了，这拨无知无觉的陶俑却继续了他们的生命，并且越来越为人们看重。在感叹人的生命如此弱不禁风时，越发感到了艺术的魅力不测。如此一种感觉，决定了我此生与艺术的不可分离，也总是会在见到这些久远的物品时加强了自己的信心，深入地寻找着忽隐忽现的路标。这些久远之物都有着明丽的双眼，无数的目光在注视我的行迹。只是还很惭愧，至今没有产生一件作品可以和它们堆放在一起，共度昏暗时光。今人的作品，需要在什么条件下才能享受这种待遇？这样的问题一思索，时光老人就发笑。

让年轻的生命去守望这些古老的灵魂，是不是合理？一些博物馆这种反常的做法常常使我心绪纷纭。每当我们迈进肃穆的博物馆内，总是看见一些青年女性拉张桌子，再拉张靠背椅，无言地坐在入口处或分布在关键部位。她们注视着参观者的步履，也捎带打打毛衣或打打盹。这里的安静是很适宜成功地打盹的，加上太熟悉这种环境的缘故，她们的感觉也变得毫无波澜。几年、几十年时光如白驹过隙，如果没有调走或调换工种，你依然会看到她们。这些藏品在研究人员看来如此珍贵，每一孔石镞，每一张拓片，每一枚骨饰，都深藏着动人心魄的故事。她们才无所谓呢，研究它们是研究人员的事，她们只负责看管。这也使她们几十年来，虽离藏品最近，可是她们的精神渴望，从未渗透进里边的任何一件物品，哪怕是进入青花瓶的薄壁。我一直觉得不好过多地议论这种现象，并不是很多人都乐于与这些东西打交道的。人的生命如此短暂，却要追索那些遥不可

古物是历史的代表，也就成了某一时代的标志，这些标志指引着每一个时代的艺术高峰，成为后人艺术创造的参照物和注视者。

及的奥秘，这真的是太难了，也太累了。守着这些一成不变的藏品，外面的世界，花开花落，春来春去，变与不变更加明显易见。当这些管理员到了退休年龄，从此不须再来博物馆枯坐，她们就明显地苍老了。夕阳又一次照亮了她们的白发，而馆里的藏品，居然看不出这几十年的时光流过。它们在这遮风挡雨、有调温调湿的空间里，要残破下去已不太可能了。新一代管理员如花似玉，将继续用她们的青春年华，再一次拥抱它们。她们和它们的关系，就好像无数盘根错节、缠绕不清的老梅枝干，上头缀着几朵黄花。她们在这里，远远要比走在街上更惹人注目。

另一类人会相对好一些。他们的秉性就是着手解决这些藏品与久远时光的千丝万缕的联系。每隔一段，总会有不少新出土的物品送来，而安心在寂静之处摆弄的人却越来越少。于是博物馆里总是会有许多说不清道不明年代及出处的糊涂账，搁在存疑之列。时光在这些存疑之作身上变得非常任性，有人认为是商的，有人则认为是周的；有人认为是唐的，有人必定认为是宋的。由于没有参照，时光永远进入不了精确，即便诸位认同的，也与精确年代相差一大截。也许，鬼神才知道它们的诞辰呢，这也就成了那些研究人员心头的痛。于是他们调动肢体内的能力，看纹路，看色泽，看造型，不行；那么辅之以听，是洪亮、铿锵，还是沙哑、沉闷；再不行，加上把玩品味，是古厚、典雅，还是浅薄、轻浮。有许多时候只有结果没有过程，过程只可意会，意会全在个人造化。这些来自六合八方的物品，脱离了原本的生存环境，离乡背井，就少了原有的韵致。让这些人天天摆弄，时光堆积在博物馆里面，就好像是沉睡了一样，这种沉睡给人安宁的享受，却不一定能和每一个接触它的人都达成对话，进行交流。有的人与它整日擦肩却终日错过，有的人与它一生相守，最后也把自己的年华堆积到了它们的身上。

博物馆里面涌动着的词汇应该如何去理解？它的历史内涵和历史跨度，本身就是一种变化着的静止，让人肃然起敬。人的生命，也许就像流水一样逝去，古物们却能够接续人的生命，在残破中直到永远。

时间就从这些人手指缝里流了出去，从他们身上可以闻出一种长途跋涉的气味。而那些花费几年工夫，小心翼翼地粘补，把碎片还原成一尊完整陶俑的过程，无疑是生命的一种转换形式。人比黄花瘦，陶俑却一天天精神和丰满。人们在博物馆流连，根本不会注意到这些费时费力的修补痕迹，更不会知道何人使它焕发了光彩，我们赞美它的生动鲜活，还以为它本该如此哩。

博物馆是无数时光的堆积之地，时光的符码交叠而无法散去。来博物馆未必要巨细不遗尽收眼底，有时不愿走动，就坐在给观者备用的椅子上，静静感受一下流逝，这时也许会更有兴味。我第一次进博物馆距今已有 20 多年了，博物馆使我涌动着一堆与之相符的词汇：悠久、古意、朴化、厚重、典雅、永恒，都携带沧桑的啸咏。那么多摆在我们面前的东西，有的不知比我们人的模样丑陋多少，却那么令人心醉，是上苍对它们的偏爱吧。人是那么乖巧，有智慧，多才华，创造出那么多的奇珍异宝，让它无限地存活下去，可是人要尝试延长一下自己的生命，哪怕一点点，也比登天还要困难得多。无奈，人们只能求助神灵鬼怪了，对那些能赐福人类的神明顶礼膜拜，尊敬赞美；那商周鼎上的饕餮、鸱鸮等狞厉之物，被视为不祥。就是原始崇拜意识崩溃之后，许多习俗还是渗透进了我们的生活，祭献、娱神、驱鬼、禳灾、遵禁忌、避凶兆，无所不及。尽管后来的人清楚地认识到无济于事，却持抱不放。我们缘此有了深深的忧患意识，杞人忧天，未雨绸缪，积谷防饥，居安思危，都比西方来得强烈。想到自己的生命不及残破的秦砖汉瓦的一个零头，真是悲情弥漫。

　　我们通常把博物馆作为教化的空间，感受着地大物博和品类万千，萌生起对于这个古国的无比热恋之情。漫漫时光风化了书卷，却风化不了这些金的铜的玉的瓷的藏品上边沉浮着古人的精灵，燃起我们对于先人的尊崇和仰望。可是，我们就很少注意到这些把博物馆空间占满的古代物品，对我们的时间概念有什么影响。我们丝毫没有为这么多时光成为过去时而捏一把汗，更没有萌发光阴苦短的念头，在走出博物馆时全然没有紧张的样子。这也许是由于博物馆里弥漫着太多的时光，让人感觉到时光是挥霍不完的，有着无限的过去时，也有着无限的将来时，而时光的现在时正在从从容容地进行着，犯不着只争朝夕。一个人的生命是不须耗费太多的时间的，一生终其百年，只不过是青铜器表面上的一层薄薄锈色。当人在这些年龄苍老的物品前走来走去，又有几个人在对比中羞涩了自己的目光呢？占用时光如此短的人，却又最爱对时光发一通又一通的议论，殊不知发议论的同时，又有不少时光白白流过。分量再重的议论，也无法挽留时光。那些张大嘴巴的坛坛罐罐，从来默不作声。既然不作声，时光似乎就忘了它们，飞掠过去。人是不能议论时光的，尤其在博物馆里，这议论使我们更加渺小和短暂。

　　我们在博物馆的时间太少太少，我们在博物馆外的时间太多太多。我们的肉体都是在博物馆外生长的，而精神最好不要离开博物馆那些钟磬之声、文物之风的煦养。每一些稍稍古旧的东西都会使我陷入寂静和回忆。与生俱来对古旧的爱好，使我在许

在博物馆当中，人渺小得有如沧海一粟，却又伟大得可以傲视一切时代的留存之物，所以所谓的时间概念，便在这种萎缩和膨胀当中被抵消。

123

多时间里都像生活在一个巨大的博物馆里,变得对崭新的事物无动于衷。生活是一条长绳,往事就是一个个的结,有着太多太多的积储,被人痴痴回想。有时只要展露一丁点儿,就使崭新立即失色。现在,已有一些人的家居空间充满了小博物馆的气味了。他们总是在假日流连于花鸟市场、古玩市场,每趟都淘到一些古色古香的物品,带着满足的表情搬回家中。时日长了,来此走动就成了习惯,而他们的居室里古老的气息也越来越浓,有人来了,谈论的话题也都是又老又旧。先是家中的一个人喜爱,而后蔓延开来,一家老小都会在言说中蹦出几个古意盎然的字眼,让来客吃惊不已。他们对待过去的年月会有更多的兴趣,因为他们总是期望家中藏品能有更久远的年月介入,叨念着由唐而隋,由汉而秦,巴不得把时光推到远古的前沿。

博物馆在不断地增加、扩大,地不爱宝,也源源不断地让古物浮出地面,让今人应接不暇,忙乱不堪。它们越来越多地占领我们的生存空间,让我们的目光抚摸时,感怀曾经的辉煌和流逝的不可挽留,启迪着生命的寄托和投放的形式。

博物馆的馆外化,本身是很耐人寻味的,到底是因为人们对古代的尊重和向往,还是因为感觉到了自身文化的断层和缺失?但最起码,在人们面对古物不再无动于衷的时候,思考和回溯就自然而然地开始了。

■ 随风飘散

已经好久没有听到寒山寺的钟声了。可是,那首由钟声重新诠释的流行歌曲,却唱遍了大街小巷。曾经有一些日本朋友读了张继的《枫桥夜泊》而不胜怀想,特意远道来寒山寺,为的就是听一听这具有穿透时空力量的声响。这首诗也一次又一次地成为我行草挥洒的内容,只要内心有些微妙感受,手上状态马上会显示出来。一首诗能流传如此之广,张继应该知足了。后来,我在翻动唐人诗章时,觉得元稹的《春晓》别有一种滋味。它带着一种朦胧的幽幽感伤,使人读罢顿时升起惋惜之情:"半欲天明半未明,醉闻花气睡闻莺。狷儿撼起钟声动,二十年前晓寺情。"明摆着,这已经远去的爱情是没有结果的,只轮到思念回味的份儿,字里行间弥漫起一种悲剧的格调。尤其是元稹将时间处理在天明未明之际,那时的钟声会是怎样地揪人心弦呢?我们更是可以感叹爱之迷惘:有多少情感随风飘逝呀!

钟,当它作为祭器的时候,庙堂气色是十分浓郁的。它实际上是一种道具,镶上神话的片断,借助神话营造气氛。小时候进古刹,见到比人庞大得多的古钟赫然悬于梁上,便蹑手蹑脚绕道而过。一方面畏惧它的森严,另一方面则担心万一落下来可如何是好。我读小学时学校还没有先进到使用电铃,是

寺中古钟的威严,校中小铜钟的亲切,都是老派的清静。

125

用一个铮亮的小铜钟来召唤学生的。或长或短的声响，在空中飘荡出悠扬，煞是悦耳。在这样的钟声里，我度过了小学六个年头，有时也趁老师不留意，偷偷解开绳子，学着《地道战》那位老村长，摆个架势，胡乱敲打几下，只可惜声响中全无章法。现在我上课的几个学校，一律使用电铃，声响极为急遽刺耳。上课前响，搅得心烦意乱，诗意全无；下课时响，又急急如律令，催促学生手脚忙乱不迭，仓皇收拾笔墨离去，一点也不抒情。记忆中的那种斯文闲雅已经荡然无存。好在学生都习以为常了，倘若真有好事者弄口古钟来敲打，那些听惯了现代铃声响的人，还能接受这一古董的召唤么?!

后来，我有机会走走几处古刹，与长老们聊天，互赠一些书法作品。<u>在年复一年日复一日的钟声飘散里，长老们笔下已经修炼得没有多少烟火气息了，这不禁使我又一次悟出弘一法师笔下的清空和圆融。</u>每一响钟声都有灵性，在这灵性的聚散中，他们随缘顺变地品味生活和体验生命，在整个流程中真诚地体验。有多少生命在钟声里随风逝去，又有多少钟声在不时地警策着生命! 在台湾的佛光山住下来，一个很有节律的时间意蕴就明显地给予我们提示，那金属的声音是一种感召，好像是源于内心深处的音乐，生动地在晓、晨、晚、暮、夜几个时间段上给人以警示，涓涓细流浸漫渗透，在漫长岁月中产生着无形的影响，在寺院小住的日子里，会比平素更感清静寂寥，也比平日更能谛听到时光流走的足音，从而在心灵上为洪亮的钟声所震撼。对于这些诚心事佛的比丘、比丘尼，我们能够武断地认为他们在青灯黄

在某种程度上，电铃所代表的恰恰是我们这个先进却浮躁的现代文明，钟声却可以将我们带入无欲而宁静的古代境界。

古典幽梦 ◉

上海著名中学师生推荐书系

126

卷之下浪费生命么？能够指责彼岸的虚无么？我们不能，因为在钟声的涵盖里，就不断地产生过大彻大悟的智者，那种玄奥的意味、澄净的胸怀，通常有超越性的美的意蕴。如果不是这样，就不会有那么多少男少女，矢志不悔地以青春的代价来换取钟声的昭示了。

这么说来，钟声就远不止于实用。早年我读王勃的《滕王阁序》，见"钟鸣鼎食之家"，甚是歆羡有家族如此庞大，连开饭都要举行个仪式。其实这只是外在形式，意在营造一个氛围给外人看罢了。古人说过"钟磬清心"，这才是首要的。在唐人诗中徜徉，钟声的梵意禅思特别明显，而我的老家离一处千年古刹不远，撞击下的钟声隐约可闻，尤其是"天阶夜色凉如水"的时候，钟声传来，周遭阒然，尘嚣渐远，你捕捉着余响逐渐在夜幕中扩散乃至浑然无声，不禁心清如洗，空灵悠远，与无限之大的世界浑然一体。钟声，要比其他在空间形式上的振荡声响更为高远清寒。<u>唐人喜欢用"寒""冷""凉"来形容，可见品味出了幽微之妙。</u>当然，禅院的钟声与学校的钟声意味有本质之别，禅院的钟声带有一股浓浓的殉道气息，向僧徒们传达出否定现实世界的意象，使人间那些深奥玄妙的道理变得简洁洗练起来，引导着永恒地投入彼岸。倘禅院没有钟声，则缺少开悟顿宕。相似之处在于：钟声犹如点睛妙笔，也许在苦思冥想间、论道参悟时，钟声响处，馨香一动直透灵关，所思所悟就宛然天开了。

古代青铜器文化中，钟是很重要的组成部分，与礼乐如同形影。在《诗经》中的《周南》《唐风》篇中，

所谓的"寒、冷、凉"，是沁入心脾的境界，钟声所蕴含的禅意不是肤浅地悠游于表皮，而是在悠扬中直达内心深处，并不是春风化雨的温暖，而是醍醐灌顶的觉悟。

钟都是与追求欢乐相维系的,钟情和谐。也许这更通俗地切入了我们日常生活的主题。从这一点延伸,我似乎能够理解那么多外国人远道而来这个古老的国度,祈望亲手撞击、亲耳倾听这随风飘散的声响的个中缘由了。

古典幽梦 ◉

上海著名中学师生推荐书系

■ 郊原向晚

太阳越往下落，就越显得厚重和深沉，这时风一起，一种苍凉的气氛就飞扬起来了。天已好久没有下过一滴雨了，路上的黄土都变成粉末，清晨出来才擦得锃亮的皮鞋，此时已是尘灰满面。空气中充满着尘埃的焦灼和干燥，越往西走，大概越是如此。

我们的车子在比较远的地方停着。这样也好，使我们在徒步中观察一下这与江南迥异的环境，也感受一下这盛夏的西北门户落日前的辉煌。

在这里，几次漫步时都看到了残墙短堞。墙体多少年来经风沐雨已经颓废不堪，甚至比地面高出不了多少，但是那种峥嵘和浑穆的气息依然含蕴在残破之中。就我所想，这些并不是秦汉长城的某一段，因为它们不是同向的而是交叉错落的，那么，就一定是既往的古城墙或某些豪族的深门大院的孑遗了。在南方，我看到的残垣断壁要清瘦得多，被风雨摧残后，使人想起瘦骨伶仃这个词。在我住过的村子的河对面，就有一片这样的废墟，只是村上的人说不出这是哪一个村落的残余，村上老人还小的时候就已经存在了，废墟就成为了一个谜。这些单薄的残墙在春天到来的时候长出青草，而盛夏时节青草就特别旺盛，使人感到凄清。特别是有一次过路人从中踢出一个还带华彩的匣子，有人断定为化妆盒，

南北残墙的不同风格，从气势和色彩两个角度把握。

就越发使人联想不断了。西北门户的这些残墙不是如此，毫无绿意，只有土的灰黄色。每一阵风过，总是从墙的表层揭起一层薄薄的尘土，这些高墙就是日复一日被风化掉的。现在它们静静地蹲在地上，很宽厚，憨态十足。这些残墙缘于何时也不清楚，当外地人将此作为审美材料审视时，据说已有许多被本地人耙为平地化为垄亩，让青禾生长于上。

在落日照射到的地方，我看到了远处一个破旧的庙宇，四周幡幢的飘带零落地摇动，远远地把怪异气息传扬过来。我舔了舔发干的嘴唇，再看看快要冒烟的脚下，断定这些人和这些形态正在祈雨。祈雨在南方也有，色泽十分鲜艳，而这里的色彩一概灰色或黄色。对于西北农村，似乎不愿用五彩来迎奉神秘，他们的淳朴实在加上现有的生活能力，也许只能如此。远远地有一个草人被焚烧，前面有些供品，火焰包围了草人。我不知道这是不是承炎帝祈雨古制。在炎帝时，赤松子为炎帝雨师，通常祈雨是每祈必至的。可是在炎黄一战中，黄帝下旱魃而雨停，炎帝令赤松子祈雨，结果雨不至，赤松子恨而自焚，升天化为雨师。现在这个被焚的稻草人想必是赤松子的象征吧。<u>不过我欣赏的是他们祈雨的声响，粗犷浑厚，具有极大的穿透力，真有响遏层云之状。这种从心头发出的声响使人战栗，一种焦急的迫切感足以令人动容甚至落泪，如同在急切呼唤一位久未归返的亲人。</u>可是出来时我才看了这一周的天气预报，<u>丝毫没有雨态。</u>我还是祈望能下一场透雨，只是牺牲的香味及人的愿望可能通过烟气上达于雨师么？

求雨的形式，是人希望与自然建立联系的行动。

我想起刚才从几座有名的陵墓走下来的情景。筑墓于高冈，极一时之盛，而今除了徒有其名，衰飒之相已经毕露。墓前的石兽倒的倒，歪的歪，断首折足的不少。与其说人们远道而来旅游采风，还不如说是来感受一下兴衰的交替。这些极一时奢华的王族是何等的不可一世，只要欲望所及无一不是如囊中取物般便利，但是他们却无法伸长自己的命数，如今已全部化为泥土。只是这些镇墓兽依旧从容，我们坐在它们背上闲聊古今，风大起来，使声音有些怪异。这里的神话特别发达，两耳已被灌满，按照神话的类型来分，有崇高的献身悲剧，有知其不可为而为之的追求悲剧，有宁死不屈的抗争悲剧，它寄托了活人种种奇思异想。西风残照时，陵墓位于高处，常有旋风裹挟起黄尘如柱升腾而起，人们爱用奇诡的联想来替代科学的解答，使风言流走。我关心的是其中两只镇墓兽，不知是石工疏忽还是大匠手笔，只粗粗凿了一个轮廓就罢手，显得那么传神又有大气，由于不像其他石兽那么精雕细琢，它们居然特别完好，感慨不由升了起来，还有什么比这坚硬的艺术品更能长久呢？

　　这片曾经被马蹄踏翻、驿使疾驰的土地，随着落日的西沉归于沉寂，只是辽阔依旧，厚实依旧。在南方许多田野被拔地而起的高楼代替时，这里依然一马平川。缺水缺电甚至交通不够便利，土地依旧只能从容地生长绿色的植物。这里的人随着四季的交替变幻的颜色，很自然地察觉到生命节律的嬗递。同时这里的空旷，日落时风起鸟归，是很可以重温旧日英雄梦的。从南方拥挤的人流和逼仄的楼群中脱

没有被文明浸染过的地方，与古代的距离就相对比较接近，但是在我们感慨这种苍凉大气的时候，在那里生活着的人却向往着城市的车水马龙。温饱足而后能谋求一种精神上的追求。

身,面对空旷,霎时耳边鼓角齐鸣,心中野马狂奔,后悔来得太迟了。可这里的不少人却跑到南方去,南方成了他们的向往。燠热的风吹着我们,很明显,要让这样焦烤的土地长出好庄稼来是十分艰辛的,太阳照射的时间总是比落下的时间要长得多,绿色很容易萎蔫和枯焦。当我们赞叹它的深厚和苍凉,足以化为西部电影的好背景时,是不是太狭隘了,或唯美了一些?

暮色逐渐聚拢而来,气息变得沉重,我听到远处有人在吹着古埙,这种古朴的陶制乐器,每次听起来都使我感到苍凉。我发现有好几次都是在黄昏时响起,让人心神不定,恍恍惚惚,埙声呜呜咽咽,伸长到遥远,就像这片土地这么古老。

■ 千年一瞬

往北,再往北,就到了与今内蒙古相邻的古平城。我来的这个日子,已逼近北魏建都平城的1 600周年了。对这样的日子心存怀念的人毕竟太少,建都多少年,与我有何瓜葛?1 600年,在漫长的历史上只是奄忽一过,可是对生年不满百的人来说,可谓阅尽人间春色。我此行的目的十分简单,只是想看看"凿石开山,因岩结构,真容巨壮,世法所希"的云冈石窟,那原本华彩的雕像,在穿行一千多年之后,诸佛的容颜染上了什么样的神采?

像我这样的欣赏观,已经明显地对江南景色的秀逸和细腻进行抵御了。常常在欣赏时发出这样的疑问:为什么就不能朴化一些呢?我喜欢往北走,那边有许多古典趣味洋溢的残坏、缺失、漫漶,甚至断裂成无数的文明碎片,总是令人怦然心动。在来平城的途中,我也看了不少古迹,但见有好事者将断裂的佛头装在另一雕像的脖颈上,心里就感到一阵不自在,这种自以为聪明而窃喜的做法,是古人所不屑为的。世间任何事物尽管都有过难以企及的辉煌,却无法拒绝时光的照拂,连光焰照人的艺术殿堂,都有自己的命数。当消失时只能消失,后人无论如何补救,只不过稍稍延长一下它的寿数罢,最终仍要归于沉寂。只是,其中的超越性大美,能够渗入我们的

对待自然造成的风霜残破,我们多久才能够坦然面对?

"超越性大美",就是艺术作品中的"道"。

血液和灵魂里,使我们常常复活和怀念。而作为物态,消亡则成为必然。

这样,我就能心静如水般地看待云冈石窟的凋敝了。

石窟的规模远远超出了我的想象。大大小小的洞窟鳞次栉比,分布在绵延的沙岩峭壁上。阳光的投射,使原本昏暗的洞窟畅亮起来。在接受阳光灿烂的同时,也遭逢了风霜的侵蚀,有的洞窟已侵蚀殆尽,犹如一个个没有眼珠而黑洞洞的眼窝,让人看了内心发悚。时光的刀斧也着实太锋利了,北魏人一凿一锤敲出来的佛像,就这么神不知鬼不觉地消失了。常来洞窟写生的人,3年、5年也许还看不出有什么异样,可是30年、50年,这种异样就明显了。可惜没有一个人能如此长寿,从开凿之始注目它一千多年来的进程。不过,也有的洞窟完整如新,仿佛工匠才刚刚上完油彩离去,而时光的潮水又似乎没有漫上,你看那第18窟吧,释迦面容庄严肃穆,身躯伟岸开张,右祖的袈裟上每一条衣纹,一尊尊坐佛辐射状地展开。不看也罢,倘举目仰望,真是佛光普照,法力无边。菩萨总是慈眉善目,一脸富贵气,衣纹刻饰如水波随势荡开,令人不胜遐想;力士则羽冠高髻,怒发直指,手持长矛,似乎就将投出去。至于那些握三叉戟、戴飞羽帽的三头湿婆像,须弥山狮兽,中亚神话中的鹫面怪兽,种种浪漫色彩萦绕其间,于今不散。我最喜欢的当属飞天,我一直以为飞天历来是洞窟、佛寺的生机所在,无时无刻不在跃动的飞天,使冷清而沉默的石窟充满了韵致,石窟由此而动感萦回。你看吧,她们飞虹般地环行于龛楣,体态轻

飞天与佛像相比,是一种自由的灵动,充满了生机。

盈,风情万种,或捧摩尼珠或抱博山炉;或臂挽璎珞飞舞飘带或首足相衔凌空而起。尤其是体态缥缈悠逸中,眼角如临风的飞檐,勾人心魄地翘起,瞄人灼灼,洋溢出顾盼传情的回旋之美。我稍稍辨认了一下,终于有不少乐器进入了我的眼帘:阮咸、胡笳、箜篌、羯鼓、筚篥……一时间,耳畔天乐齐鸣,法音悠扬,不知斯世何世。这些完好的洞窟,看得出时光也特别地怜惜她们,以致逼真地映现出当时的本然状态啊!

并不是所有的洞窟都有如此好运的。位置的前后,遮蔽的有无,风势的走向,幸与不幸并存。有些洞窟中诸佛,因着砂岩的风化,已由丰满而干瘪,不是五官糊状,形容委顿,就是衣衫褴褛,不复往昔衣褶稠密,若出水之势。这种变迁的神情,鲜明地体现了岁月的流程,不由得我伸出手来,抚摸这难以成形的凹凸洞壁,这些千年前凝固成坚硬泥糊状的人或物,就在我指掌交错中擦过。我想,我是摸着北魏人的梦幻了。你可以随意去欣赏,宏观不说,入眼微观,纹饰就不胜枚举,火焰纹、莲瓣纹、波状唐草纹,都可把玩不尽。就是那泥糊状,似在癔梦之间,也有不胜朦胧之美。这座由 4 万人,花 65 年工夫,有 53 个大小洞窟、5 万余尊雕像的艺术殿堂,究竟能给我们多少心灵的补偿?!

越是美好的景致,就越怕招致损毁,也越容易损毁。北魏迁都洛阳后,石窟的显赫就转为黯淡。接下来是北魏灭亡,石窟走向荒凉,佛头被盗,鹊燕营巢。明清匠人好心修补,以泥彩绘之,又因为技术拙劣,使佛像转为庸俗可憎。有知的无知的,有形的无形的,都在加速着石窟的终结。别的不说,在我来时

面对云冈石窟,我们究竟缺失了什么?

135

的路上,坐在封闭的小车里,迎面而来的是川流不息的运煤卡车,风起处,烟尘滚滚遮天蔽日。这些粉尘借助风力飘飘扬扬,最后就飘落在佛们的怀抱里,犹如披着一件黑色袈裟。大佛无奈,只能忍受了。我心里十分清楚,北魏消亡后,一个宗教色彩浓郁的时代也随之结束了。那种花上大半辈子光阴、精力来付诸石窟,视它比生命还重要的热情已随风飘散。这样宏大而又细腻的工程,不是凭心血来潮而扣人心弦的,宗教力量的过人之处就在于它的感召力,使人竭尽诚心以待,再坚硬冰冷的石头也会为这种诚心焐热、融化。我回首一路上寻古,大凡古典意味的景点,大都为宗教气氛包裹,非佛即道,非道即佛,顷刻间心旌也翻飞出这种气息。这种气息是绝对不畏惧摧毁的,即便物体摧毁了,废墟上仍然气息氤氲始终不散。可是它惧怕后人在废墟上再起楼台,这十有八九就变成另一种味道了。昨日有一古寺入我眼,佛陀尽失,罗汉杳无,大殿凋敝得剩下一个架子。大殿顶上多处漏雨,屋漏痕如古篆蜿蜒而随意,瓦上长满荒草,翘起的檐角上鸥吻已失去往昔神气。这种原汁原味的架构,洗尽铅华,真切地展示着原始的意象。我在大殿里走动,倾听风声无遮拦地吹入,心想这就是时间的真诚馈赠,毫不掩饰让自己也成为大殿的一根柱子吧,不须任何人为雕饰地守望岁月。沉吟之余,陪同的朋友却说已筹到一笔款子,下次来就可以看到新寺容颜了。我的心陡然一沉,不消说这个小地方的建筑水准难以达到旧日的精湛程度,即使达到,那么心呢? 还是那种渴望栖息的心么? 建造这种宗教殿堂迥异于一般的亭台楼榭,你倾听

再起楼台,其实是一种很普遍的心理,人们总是看不得残破,以为那代表着衰微,不能与时代繁华的主旋律相对应,重修似乎是再现了辉煌,变成了保护。而事实上,恰恰相反,今人难得古人神韵,钢筋混凝土掩盖了最本真的质朴。对于文物,我们的插手到底是存还是毁?

古典幽梦 ◉

得到远处传来的梵音么？又由谁来点亮他们心灵上的这盏灯呢？

当然，我对佛教也谈不上知多少，这个体系过于庞大了。我对云冈石窟的仰慕，艺术的因素要远远过于宗教的情绪，只是我进入了洞窟，还是不由自主地为浓郁的宗教情绪所感染。像第20窟的大佛，是那么地有灵性，法相庄严中更多地融入了慈祥、安宁，微微上翘的唇髭，有佛的神性又有与人亲和的恳切。微笑、慈悲、善良都在眼神里。你从不同的角度和侧面去看，也无不感到这种亲抚的存在。这可是人们对遥远彼岸那个极乐世界的向往？一切都如此明媚美妙。凝固千年的造型，会有如此活灵活现的魅力，显然已经超越了技巧。宗教情绪促发了人们想象羽翼的舒展，在彼岸乐土上任意翱翔，采撷一切美妙瑰丽的形象。彼岸的虚幻，给种种离奇、夸张的创作提供了阔大的空间，使艺人、工匠的创造灵感喷薄而出。按书上说，佛有32瑞相，各有比例，不可小觑，而凡人则相貌杂陈，千姿百态。雕凿之间，鲜卑人鬼使神差地，就把自己的肖像融入其中了。乍一看是佛，细审又各具人态，不消说鲜卑人的心理上充满幸福，今人视之，也会为此会心一笑。这是不怕岁月摧毁的，即使今日雕凿成功，明日荡然无存，也无怨无悔。也许，石窟形成的秘密和奇迹就在这里了。宗教对心灵的抚慰远远地超越了迷信，成为精神的净化和提升，宗教的行为通常转化为顶尖的艺术。圣行不会烦琐无端，而是洗练之至，化为不舍昼夜的敲凿或打磨的声响，恶行都会为此而止步。小时候进礼拜堂的情景升腾起来了，基督教不是佛教，可是

第二单元　古物沧桑

在批评宗教迷信以前，先树立起自己的崇高的信仰来吧，否则面对它的纯净，如何直视自己浮躁的心灵。

那天籁般的乐曲飘洒下来，柔和地延伸出那么动人的一串串旋律，对心灵而言，是一种安息般的抚摸。<u>古人也罢，今人也罢，都需要倚靠某一根强健的精神支柱</u>，以消解漫漫人生旅途中的疲惫。我想，没有人会嘲笑这种举止的幼稚和浅薄吧。

一个朝代悄然无息地被潮水浸湿了。

在与石窟不可须臾分离的北魏明堂遗址上，我意外地捡到了一方刻字陶片。明堂，当时是多么辉煌啊，"归来见天子，天子坐明堂"。可不知何时，呼喇喇大厦崩倾，这方瓦檐的部件也不可避免地落入尘埃。当时可能没有断裂，是后来落下的重物将它砸成几片，它默默地在泥尘中沉睡千年，如今落入了我掌中。我把它刷洗干净，一个清晰的"侯"字扑入眼帘，这个字线条极为流畅，劲健爽利，行笔一气贯之，让人看了十分杀渴。这方厚重的陶片，就是金碧辉煌宫殿的一个部分，好像是枝繁叶茂的大树上的一片绿叶。我很难估量明堂极盛时的豪华，只能从郦道元《水经注》中窥见一二："山堂水殿，烟寺相望；林渊锦镜，缀目新眺。"可是转眼就苍烟落照、珠帘失色了。我由这方残破的陶片走入鲜卑的人群中，曾一阵被勾勒得清晰无比，又瞬忽间隐退而去。我一直疑虑的是，风雨飘摇千年，怎么荒郊野外的石窟犹在，而巍峨牢固的明堂就夷为平地了呢？我翻动了一下《北史》《魏书》才知道，柔然王等流寇"侵逼旧京"，"平城郭邑遂遭荒废"，而云冈却相对幸运些，至少没有遭受重创。我们理应记起这样一个古怪的名字——粘罕，这位大金朝的开国元勋，杀戮剽伐是上乘好手，没有谁把他与艺术连起来思索。可是，到了

古典幽梦 ◉

上海著名中学师生推荐书系

权力敌不过艺术长久，武力也为人类的精神财富折服，只是这爱艺术、懂艺术的人太少，才致使千年以来的古物饱经风霜。

138

云冈,粘罕变得柔情似水,动用三千多人,使威胁石窟的滔滔武周川水改道而去,又晓谕三军不令侵扰,俨然石窟的保护神。石窟在辽金时期又一次地得到中兴:"三十二瑞相,巍乎当阳;千百亿化身,森然在目。烟霞供宝座之色,日月助玉毫之辉。"这是多么让人惊异:<u>石窟艺术不归属某一个部族某一个时期,而为世人所共有。</u>

可是,我终要归去了,尽管由云冈而怀古的心绪刚刚扯开了一个口子。我当然知道,我不论对云冈怀有怎样的心情,这古老而中空的洞窟依然要继续它的行程,该剥落的照常剥落,该风化的照常风化,这些有着艺术生命的佛、菩萨、力士、飞天,照常在生命的帷幕开开合合吐纳消息。千年只是一瞬,一切诞生和消亡都在交替之间。我从冰凉的洞窟步出,是如此冰清玉洁、肌骨清凉,而洞外一片燥热,仲夏的骄阳已使人身心难以适应。这不免撩起我的愁肠,古今两极也随时日的推移愈来愈远了,心灵寻找心灵的默契越发成为渴望。为它们1 600岁生日点亮1 600支红蜡烛吧,让那定格于时光屏幕的飞天在这敞亮的殿堂上再一次凌空击奏起动人的仙乐。你看啊,仙乐响处,飞天扭动起那柔韧的腰肢了,舒曼的风韵,悠扬的旋律,"百千万种,于虚空一时俱起,雨诸天华"。

让我们也在虔诚的倾听中心清意洁。

千年一瞬。

古人所残留给我们的东西,终究是要风化老去的,即使是石头,也抵不过千年的消磨。只是作者并没有悲叹这些财富的消亡,而是希望我们能够在精神上与之接轨,将艺术作品当中所传递出来的终极美感代代流传。

单元链接

欣赏和理解古物的地方,可以是在博物馆,也可以是在名胜名迹,甚至是在寻常巷陌。关于宝塔之美，可以参考常青所著的《中国古塔的艺术历程》（陕西人民美术出版社）；关于房屋和艺术品之美，可以参考梁思成的《中国建筑史》《中国雕塑史》。钟鼓礼乐的篇章，则可以参照《诗经》《礼记》。通过整理、归纳中国古代诗歌当中出现"船只"意象的句子，联系本文，深切体会古船是如何承载历史的。相信经过自己的思考，你对于古物所承载的沧桑变迁会有更深的体会。

第三单元

DI SAN DAN YUAN

重读古人

　　古代的名人，他们对我们来说究竟是一种怎样的存在？

　　他们的学说，我们是否愿意知晓？他们的内心世界，我们是否愿意走进？

　　我们通常都是用什么样的标准来判定一个朝代或者一个人在历史上的功过是非的？

　　与其让"光环"或者"恶名"大行于世，不如我们再一次翻开历史，重读古人，学会用自己的眼光，找出属于自己的判断。

■ 树影下的家族

　　我在高墙内缓缓走着,墙外叫卖水萝卜、元宵丸的吆喝声不时飞了进来。今天是正月十五,这样的日子,来孔府散心的人必然无多,这也使这座古宅显得分外冷清和寂静。我好几次紧了紧皮衣,借助这个动作驱除寒气。其实,天气并没有这般寒冷,是这里的阴森、老旧,使我内心寒彻。早春的阳光本来就弱,吃力地穿过厚实的叶片后,投入地面,就柔软得毫无力度了,反倒使人觉得光线中被寒气充满。府内如此多参天的古树,连投下的影子都如此苍老,它们总是把沧桑的感觉表现得淋漓尽致,这是比不时修葺的孔府门面更为真实的表现。府内景致比起高墙外,要阴暗和沉闷多了。树再长寿,也有终了,按照外边的习惯,老了倒了,就刨了砍了,换上新的树种。可是,这里首要的规则就是保持原貌。人们或平视或仰望,随时可以目击那些干裂的树干,似虬似螭的枝丫。北方少雨,这些松柏的叶子就长久地灰蒙蒙的,没有可能获得青翠欲滴的赞美。<u>古宅老了,古树老了,不管如何修补、支撑,阴气更重,霉气更深</u>。还好,如今公认它为一个景点,有意观赏或无意观赏,也就那么一会半晌。

　　可是,很长一段时日,这个家族却是在树影下体面生活过来的。

孔府是固守着传统的地方,虽然在古时享尽光荣,却不能在现在得到任何的延续。这样一种树影下的阴冷,是来自历史的冷落还是其本身渐渐失去了生命力?

我不得不借助那些叫卖孔府小册子的人，大体弄清楚孔府的缘起、鼎盛和衰弱。用一句话来说，那就是孔子一辈子也没有在这堂皇富丽的府上住过一宿，倒是他的嫡系长支因着孔子的声名，舒舒服服地享受了一番。

孔子可没有这么惬意，他的许多日子，都风尘仆仆地在旅途上。

他做梦也不会想到，后来孔府会占地240亩、房463间。这是对孔子当年穷困潦倒的嘲弄，还是对他生前四处漂泊的补偿？旅途上的孔子是那么的艰辛，那时周游列国，除颠颠而行的车马，更多的是凭借足力。他对卫国似乎特别有兴趣，离开鲁国后，就在卫国住了几年才南下陈、楚，后从南方返回又在卫国住了五年，算是短暂的安宁。可再怎么样，他也住不上如孔府这般的豪宅。孔子并不属于孔府，他是属于漂泊一族的。行程中的阳光、雨露、风尘，曾使他流落异乡的心境如大海般怅惘，可是也让他健康和结实。在那段日子里，他着着实实地被太阳晒着，身体越发好了起来，壮实魁梧。他的饭量随着行走的吃力而大起来。吃不饱也是常有的事，如果有人在当时能慷慨一些，像祭祀时的大碗饭大碗酒大碗肉，任他吃个痛快，有可能他的脑力会更发达，为他的学说多一些神来之笔。

树影下的孔府总是有这般那般传说、轶事、奇谈、怪论，有平仄有韵脚地在树影下飞扬。每个导游小姐手中都攒足了这些烂熟的段子，让远道而来的人听了真疑真疑幻。孔府的路越走越深，越走越暗，有些紧锁住的房门，从玻璃窗朝里张望，却映出了外边摇曳的树影，嗅出前朝的霉味，在这人气稀薄的新春，让人心头沉甸。据我所知，孔子是一个很相信"天启"和命有定数的人，特别当他遭到打击和挫败时，他的宗教观念就会膨胀开来，压住他的理性精神，成为主宰心灵的力量。只是他毕竟生活在现实中，清醒远远多于麻醉，实在多于虚幻。时光总是远我们而去，那些实在而没有渲染效果的史实，不知不觉就被遗失了，而那些荒诞的甚至卑琐的稗说却飞扬起来，企图博人一笑。在树影下听这些讲解，总是有一种"戏说"的感觉，心里猜疑，孔子怎么会是这样。

不知道孔子之后，一代又一代后人是如何在树影下繁衍滋蔓的。家族旺盛了，赐封不断升高，等级也就森然，在高墙内过得贵胄一般的日子，再也不是袭封前阙里故宅那种平头百姓模样。等级深了门槛高了，也就绝了平时故旧，言行举止有板有眼起来。比如三堂之后有一道内宅禁门，门悬衍圣公手谕，说是任何人不得擅自入内，若违禁令，严惩不贷，打死勿论。这就令人退避三舍了。<u>规矩一多，府内就少了生气，少了笑声，缺乏人身上固有的随意性、幽默感，把真实遮埋起来。</u>我记得孔子有过"有教无类"说，可见他就是很乐意与多方面的人打交道的。他和学生们在一起唱歌，如果发现谁唱得好，必定要他重唱，自己认真随着唱，真是其乐融融。可是在他身后，府内的这些规矩，由可亲变为可怖，殆非他的本意。我难以想象这里长久生活的人，尤其大门不出二门不迈的家眷，真可叩问一下，这是一种幸福么？外边的世界何其大也，阳光何其明媚也，为什么跨不

在历史蒙上虚构的纱巾的时候，人们往往会满足于一些具有神话色彩的传说，这让孔子本人变得越来越不真实，也越来越脱离历史的本意。

孔府所谓的规矩，所谓的尊严，已经完全脱离了孔子本人的主张，变成了骄傲和虚荣的显赫事迹。

145

出去呢？

　　或许这就是大家族的虚荣所致吧。

　　在中国历史上，恐怕没有哪一个家族如此长久地显赫了，也没有哪个家族如此为历代帝王赐封不断。对于已经成为泥尘的孔子而言，丝毫没有意义，真正受益的是他的后人。不过，我倒看不出赐封之后，有哪个后人还曾对孔子有过发扬光大。还想到历来对家族要求的基本标准，那就是繁衍生息的旺盛，只有这一条达到了，家族的旺盛才可言说。总是一般的百姓人家，劳其筋骨，淡饭粗茶，却轻易就生产出五六七八个欢蹦乱跳的小子来。他们在田间泥水中耕作，面朝黄土背朝天，享受着阳光的熏炙，胼手胝足的，有时磕碰破了，新鲜的血滴溢出，也那么冲动有力。养尊处优的家族，在生殖方面总有些许积弱，他们什么都有，名也有了、利也有了、权也有了，就是少后嗣。这就成了心头永远的痛。其实，在父系氏族阶段，土地崇拜就和生殖崇拜结合在一道了，祈望能自行增殖，人丁兴旺如草木滋蔓。可是往往不顺，不少大家族生个孩子比上天还难，于是纳妾。好不容易生下一个，阖府额庆感天谢地。随后，健康的养育又成了一道难题。这种烦恼总是寻常百姓没有的，他们担心的倒是生得太多太密，难以温饱。可见，哪个阶层都有自己的隐忧。"不孝有三，无后为大"，会如阴影一直弥漫在子嗣稀疏的家族上空，寝食难安。富足之余，大家族就痴想着如何解开这道难题。在孔子之乡的婚礼中，有一个"烧喜纸"的情节：新郎要跪在列祖列宗的坟前，祈告自己男大婚娶，继嗣氏族香火的心语。他们是不是从孔府的

封妻荫子，是从政之人最终的梦想，但是受到祖先恩惠的子孙却被树影遮盖得孱弱无比，丝毫看不到孔子本人的那种圣贤气质的流传。

空旷得到了启示呢？

孔子在旅途中的确受到了冷遇。不知渡口何处，叩问一下长沮、桀溺，也被奚落一通。我一直认为，<u>孔子是一个理想主义者，一生都在寻找理想落褥的产房</u>。除了布道，也涉及其他，苦中作乐。他研究饮食也是那么一丝不苟，比如"割不正，不食""席不正，不坐"，对选料、刀工、烹饪多有意会。像孔子这么劳累的人，是应该有享受美食的权利的。如此高级的知识分子，不能常有"在陈绝粮"的遭遇。只有让他过上好日子，才能生产出更多更好的精神产品。这是自古以来不应有异议的。有异议的是孔府内饮食上的铺张，已经背离了孔子"君子无终食之间违仁"的主张了。府内总是摆了许多派头出来，除了196道菜的"满汉全席"外，还有全羊席、鱼翅席、海参席等，还有什么寿宴、花宴、喜庆宴、迎宾宴、家常宴等。名贵的驼蹄、熊掌、猴头、燕窝、鱼翅常在席上，还要微山、南阳、昭阳、独山四大湖泊的鱼虾龟蟹菱藕莲次第上阵，不避复杂繁褥，务求精工细作。这样的钟鸣鼎食之家，吃一餐饭着实不容易，不到吃饭时辰，肚子再饥渴，也得忍着。至于谁坐上位，谁坐下位，更是等级分明。吃饭是不可随便说话的，更不可大口喝汤，其礼仪庄重，无异于国宴。派头有了，自由没有了。不能像高墙外农家子弟那样，蹲着捧一大粗瓷碗，边聊边吃，喝粥喝到兴起处，稀里呼噜作响。这么吃来得随意，也有益于吸收消化。一本正经地吃，屏息静气，反倒吃出别扭来了。我吃过不少地方的农家饭菜，我最喜爱那种菜肴的新鲜和及时。灶火熊熊，农妇灵巧的手握住锅铲，三下两下，

孔子对于"礼"和"细节"的讲求，到了后人口中心里，也不断地被误解和夸张，成为一种没有必要的矜持。

147

咔嚓咔嚓,锅里的菜便随同香味上了盘子。不需要什么特地的造型,也不要青花细瓷,就让人胃口大开。随便地夹菜吃菜,随便地评说指点。许多时候过去了,那些地方的景致已稀薄地成了一个影子,我仍会反复回忆咀嚼回味,总是无法忘记。有一次孔令贻的夫人陶氏吃糕点时,发现大小不均,也就那么一丁点儿不均,那个制作糕点的厨师就被叫去训了一顿。毕竟是大户人家,对糕点形态的大小也那么有眼力。对我来说,大小不均又有什么关系呢?

也许孔府就是要培养这种无与伦比的规范性。

<u>生前寂寞身后名</u>,可以作为众多贤人的注解。孔子也不例外,尽管他的身影已意象化,如一道遥远的风景。他活着的时候,"礼崩乐坏",生灵涂炭,物欲横流,美风良俗荡然无存。在这么严酷的现实面前,孔子不是躲在他的三间故宅里,作他的高头讲章,而是坚决地干预现实生活。如任鲁国大司寇期间,见鲁定公喜爱淫歌妖舞,迷恋于齐国送来的80名美女歌妓,便心急如焚。当他劝谏无效时,文人的脾性就上来了,辞去大司寇的职务,开始他颠沛流离的生活。他的漂泊行踪,实在是很可以给后人一个警策的。用现在的语言表达,他认为要超越单纯生物学层次,实现做人的品格,努力做一个有文化的、有人格的、有价值的人;还认为不仅要维持和发展人的生命,还要对生命自身深怀尊严和敬畏。他是以自己的身体语言奋力抗争的,阳光普照也罢、风寒霜雪也罢,在过于雄大磅礴的苍凉空间下,他是觉得自己有些力不从心了。尤其是周游卫、陈、蔡、楚后。他的主张,"终无任用",这是多么大的打击啊。他的

出行,在后人看来是一种象征,他那摇摇晃晃却执着朝前的身影,成了思想史长廊里不朽的雕像。可是在那时,是一种对精神的渴望、求索,给他以支撑。他的心一定在疲惫中触及寂寞的苍凉了。夜间听漏,漏尽更残,失意仿佛没有尽头,氤氲迷闷中不见曙色。孔子是很讲"正名"的,此时只有仰天长叹。孔子的前身这般执着和忧郁,他的后人不能细品,却享用了名噪古今的荣华。一顶顶光焰四射的桂冠飞临,使孔府光芒万丈。什么"褒成宣尼公""文圣尼父""先师尼父"……直至"至圣先师""大成至圣文宣先师"等。孔子生前耐得住寂寞,身后则不堪声名之累,这也只有让他的后人一并承受了。声名的显赫对于前人来说,是一种肯定,一种精神上的追补,而对于后人来说,荣耀的同时也万般沉重。他们不能过普通人那般轻轻松松的寻常日子了,动不动被称为多少代"衍圣公",一举手一投足必然要有衍圣公那架势。除了给予孔子后人优渥的生活条件外,又增加多少文化品位、美学价值于其中呢? 就是那些封给孔子一顶顶桂冠的帝王们,好像尊孔得很、卫道得很,对儒家学说膜拜之至,可结果呢,看看宫廷内演出的一幕幕丑剧,尊孔只不过是骗人的幌子罢了。现在,我们在孔府高墙内所看到的多是为文圣粉饰贴金的道具,其中有几个人能看到孔子生命河床的坎坷不平,回味那种经历过在列国间"累累如丧家之犬"的日子,看到他那自由的灵魂充满的孤独之美? 这圈森然的高墙,现应唤起他后人的沉重思索,在个体的生命里,注入孔子生前的信念,包括浸入心扉的萧条和冷落。人们,是多么难于和高洁清贫相

"道之不行已知矣",孔子在他那个年代的实践是悲壮的,也是不能被人理解的。即使到了后世,所谓的封号,也是别有用心的行为,帝王们不是因为理解了孔子,而只是在需要的时候利用了他罢了,如果不能和孔子一样保持思想上的虔诚和坚定,又来谈什么"尊孔"呢?

149

处啊!

　　然而,正是那段苦难的行程使孔子流芳百世。

　　对于孔府来说,每一株苍老的古树都是一份见证,见证了孔府的兴盛和没落。没有哪一个人的生命可以长过古树,总是在绿荫下诞生,又在绿荫下老去。对于如今的观光者来说,已经很难设想当年居住者的心境了,好像是一个别一世界的遥远之梦,一个来而又逝的梦。转瞬之间,树也渐老,枯枝败叶增多,不似当年挺拔了,只是一代一代繁衍不绝的灰喜鹊,依旧"叽叽喳喳"唱着前朝的曲调。可以想象得到,在这严寒的日子里,正月十五的晚间,当高墙外的平民百姓围着餐桌团圆的时候,被关上厚重沉实大门的孔府会是怎样一种冰冷寒彻。孔府也是可以视为一方精神圣地的,这当然需要来此漫游的人超越平庸,寻找到已经深藏的理想。已见过的孔子画像上的眉目神情至今我已经没有多少印象了,即使有印象也并非他的真相。那么久远的时光,其画像是否逼真、传神,总是令人狐疑。所幸,我们在叨念孔子的名姓时,是有期待和向往存在的,认知孔子、认知神灵,这不仅是孔氏一门的大事,也是其他人的大事。那个时代弥漫的苦行僧精神,今人比古人想来是更难亲近了。我记起孔子曾经说过大意是如此的话:树木无法选择飞鸟,而飞鸟却可以选择树木。人就像是树木,无法选择自己生存的时代,而如鸟之飞、如川之逝的时代,却选择了人的生存、人的命运。不能和孔子同一个时代栉风沐雨,并不是我们的过错。当我们咀嚼着《论语》中的要义时,那个时代就贴近了。透过沉沉的夜色,可以看到一盏盏往昔的

走入孔府,我们怀念的到底是什么?是慨叹这历朝历代对于这个家族的厚爱吗?事实证明,除了孔子本人之外,他们的脸都在历史当中变得模糊,不再被人提起。我们也不过是借今天还存在着的孔府,遥想数千年前那个在当时就已经卓尔不群的理想主义者的身影罢了。

古典幽梦 ◉

上海著名中学师生推荐书系

文化灯火,这样也就足以温暖和慰藉我们的心了。

我花了大半天的时间在幽深的孔府穿行,我在树影下变得那般弱小,古老的树影使我的呼吸变得滞重,树影上布满了时光的符号和思念的语言。孔家的人早已不在高墙内树影下生活了,进入树影下的反倒是那些怀着各种各样心理的旅行者,和孔氏毫无瓜葛。不过,他们在这里转了一圈,很快就会把树影甩在身后,依旧回到灿烂的阳光底下。我好几次抬起头,试图透过树影窥见头顶的青天,可是孔府接收阳光是那么有限。尽管我和孔府相处是如此短暂,寒冷却一直扑击着我。我还是能复活出一些当时的生活场面,眼前穿行着形容肃穆、迈步迟缓的孔府家人,我于树影下已不能明辨岁月的嬗替。在我后来匆匆穿过孔庙的神秘和森严、穿过孔林的枯寂和荒芜,目击那十万余座树影下密集的坟茔时,我终于明白过来,这个家族最终还是汇聚在树影之下,他们对树影有着深深的依恋,在生命终结之后,仍然以集中的状态,显耀着家族无可比拟的延续规模。那些风雨中面容残沥的翁仲,或蹲或倒的石兽,岿然不动,它们是在回望过去的鼎盛吧?

从高墙内走出,夕阳已经西坠,余晖照在曲阜千门万户的屋檐上,让人霎时温暖起来。街市上的人们正在忙碌着元宵节的晚餐,孔府大门即将又一次地关闭,把清冷锁在府内,这一点和千百年前不会有太大的差别。当这些参天古树被我的车子甩在后边的时候,我不由得浮现出寻常人模样的孔子,也许他正是从这条路前行,到他志在必得的地方去的。我觉得要有人来做这么一项工作,形象地展示孔子的

再一次提到孔府的"寒冷",回答了开头的问题,写的是这个院落本身实质上的衰落和冷清。

"朴素的笔法"，其实很简单，就是让一切回归本来的面目，从孔子自己说过的话、做过的事来看，他也是有血有肉的，而非仅仅是挂在书塾墙上的带着光环的偶像。

游历过程。府内那幅明代永乐年间始绘的《圣迹图》，年深日久，已经难以承载起今人的思念了。需要有一种朴素的笔法，让孔子以一种本真的状态出现，使平常人在平视中感到可亲可爱，而不再是孔府内那种庙堂气色。人们或许从中获得启示，让精神的步履走出阴郁树影的遮蔽，到充足的阳光下，在广阔的空间里，呼吸鲜洁的空气，让坦荡的生命渗透健康的活力。

■ 如水的放逐

端午节渐渐逼近了,走在街巷里,不时可以从这个古城的市井人家中,闻到厨房飘出的煮粽子的清香,而走到湖畔,即将参加每年一度的龙舟大赛的健儿们,正穿着火红的背心,露出古铜色的肌腱,奋力划桨。这些天他们总是在紧张的训练之中。头上阳光照耀,手下水花飞溅,随着龙舟迅疾向前,这个传统节日的气氛,又一次被我们所感受。

又是仲夏了,血液如激流一般热烈地涌动。这时,我们想起了屈原。

总是会在看到粽子那特有的形态,看到昂然勃立的龙舟劈开水面时,想到屈原。平时,我们想到屈原的可能性很小,时日过得太紧凑了,而屈原又离我们太久远。那么,与这个生命并时的不少历史事件,也让我们忘得差不多了。我们这一代人还能从粽子、龙舟上认知屈原,再再下一代呢,也许只能视为一种食品和水上用具,至于它的引申义,则似乎是一个难以言说的题目了。

我对屈原的认识也很迟,我是在大学的课堂上读到他的《离骚》的。其中的语言方式很快就吸引了我。我当时那个年龄正是喜欢辞藻绚丽的年龄,很快就使我撇下自认为较现实朴素的《诗经》而抱紧《离骚》。可是我毕竟越读越恍惚了,浓重的情思,华

文化传统本身的遗忘,会让一代代的人缺少沟通的语境。如果没有用心的关注,像"屈原"这样古老的文化意象,也会渐渐消失在人们的视野之中。

153

彩的意象,奇诡的象征,有许多神秘气氛笼罩其中、扑面而来。那么久远的生命,让人感到怪异。

屈原的抒情诗难懂,正如我们面对屈原,已经很难理解那个时代的风雨晴明了。

滔滔的汨罗江昼夜不息,不知有多少日子从它身边流过,屈原之前的日子,屈原之后的日子,去而未返。有时因着某一个缘由,我触及屈原,总是会在脑海中浮现出一个踽踽独行披头散发的老者形象,他面容消瘦两眼无光,甚至口中还念念有词。泽畔行吟时,江风不断掀起他的衣襟、他的长发,他呼吸着新鲜的空气,思路却让人无从捉摸。这样的举止,在当时在现在,乍一看,都是一种疯人、怪人的特征。

对他的理解甚至某些怀疑,就是在这种恍恍惚惚中反复进行的。眼见着当年那些岸芷汀兰,黄了绿,绿了又黄,而人却永远回不到那种忧郁的年代去了。这时,对我来说,也是一种折磨呢。

不可否认,屈原是历代从政者中,很不值得的无数牺牲品中的一员。但是时过境迁,这缕汨罗江上的不沉之魂,已经成为我们心目中的爱国范式了。当我们坐在课堂上听着语文老师讲课,屈原的精神和文辞就嵌入了心扉,冲刷不掉。今后的课堂上,这种说法仍将继续下去。我当然和大家一样感动,为他的爱国而不惜捐躯,为他的正义而不卖身求荣。可以说很长时间里我被这种楚人遗风深深包围着。人能与这种伟大情怀接近,是多么地让人高兴啊。只是那时还小,未知他所爱的楚国远近,神往与现实之间的差距,使我不知那究竟是一个多么大的世界。待到我学会查阅资料,我终于把楚国给查出来了。

当时实在失望，书上说：楚国本是丹阳一带（今湖北西部地区）的一个古老部族，到了战国时代，巴东以下长江南北归入了它的版图。屈原的一生的命运就系在这个战国七雄之一的国运里，为其忧为其喜，为其信任为其放逐，最终为其生又为其死，可谓忠贞不贰了。

<u>屈原代表了文人共有的一种文化心理和悲剧人格，他之所以被人一次次提起而感慨不已，缘由也是他照亮了文人的心路历程。</u>中国传统文人几乎都毫无例外地面临着仕与隐的人生抉择，屈原是个优秀诗人，学而优则仕，通常是文人追求的目标，希望宦途可以实现自己的政治抱负，而赋诗作文毕竟等而下之，于是就出现了一大批文化官僚。他们在得志时，总以为这条路走对了，人生价值体现了，可是十有八九不甚如意，文人胚加上天生的书呆子气，有时就遭受重创，直到放逐罢黜。这时只好以隐来表示洁身，又以为独善才是文人最好的生活方式。可是一遇转机，就急不可耐，把隐抛在脑后，又乐颠颠地当官去了。这种折腾总要反复几回，屈原就是其中突出的代表。大约是楚怀王十五年，做过左徒的屈原被疏黜，退居汉北。左徒这个官仅次于令尹（相当于宰相）。屈原没有什么埋怨，以为楚怀王为小人所惑偶然失误，一定会有云开雾散之时。大约是在楚怀王十九年，由于蓝田之战，屈原被迫离职远游，人在行程里，心仍牵挂朝廷，他觉得还是很有希望返回的。果然，楚怀王末年，军事和外交上接连失利，只能再度起用屈原，屈原的才华又一次被认可，他的自信无疑也增长了。时日如水，大约在楚顷襄王七年，

出世与入世，从来就是封建士大夫的两个选择项，很多人终身都在这个天平的两端摇摆。在遭贬左迁的时候，很多人把自己的遭遇投射在"屈原"身上，完成一种自我的慰藉和激励，从困顿的现实当中突围，在精神上得到一种完满。

屈原作了秦楚议和的牺牲品，放逐陵阳。这时的他才觉察出事态比先前都严重了。一圈一圈的年轮嵌入他清寒的心境里，他觉得这回真的是要走远了。他经洞庭湖、溯沅水、过辰阳、上溆浦，边走边吟，不时回望朝廷的方向。逝水年华经不起折腾已经老相泛起，只是不熄的希望在努力支撑。事实是如此无奈，召他回去的不是朝廷，而是滔滔汨罗江，他扑向了汨罗江的怀抱，江水带他远去。他是因为绝望死的，他那么爱惜生命，牵挂君王安危，可是谁顾念他呢？连屈原都绝望了，楚国焉有不灭之理。楚国早就是一个烂山芋了，不烂的地方只有一点点，谁也无法指望它好起来，只有如屈原这样的人，一直想做一些挽救工作。其实，那样的局势，十个屈原也无济于事。我们不能不看到他对楚怀王愚忠而至死不悟的一面。他的爱国思想，使他只爱楚国。秦国野心勃勃，秦王也是豪气荡荡，比楚国生机无比。这也决定了屈原无处可走，只有一死了之。

我们是应该赞美他，还是再说点什么呢？

我赞美的当然不是他的投江，以至于每年都有包粽子和划龙舟的习俗。他的想不开是我素来反对的。<u>我喜欢的是他的那种刻入骨髓的真爱，九死而不悔</u>。屈原是很爱自己的，他的自恋在很长的时间里体现了一种强烈的孤独感，孤高而凄美。在他的诗里，他如此地爱美，总是佩带薜荔、菌桂、胡绳等香花，香气逼人。这种内在的清洁孤独，洋溢着文人一以贯之的精神秉性。他不失时机地在诗中不加掩饰地赞美自己，出现了许多令人眼亮的比喻，香草幽花，美人珍禽，如瑶瓔相衔而出。他理应知道泽畔的

古典幽梦 ◎ 上海著名中学师生推荐书系

屈原的死是一种悲剧，这种悲剧因为他终身对自我的高洁要求以及临死之前对楚国执着的爱而感人，投江赴死，是失望也是最后的反抗，更是无法允许自己屈服于现状，在虚假中苟活的烈性的体现。

倒影映出了自己潦倒的面容,对于美却始终不愿放弃。屈原也用了一大堆丑陋的比喻,以恶禽秽物咒骂奸人。汨罗江畔,人烟稀少,这是很有助于屈原思考的。他想到了那些小人对于他的嫉妒,使他的肉体远离朝廷抛弃荒野,精神也空空落落。江畔那些林木是如此的高大健壮,生机勃发,而自己却在一天天地干瘪下去。嫉妒是一支支暗箭,心头在隐隐作痛,好像很好的皮囊浇满了污水。令尹子兰和上官大夫正在宫里边寻欢作乐吧,而楚怀王总不至于如此冷漠寡情吧,他算不上是昏聩的,可怎么总让自己在这宿命的怪圈里走不出来呢? 每念及此,他一定是泪流满面万念俱灰了。他变得不爱与人相交,却爱自言自语,尽管没有听众。他的情感放牧开始走入广阔辽远,上天入地瑰丽无比。屈原慢慢地变成另一种人了。

对楚国的极度忧患又无可奈何,迷幻状态中的屈原,与常人行为慢慢疏远了。你看他一生所到之处,无论是郢都、秭归、沅湘、陵阳、溆浦、汨罗等地,都是孑然一身孤独无偶。我以为屈原是一生未曾婚配的,在他的全部诗中,丝毫捕捉不到妻子的影儿。就具体的人生来说,这也是一种缺失的体验。这往往使阅历单纯的青年人,难以抚摸他想象的翅羽。瑰丽奇幻的联想,又使人耳目迷乱。有许多的人,永远抵达不了屈原设置的那个世界,找寻不到那一页精彩的心灵记录,这真是我们的遗憾所在。迷幻是一种麻醉,使屈原短暂地忘却了痛苦,沉浸在他自己的幻象世界里,与日、月、风、雷诸神频频交接。显而易见的幻境色彩,它的美让人不知所措,这些翩翩而来的幻影抚慰着他焦灼得要命的心灵。只有在这时，他才不仅仅拘泥于对楚国的思考，而是飞升而上，与彼岸的神灵对话，无序无边，无始无终。我倾向于这种说法，屈原的旨趣和追求都从属于精神，他是物质的人，但他的魂魄，早已御风绝尘而去了。唯有见到这些美妙的幻象时，他的嘴角会浮现出一丝笑意，当幻象收起最后一缕浪漫时，屈原嘴角的笑意就凝固了，现实的苦痛又一次涌上了心头。

汨罗江上空的月又圆了，大且皎洁。人的生命不过像流水，转瞬即逝，加上命途多舛，实际上能做多少事呢？想着想着，不由悲从中来。屈原对时光的流逝有一根极为敏感的神经，畏惧衰老而放纵自恋，能不老不死的只有那些来去自如的天界诸神了。在后来的日子里，屈原是越发频繁地滞留在如梦如幻的空间，一次又一次地让幻象的潮水漫过自己的肉体与灵魂。

现在，我们许多人已经不喜欢做梦了，我们喜欢现实。这使我们在接收屈原这些疑真疑幻的诗语时感到棘手，分不清哪些是真实哪些是虚幻。但是我能看得清楚的是屈原的痴迷不悟。人的生命就如叶片，逢秋而飘落，这往往会使我们在晚秋时的生活紧凑一些，利落一些。屈原不是把生命握在自己手心里，而是搭在了对楚怀王的祈盼之上，生命便把屈原一点一点地吞噬了。战国七雄的上空风云变幻，君王喜怒无常，奸佞总是胜于君子，这个时期的很多人都有着无可奈何的过客般的流浪痛感。可是这一时段的人似乎也特别有执着的精神，如向戌、鲍叔、管仲，还有申包胥、张仪、苏秦，值得一提的还有勾践，都是锲而

我们始终在强调的是"屈原"的一种真性情，而这种"真"在现实中得不到满足的时候就会求助自我构筑的幻想，我们把这种幻想称为"美好的理想"，却更加衬托出现实的残酷是如何把一个人逼迫得走投无路，最后连做梦的权利都失去。

这样的执着，却遭到放逐，即使是放逐，依然执着。

不舍的人物,矢志于自己的事业。在这种进程中难免不在意自己,他们全身心地托付,使今人灵魂战栗,不知是他们出了毛病,还是今人缺了持守精神。

在我看来,屈原是应该早早放弃对楚怀王的幻想,开始新生活的。放弃了并非不爱国,不放弃未必就爱国,这是需要坐下来平心静气理论的。屈原太高估自己的力量了,以至于持抱不放,一次次遭受重创。他应该静下心来写诗,使骚体更上层楼。事实说明,大部分人对屈原的官衔已印象模糊,在历史长廊里,他的诗人身份却那么耀眼。屈原的狭隘之爱太深重了,他的许多精力心甘情愿地花在上边,以至让我写到这里隐隐作痛。

只能多谈些他的诗了。

从一位左徒高官到多次放逐,生命如水上落叶,时沉时浮,找不到歇脚的岸。如此巨大的起落,失宠怀王,积怨南后,同僚猜忌,学生背叛,使他在暮色苍茫中,投下的只是单薄的影子。他被放逐汉北云梦之地,管理着这片山林的草木禽兽,以免人们砍伐狩猎。林木葱茏禽鸟和鸣,百兽嬉戏花开叶落。生命如四季又不是四季,当薄寒阵阵袭来,天色阴晦,屈原只能向神灵诉说苦衷了。我是比较信服某个研究者指出的,《离骚》就是屈原势单力薄时求助于巫术的过程展示。南楚素来有以花草娱神的习俗,天国神游是巫术幻影的描绘,行文回旋往复是巫术念想的特征。路毕竟那么长,在山野中的屈原又是那么弱小,对于未来,只好卜一卜,权为回归的日子许个愿吧。屈原理应振作起来,我是把后来的左思和他相比而说的。当年,一篇《三都赋》使貌丑木讷的左人其实很弱小，被历史的洪流一冲就倒，虽然说最终都不甘于"独善其身"，但是"兼济天下"之时却往往迷失了自我。

思一举成名，出身清寒的他很快地为上层文人集团接纳了，很快融入上流社会的物质和精神生活中。不久，所谓的上流社会使左思的失望随时而长，不会掩饰的他在《咏史诗》里坦诚地记录了他由急切介入到厌恶、由希望得到承认到不屑世俗毁誉的历程。最终，左思主动地远离和鄙弃荣华，回到他本真的日子里。在这心灵超越过程中，他的思路和语言都变得强大起来。他的诗不同于阮籍诗的深沉忧伤，也不同于陶潜诗的恬淡真淳。他内在的充实和对自我的肯定，涌涨着庄严的潮水，形成了特有的"左思风力"。精神上的人也许不宜作比，也许不宜排出高下，也许不宜脱开他们生存的背景，但是我想说的是，左思会更真切地告诉我们生命的意义。

爱国救国，对于人而言，总是太大的题目。先学会自救吧，像左思那样，这种自救包括救赎自己的身体，救赎自己的灵魂。可是，屈原却恰恰相反，他没能完成自救，他以投江的方式毁坏了自己的身体，喂了鱼鳖。他的主动消失，甚至令令尹子兰和上官大夫始料不及，他们还不曾下手，就已消除了一个敌对的力量。无论如何，这也不值得去赞美或效仿。

眼看楚国一天天地衰弱下去，秦国却一天天地强大起来，屈原最痛心疾首的莫过于此。秦国先进的北方文化，也使楚文化急促衰落，已经面临湮灭了。屈原那么地爱楚国，爱着楚国的文化，他的纸面上，总是生长着茂盛的江蓠、薜芷、幽兰、芰荷、芙蓉这些水国深岩的幽花香草。这些花草的天然，让人想起了清洁、高雅、素净，想起楚文化独有的特征；让人伸手抚摸，抚摸到了绚丽的梦想。这些诗章，放入战国诸雄的辞海里，很轻易地就使我们嗅到楚风楚雨，缥缥缈缈地飘进耳鼓，漫上我们的心田。作为楚文化的精英，屈原已敏感地意识到楚文化的危机，他的作品实际上已是楚文化的一曲挽歌了。不管屈原如何地不愿看到楚文化在北方异质文化的蔓延下萎缩，秦国还是强大得难以匹敌了。秦王气吞万里如虎，在吞没楚国和其余诸国时，各种改造就开始了，同货币、同度量衡、同轨，当然也同文字。即便屈原生前一万个不愿意，这种由秦统一的局面还是出现了。这是一个比楚国要大得多的国家，而且是统一的国家。所幸屈原已随流水而去，否则面对于此，真是一种尴尬。我疑心在许多后人的传说里，已经不在意指明楚国是屈原永远的爱，以至于误解为屈原所爱的是一个疆域辽阔的大国中华呢。战国的风云太纷繁了，战国的过往人事太复杂了，战国的往事都被当今密集的节奏淹没了。现在，需要有人把当时的版图再展现一次。

　　爱国的屈原，诗人的屈原，总是随着端午的临近，再一次为我们耳熟，再一次现出那颜色憔悴、形容枯槁、行吟泽畔的影子，连同楚国、楚怀王，还有滔滔远去的汨罗江。岁月远去了，屈原成了一种范式，成了一批人命运的注释，苦役的行程使他们都成了璀璨的星座，排列在永恒的苍穹下。精神的人看起来是如此相似并且可以沟通，让人联想起屈原并没有离我们多远，只不过是岁月的更替在改变着我们琢磨的角度和接收的程度。这往往使我们吃着有棱有角的粽子、看着疾驰的龙舟远去，心头一阵温热，泛起了那种被我们称之为感动的涟漪。

对于离我们远去的故事，后世总有太多的想当然和概念混淆，什么是真的历史？如何才可以走近人物本身？只有到了那个时候，我们才能真正来谈屈原，也才能真正理解那一群像屈原一样的人。

走出长安

古典幽梦 ◎ 上海著名中学师生推荐书系

天宝三载一个春风沉醉的正午，43岁的李白缓缓地走出了长安的一座城门。这时的长安，不时可以看到怒放的野花和飞翔在上空的鸽群，听到悠扬滑动的鸽哨。李白转过头来，最后看一眼那威严厚实的城墙和旗幡的舞动，此时的长安正在醺然之中呢。少顷，他毅然决然地扭回头，背向长安而去。仍然有些寒意的风吹拂着他，衣襟如鼓。只是他眉宇间有了一种解脱的神色。在他的诗作里，多处写到振翮翱翔的大鹏，他觉得今日的自己又是一只自由的大鹏了。

这是我在长安时的一组想象。我站在城墙上眺望，远近都被收入眼底。我虽然不知道李白当年是从哪个城门出走而向洛阳方向去，但我想复活他当年的场景不会太难，难的是当时的复杂心境，已无可洞察了。至今，我一直称西安为长安，称长安时内心有一种异样的感觉，那是很典雅的、很古厚的，而称西安则是另一码事了。同时称长安还会相应地使我联想起许多过往残片，想起一溜古文人的名姓，意蕴上要丰富得多了。以前我一直不明白李白怎么会耗费三年光阴于长安，中断他云游天下的豪兴。他是属于诗的，当然也属于山水、自然，可是没想到有三年空掷长安，过着声名好听而内心着实不痛快的日子。

　　促使李白走入长安的是他的从政理想。李白何时滋长这种理想是很奇怪的，是否受到孔夫子"学而优则仕"学说的启蒙呢？因为我读李白的诗，那种大鹏意象、天马意象是十分强烈的，无可羁绊独行独往。就如他的大鹏意象，就大气磅礴无从比拟，他就是大鹏化身，翻动扶摇气冲霄汉。和李白比起来，喜爱以飞禽自喻的还有陶渊明，在他诗里，就不时出现过雁、燕、鹤、凤、鸥、鸾、鹁鹕，渴望自由自在。一比较就可看出，气象不如李白，力度也不如李白。再说，李白又屡屡自我仙化，写下了许多在仙界与仙人相往还的诗章，不知不觉也有几分仙人气象了。他走入长安，多少有些出乎我的意料：连让人视为超尘拔俗的大诗人都渴望于平步青云，其他人就不必多说了。真的，这真的使我有些失望。

　　从什么时候起，他不再心安理得地沿着自己孤高啸傲的思路行进了呢？

　　后来，我从书上理清李白求仕的进程。二三十岁时，他对于政治活动就相当热衷了。本是诗人胚子，却要往仕途上蹭，只好自荐不已。他先是给韩朝宗和裴长史写信，恳请他们保举自己，不成，有点扫兴，却不肯罢手。后来总算有一位道士兼诗友的吴筠举荐成功，得以进宫来到唐玄宗跟前。这不由得使李白意气昂扬，回家告别儿女时："仰天大笑出门去，我辈岂是蓬蒿人。"李白的确太自信了，他以自己的诗才来估量自己的仕才，当然缺乏可靠性，这也就为他日后的不得舒展伏下种子。他的志向是当一名宰相，这对于一位纯诗人来说是很不实际的，站在今

李白的出走并不让人意外，让人意外的是他的进入长安。我们常用"诗仙"来形容他，就是说他的无可拘束，成为后代超尘脱俗的典范。

163

日回望长安,更是让人感到迂阔和不谙世事。不过,李白还是踌躇满志,他一向认为要"谋帝王之术,奋其智能,愿为辅弼",而且不时与吕尚、张良、诸葛亮、谢安等人相比,觉得自己并不逊色多少,完全可以胜任。这种个人英雄主义不能不在日后弹奏出悲剧的格调。换句话说,写诗是一种个人的精神行为,爱怎么写全是个人的事;而官场上,你能爱当什么就当什么吗?

入得宫来,自是另一个世界。看不尽美人玉佩,艳饰绮装;赏不完霓裳羽衣,舞袖歌弦。日子当然过得比他携家云游安定得多,不再饱受漂泊中的风雨之苦。只是,他那颗鲜活和跃动的心却渐渐地不痛快起来了。他首先发觉召他而来的唐玄宗根本不会给他一个宰相当当,连一丁点希望都没有。唐玄宗只是希望李白来歌功颂德,给御用文人的班子里,再加一粒筹码罢了。尽管这样的文人已经不少,但李白名气大,有"谪仙"之谓,让他歌功颂德更有分量。当两个人所想产生如此巨大的悖反时,那就看谁有主宰权了。这时的李白只有听命的份儿,去供奉翰林,做一些宫廷的笔墨文章。退一步说,当不了宰相,想开点也罢,连他想与帝王建立"非师即友"的关系的美好愿望,也被击得粉碎。他开始痛苦加深,酒量大了起来,常常演出太白醉酒。不知者以为一般酒徒形象,却又有谁能摸到这梦魇的根柢?

接下来的日子里,李白是越发感到生活的环境太不能任意随缘了,总是有形无形地逼迫他,要消磨他意志上的棱角。他又看不惯一些人的仪形,便"戏万乘若僚友,视俦列如草芥",理所当然使自己孤立。

而当我们走进李白这个人本身,却会发现对于仕途和功名的追求,李白或许看得比诗文更重。诗是他的才气,政治却是他的抱负和梦想。这种带有一点理想化的狂热,本身就非常的危险和脆弱,在现实逼近的时候将他消磨。

古典幽梦◎上海著名中学师生推荐书系

宫中岁月使李白慢慢看出一些道道来：此时的唐玄宗已是撒手不管事了，只做个享福的"太平天子"，凡事交由狡诈阴沉的李林甫和女声女气的高力士。这自然没有他的好果子吃。我想，李白还会更进一步发现这位身兼40余职的李林甫的种种恶行，光是收受贿赂的缣，就有3 000万匹。李林甫曾对人说："想来我不会有好声名，不如眼前享它个极乐。"这对李白来说，先是惊愕不已，再是憎恶不已，想不到如此天子如此宰相，真有早知今日、何必当初的懊悔。他的饮食起居是规律起来了，而他的心灵却一天天沉沦下去，生活的舒适抚慰不了心灵的痛苦，他开始萌生了摆脱屈己于人的念头。从唐玄宗这方面说，对李白的不信任感也渐渐加深，加上高力士之流隔三差五地向唐玄宗谗毁，久而久之，危机四起。官场上的手段说来也十分简单，除了同僚的讥讽挖苦让你每日不得开心外，再就是冷着你，让你无聊、无奈、无助，看不到希望的曙光，如在沉沉黑夜行。这种无形的折磨使鲜活的生命失去怡悦，眼见春来秋往，又是清冷的冬日了。

这时，李白常做的事就是与好友贺知章、崔宗之一起饮酒吟诗挥毫，酒量大，牢骚也大，酒后驰毫骤墨，酣畅恣肆。千百年来有多少客栈高悬"太白遗风"的酒旗，有几个知晓他的醉酒是以求超脱、以求摆脱屈己于人的压抑呢？李白的个性终归是太强了。宫廷内是不需要自行其是的大鹏的，相反的会更需要铩羽的鹡鸰们。如果李白能稍稍克己一点，改一改那种政治上的自负、生活上的狂放、行为上的高傲，总之，改改诗人那种桀骜不驯的脾性吧，那么

最终李白的出走，是现实的梦醒，也是自己与宫廷两种人生态度的不融洽，不是一路人，不做一档事，如此而已。

他的日子就要好得多。其实有许多文人入得宫来都适应了，原先棱角毕露、生机勃发的生命被调节得柔顺而谦恭、乖巧而圆滑，自然皆大欢喜，不仅仕途顺风顺水，并且笃定在长安长久下去。李白比别人还有一个优越性，那就是他的诗名，他完全可以充分地表现一番，只要他肯"歌德"，大概时人没有谁能与之比肩。唐初有一些诗人就是大写点缀升平的应诏诗而锦衣玉食的，如上官仪就是样板，爱写些"花明栖凤阁，珠散影娥池""沛水祥云泛，宛郊瑞气浮"，虽说浮词艳句，却也是很受用的。有人视此为文人的奴化，有人则视此为实惠，就看各人的审美观和价值观了。

李白终归是李白，他算计着该走出长安了。下这样的决心是不容易的，这表明他的漂泊生活又将重新开始。当今的人喜欢用"漂泊"这一字眼，以为可以重温英雄梦。可是，不是亲临者，谁能解得开其中的艰辛呢？李白决心已定，正好唐玄宗也认定他不是"廊庙器"，爽快地打发了他。从天宝元年（742）到天宝三载（744），三年的宫廷生活倏忽而逝，这三年没写出什么好东西来，宫廷世象却是看了不少。是得是失，只有他最为清楚了。我所能猜测的是如果李白果真成为仕途一名得意者，也不过宦海一粟，转瞬就消失在我们的视野外；如果李白好好地供奉翰林，修理修理他的心性，那么李白诗篇也不是今日这般形象了。好在历史从来不做虚幻的假定。李白走出长安并远离长安，他又一次地感到生命被怡悦和活力充满。天高地迥，宇宙无穷，他又能够倚风长啸，放纵那支如椽巨笔，缘情任性地挥洒一番了。

古典幽梦 ◎ 上海著名中学师生推荐书系

中国的历代文人，读了圣贤书了，自恃自然很高，但即使委屈着自己的性子，也还是要谋求仕途的发展。有的人可以身在任上书写诗篇，有的人则非要天生反骨遗世独立。我们感叹李白，就算逃不过走入长安的俗套，还是比常人有勇气，最终走出长安。

如果精擅笔歌墨舞的文人不以自己过人的特长去展示,反而想着换一种活法,这会是怎样一种不实际呢?我想,从李白进出长安的过程是可以提出这个问题的。避长扬短,笔墨荒疏,不免感时叹世,还有什么比这更令人后悔不迭的呢!从李白身上我们可以看到文人自身的脾性真是根深蒂固,长期的个人抒发行为形成的清高孤傲、恃才傲物,不消说难适应官场,文人之间也相互难以调适。魏晋文人是典型,唐人如此,宋人如此,今人亦如此。这也就注定了踌躇满志的思维通常是在纵笔驰骋中的想象世界中出现的。只有在这个世界里,文人可以得到最大的满足,嬉笑怒骂尽随己意,生命越发升腾出旺盛的力量,创造的灵性和恣肆通脱的情怀喷薄而出。而在其他什么领域,十有八九要打折扣。纵笔无碍,也使文人的幻想得到膨胀,以为文才可以通用无所不达,李白幻想当宰相就是一种不切实际的典型。我至今不清楚萌生的根据为何,是恃才而对号入座吧。这种幻想摒弃了无数错综复杂的关系,很有些阿Q那般我爱谁就是谁的直截了当了。这也注定了李白向往的模式是一个空中楼阁,色泽艳丽,却一点用处也没有。从心底焕发出的巨大热情转瞬成为一缕凄清。随之而来的必然是一大堆苦恼:功名挫折带来的自我失落的迷惘感,知音难觅的寂寥感,宦途艰难的悲愤感,生命虚掷的忧患感。这种悲剧气息弥漫开来,把他既往的自我陶醉击个粉碎。这时我们也只能说,这是你自寻的愁烦呀!

不过,笔墨生涯是很寂寞又清苦的,想从实实在在的笔墨文章中换取声名,只有傻子肯为了。每个政途上的所谓"被抛弃"来自原本就路途相殊,自然家园的"回归感"则是真性情的自由释放。先前的迷茫,不过是不小心走的弯路,于是今后与山水相看两不厌,再没有身处尴尬的痛苦。

古典幽梦◎上海著名中学师生推荐书系

文人的痛苦很多时候来自一个"面子",得不到好名声没有面子,遭到了冷落没有面子,在失败之后离开没有面子。多少人因为这个面子,被自我折磨而死?李白的潇洒从这里就体现出来了。

朝代都有这样的傻子,青灯黄卷焚膏继晷,柔顺羊毫雪白缣素,写不尽心中哀乐,所谓"穷开心"是也。往往是在静寂的书桌前,文人才感到充实,哲思感悟,谐趣嘲讽,尽施于腕下。个性孤傲的文人总是难于合群,也懒于与人合作,聚聚散散不可恒久。李白这等人恣情山水行止无定,全凭自己心性,有一杆羊毫,再一柄横挂腰间的龙泉相伴,也足够了。出长安后,山穷水恶,路途迢遥,他似乎没有归宿感,时而在南边扬州、金陵,时而在北面邯郸、幽州,时而又出没于西边的嵩山、襄阳,不免衣衫陈旧风尘仆仆,只是身心渐渐轻盈如燕透明如水,他明显地快活起来了。他感到了短暂的生命里放入了超然的美丽,这是宫中岁月一次都不曾降临的。这种孤独与宫中孤独全然是两码事。他孤独的精神从泥沼中脱离出来,浸润在自然之中,那些扑入眼帘涌入耳鼓的长虹瀑布、落日归云、山寺晨钟、新蒲短笋,总是令他铭念和感恩。更惊异的是,他对生命有了更深刻的认识,他原先有过的被抛弃的感觉,在自然家园中又获得呵护和温暖。既然人不爱我,就泛爱自然,在与人的交往中失去平衡的心理,在与自然的亲和中又得到了补偿。李白逐渐走出了长安阴影,心灵的空明、澄澈,跃然而起。我察看了李白走过的地方,我也先后去过,只是他带着三年长安的体验,那深邃的目光就看到深处去了。这种现象贝多芬也经历过,在维也纳,每天他必定要沿城墙绕一个大大的圈子;在乡村,从黎明到黑夜,他独自在外漫步,不戴帽子,迎着太阳,也迎着风雨。可是他却语出惊人:"全能的上帝啊!——在森林中我快乐了!"文人一快乐,下笔必然畅达,李白的浪漫主义情调越发昂扬和瑰丽,想象奇警华赡,兴会飙举。想来误入长安三年也不是徒耗生命,可视为炼狱吧。

为我所感佩的是李白毅然决然地走出长安。文人通常清高又爱面子,由此而致命。体体面面进长安,灰头灰脑出长安,这对谁来说面子上都挂不住,有的因此就耗下去了。除了缺乏决裂的勇气外,也怕同僚耻笑。在宫中无论如何煎熬,走到外边,还是很风光的。文人与生俱来的软弱性也就常常被牵制,以致下不了决心。清代的孔尚任在这一点上就比李白想不开,以致心力交瘁。康熙三十九年(1700),孔尚任被一纸公文罢了官,这位曾经与康熙有过面对面亲切交流的文人就是不相信有如此厄运,同时也不想回曲阜,滞留在京华祈盼康熙皇帝的苏醒。同时他也托人为自己说情,只求能留在京城混一碗饭吃。苦苦熬了两年,音讯全无,这才无奈地卷了铺盖回到曲阜过他的布衣日子。李白比之于孔尚任要积极得多,孔尚任则有些死皮赖脸的模样。他的心灵包袱过于沉重了,他的依据是,自己是孔夫子第六十四代孙,尊孔的康熙不会视而不见吧。文人的这种心思不由得让官场中人连说“呸,幼稚!幼稚”。可以看出,孔尚任心灵的创伤要比李白深切,他的觉悟是十分迟缓和勉强的,尽管他感到仕途凄凉、险恶,却死抱着幻想不放。这样的例子,我们可以在一层层历史的帷幕里找出许多许多,虽说如今他们都掩于沉沉的时光黑夜之后,可是那种求得帝王权贵欣赏奖掖的基因,还是代复一代地流传下来了。“琼杯绮食青玉案,使我醉饱无归心”,宿草经荒,墓木成拱,这样的渴望,终归不会散尽啊!

其实,凭借自己一支彩笔,过一介布衣的生活,写一些出自胸臆的诗文,不是很自在又坦然的么。像我这样无党无派无官无冕的人,通常朴素地做如是想。也许我现在还看不清围城外的人想冲进去,围城内的人想逃出来的悖反本质,但是我还是深切地感到,文人的确有很浓重的流芳百世的思想,想以自己的文才在政治舞台上长袖善舞。不过真的实现了,文人气味也消散得差不多了,也就不再被称为文人了。在翻动千百年传下来的诗篇时,我总是执着地想,<u>流传久远的,还是那些流于胸臆的文字,它比帝王将相的声名更能长存不灭</u>。现在我讲唐代书法史,也要捎带上李白,他仅留一幅行草小品《上阳台帖》,却也在书法史上拥有一席之地。想想,还是很有可以寻绎的意义的。

文人品性上的散漫、随意、即兴,还是比较适合于闲适、淡远的生活。逃禅也罢,道隐也罢,都是一种逃避管束的行为。"安能摧眉折腰事权贵,使我不得开心颜",既知如此,何必当初。我记起了晚唐五代的书法家杨凝式,他是完全有资本做一个体面的官僚的。他出身于宰相之家,钟鸣鼎食,镂金错彩。其父也是宦途驰骋者,自然也希望杨凝式如出一辙。他的确也中了进士,并且授中书舍人、兵部侍郎等官职。杨凝式的门第保证了他前景的光明。只是这样,偏使他那一颗文人的本心老大不舒服,他几次以"心疾""心恙"为由,与官场拉开距离。什么是"心疾""心恙"呢,根本查不出,只有天晓得,但他的确超脱了。流连山水放浪形骸,"且吟且书,若与神会",

古典幽梦 ◉

上海著名中学师生推荐书系

李白的出走,其实是文人"逃逸"的一种激烈典型,文学的审美必须摆脱政治的功利性和硝烟味。那种推托和散漫,是身处官位摆脱不得时,才有的一种无奈的消极。

这是何等畅快呀！现在我们展开五代书法史，最灿烂的名字就是杨凝式。这是比李白更清醒地认识自己的人。他深知狂狷放浪不适宜官场，只能起祸端，不如早早避世远害、处晦观明，潮起潮落又干我何事！时人称杨凝式为"杨风（疯）子"，依我看，他是比谁都清醒的文人。你读着他的《神仙起居法》《韭花帖》，会想着在雪白的宣纸上放牧情怀，滋养起自己的独立人格，坚定着自己的持守精神，如一苇扁舟且行且泊悠哉快哉，何必都争着成为让人摆弄的廊庙供器！

一千多年后读李白诗篇，仍然感受到生命的激情。严格意义上的文人，如果让他绝笔，无异于生命就此了断；如果让他写些应景文章，扭曲怀抱，也是虽生犹死。<u>因此我们通常是以笔墨的情调来看待一位文人是否有品位，从字里行间捕捉他抒发的是真情或者假意。</u>在读李白《梦游天姥吟留别》时，面对诗中瑰丽美好的仙界和丑恶龌龊的现实，诗人的叛逆精神达到了极致。抒写真情实感也无所畏惧。和李白相比，宋时的周邦彦也是以真情实感示人的。只不过这位以文笔侍奉皇帝和贵族的词人，博学多才精通音律却用错了地方，只是擅写玉艳珠鲜、偎绿倚红的艳词。虽是发自内心，也就等而下之了。文人总是多种多样的，审美观的相悖，选择自是千奇百怪。因着广阔的选择空间，守不住高洁者，不少翘然一时明朗，千百年后已是黯淡无光。可见同为真情，也有格调高下、意境浅深之分野。当然，如果从文人的待遇上称，周邦彦又比李白好得多。当李白迎着料峭寒风跋涉时，周邦彦却在急管繁弦的风月场上。

文人的诱惑不可谓不多，沉溺之中即使不迷失，也会挫掉锐气，安乐的场景虽然美妙，却常常雷同，让人在繁华后深味虚空。

自愿沉溺于此,乐不思蜀,似乎是常人之情。不过,耽于安乐放弃自救,似乎也是文人写不出好东西的一个注脚吧!

如此说,走出长安断断不是一件易事。

我从长安向西北方向走。在一个偏僻的山村里,我看完了熬鹰的全过程,真是铭心镂骨的痛。那只被网获的成年鹰隼,两眼迸射着逼人的寒光,它几次想腾跃,返回它精神的天空,却总是被那细硬的铁链扯了下来,一次又一次暴烈地扑击都化为徒劳。它只好不停地用劲喙击链条,企图打开,铁链又冷酷地粉碎了这一梦想。一天过去了,又一天过去了,寂静漆黑的夜里,秋风凌厉掠过,空旷中无比苍凉。鹰不仅腹中饥渴难耐,更有一种孤独的恐怖沁入皮表,深入骨髓。它的野性、它的傲慢、它的尊严在悄悄地丧失,连同它那逼人的寒光,也不那么有力度了。第五天傍晚,主人适时地出现了,开始给它精神上的抚慰和肉体上的补偿,当他的手轻重适度地抚摸着鹰宽阔的背脊时,鹰的目光已经充盈柔顺;当它一口吞下主人递上的鲜肉时,神情上写满了感恩。这时候,主人微笑着解开那条曾被鹰喙扑啄得淤血沾满的铁链,当着鹰的面抛到远处。说来也怪,它已丝毫没有振翅而去的念想了。

我不由得出了一身冷汗。

李白不是鹰,是大鹏,是天马,更确切地说,李白是本色诗人。

李白终于走出了长安。

走出长安,就是对这种消磨的反向,还好,李白走出了长安!

■ 梦醒时分

明末清初,这个短暂的交接时期在历史的长廊里不过是弹指般的一个瞬间,甚至对我们无可联想。1644年,这个数字实在让人察觉不到有什么感情成分在内,我发现有好几次,我是这样漫不经心地、随随便便地就翻过去了,好像翻动一片白纸。很久以来,我从没有认为这王朝更替之间有什么文章可作。

我是在大学时读到朱耷的,开初我只是引以为同宗顺手翻翻,为出了这么一位大书画家而自豪。但我没料到,读他愈深,这个孤独的灵魂投下的阴影愈是难以界定。我没有料到的还有,一个转折时期,居然彻头彻尾地改变了人的一生。大千世界中往往有许多偶然的因素,必然地使人生、理想和信念产生<u>掠转</u>。明末清初,在今人眼里不过是纸面上的段落了,可处在当时的文人,却如丧考妣哀痛万端,终日绝望满面。明朝末年,散居在东北边疆的一支属于金朝后裔,称为建州女真的民族,居然浩浩荡荡地挺进山海关,逐渐侵蚀了汉族和其他少数民族的居留地,而后又堂而皇之地建立起清王朝。明末政权在风雨飘摇中,尽管有一些义士揭竿而起,毕竟无力挽狂澜于既倒,转眼城头变幻大王旗。这些活下来的晚明人一夜之间成了明朝的遗民。倘若生于明朝死于明朝也罢,而今是求生可耻求死不得。<u>这时的文</u>

朱耷,明末清初卓越的大画家,别号八大山人。他是明太祖朱元璋第十六子朱权的九世孙,顺治五年(1648)削发为僧。

173

人对于民族气节是很看重的,他们放逐自己的灵魂甚至进行毁灭性的体验,或佯狂装疯或遁迹山林,或落发为僧,或辞官不仕。总之,他们用种种自己认为最能折磨摧残的方式,如戕害自己的肉体,以此捍卫仍是明朝遗民的尊严。这些文人都矢口不愿承认清王朝,采取不合作态度。可是没用呀,生活在这样实在的社会环境里,清政权的阴影总是笼罩在他们头顶上,就像《蝴蝶梦》中的丽贝卡的阴影,总是飘浮在曼德利庄园上空一样。人们越是讳莫如深,她的阴影就越是无所不在。于是这些自以为有气节的人,只好用各种手段来诅咒清王朝,同时也为明王朝的亡灵大唱挽歌。

像西风残照中的长空孤雁,视何处为归程呢?明朝遗民的这种行为真是太令今人惶惑了,有人曾一边嗑瓜子,一边轻快地问我这值得吗?一个朝代腐朽了终结了,进入另一个朝代不是顺理成章的吗?就好像我们常说的山不转水转,道理是可以说得过去的。可是,在清后不少文人笔墨里,都盛赞这种行为,认为有气节就当如此,甚至去死吧!

在一个清闲的雨季,我因写一篇论文的需要,静静地坐在书斋里,翻动几本浸润凄风苦雨的线装书,顺便观察了明末清初的文人走向。我当然从我熟悉的书法艺术史角度入手。岁月总是否定着岁月,当年那些如歌如泣的往事,如今已经不能激活我们的情愫了,就像朱耷那样,尽管从那时起就有人向我们渲染感伤主义,可是那扯开的伤口早已结痂,岁月尘封又使结痂坚硬无比。现在的我只不过是凭一己私好,任何一种结论也唤不醒这些已经沉睡的灵魂了。

我把由明末进入清初的书法家捋了一下，除了那些抱顺其自然者之外，如朱耷一类的尚有傅山，他是"入清后隐居不出"；有冒襄，"征应博学鸿词科，辞不赴"；有查士标，"明亡，守约固穷究达四十余年"，又与沈寿民、巢鸣盛为"海内三遗民"；等等。而另一类言行则相反，降清仕清后春风得意，如王铎、钱谦益、周亮工、沈荃等人。那时的朝野无不对文人的抉择沸沸扬扬，如今都化为一枕清霜，很难叩询在这多事之秋的王朝边缘人的心灵突变的具体根据了。

历史的有趣之处恰恰在这里展现，这两类对于人生终极目的认识有着极大分歧的人都留存下来了，并且成为我们艺术上效仿的典范。现在，我们无论提到朱耷或提到王铎，脸上总是洋溢起兴奋的光泽，好像是一位熟识不过的朋友。<u>历史和今天、古代和现代就是如此交错迭现、相映成趣，有些原本认为是本质的因素，却在此时毫无踪影，而另一些在当时认为是附着物的却日益鲜莹起来。历史演绎风月递嬗，今人所重与古人所重有时真是大相径庭。</u>

终于在一个盛夏的黄昏，我从南方转了几趟车，就到了孟津。我穿过几条街衢，很快就找到了王铎的故居。故居有些破旧昏暗，绿渍顺着墙壁的罅漏浓郁起来。这个季节充满旺盛，也使故居的大树繁荫蔽日，清凉袭来，使人的神智恢复到清醒状态。我对这里的每一块石头、每一件作品都充满敬意，斯人已逝，可是镌刻在石头上的笔迹依然活灵活现，似乎没有遭遇到多少岁月风霜的拷打。王铎是清初书坛的一支"神笔"。这位明末书坛的中兴之王，宗二王兼取米芾，到了清初依然锐气不减，在草书挥洒中尤

"失节""变节"一向是遗老们最痛恨的事情，但是我们今天来看一个人，却也因为远离了历史而心平气和，不再一棍子打翻，注意起那些变节者被"气节论"全盘否定之下的可取之处。

其形飞神越。他的一些大草巨制,总是如鹰鹘搏击,快剑斫阵,迎面而来真有些令人喘不过气来。这样的艺术状态理应独拔于世,可在整个清代,包围他的都是鄙视的目光。在他身上,的确生长着一个置他于死地的痼疾。通向生命之门原本就很狭窄,而这个痼疾在人们看来,足以将他粉碎。王铎54岁那年,清兵南下,围城逼降。身为明朝重臣的王铎不是率兵去拼去杀,也不是去自刎去上吊,反而与钱谦益一道,率百官大开城门降清。天啊,这真是太致命了!在以生命进入一个历史事件的刹那,王铎走向沉沦。很长时间里他被钉在耻辱柱上,"贰臣"就是烙在他名姓上长久不退的印记。和我交谈的几位孟津人绝口不谈这个,是他们有意疏忽还是认为不值一提呢?他们眉飞色舞地谈王铎超凡的书艺,也谈流传于民间市井有关王铎的生动故事,他们为此有幸福感。听说我在做史论上的文章,他们又热情主动地送一些资料给我。说实在的,走动在故居里,我的胸怀是被他的笔墨情调深深充满,丝毫没有一丁点儿对其"失节"生出恨意,就好像书坛中人很起劲地欣赏蔡京、蔡卞、赵子昂、张瑞图、董其昌过人的书法造诣,而没有什么兴趣涉及品格上的欠缺一样。为什么此时的情绪和当时的情绪会有如许悖反呢?我在院子里走动,风吹着落叶傍地游移,好像已逝岁月的微微回响。活人需要一种存在的依傍,一种可以把握期盈的东西,宿命的昭示只在个人的内心。王铎所为,是否也在精神避难中找寻某一种所爱呢?不管怎么去想,总之在我离开王铎故乡时,我的心是很轻松的,旧梦已经翻了过去,现在的人们正在以一种宽容或平静,更主要的是以审美面对古人。

又是几年风雨过。在参加了庐山一个学术会议之后,我顺便走访了朱耷在江西的一些遗迹,有幸的是我还看到了不少他的真迹。明代的消亡,对于这位宗室后裔,损失真是太惨重了,至少他不能像既往那般优哉游哉地生活了。历史在交替中稍稍错位,就为后世重塑了另一种形象。如果没有这种变故,朱耷就不是我们审美意义上的朱耷了,好在历史的进程中从来就排斥如果。读朱耷,就是读他那集一身之"怪"。在言语上,他作践自己,称自己是驴是废者;在行为上喜好不雅,遗矢满室;在生活上由皇家后裔沦为落魄僧人;在感觉上我行我素,狂狷蔑俗。羸弱的躯体负载着桀骜孤独的灵魂四处逡巡,与他人分离,与时俗逆行。在艺术表现上,朱耷的"怪"就更为突出,画鱼鸟总是白眼相吊,于人无亲善感,连孔雀美丽的花翎都异常残破散乱;画花卉,截去缤纷的花头,展现残枝败叶;对于自己的签名,也如此造型诡异迷离令人猜度。连他用笔也与众不同,好端端一管锋棱劲健的狼毫,也非得将笔锋焚去,成为一管秃笔,挥洒起来如玉箸画灰,粗细浑然无别。他的笔墨世界里从未有过春意,总是清寒荒率,生命灵围如此萧森,始终凝固于冬季,不禁让人心悸不已。是啊,按照常人对生活的祈盼,谁不愿圆满华美呢?就是对于色彩,也偏爱绚烂富丽,这些人之常情在朱耷的笔墨中恰恰是禁忌。从肉体到灵魂,朱耷都在时代的更迭中彻底扭曲了。生命的彼岸就在这迷迷蒙蒙的烟水深处,而他如同烟水中的一叶扁舟,说不准何时就卷翻沉没。可是在另一方面,朱耷又是以苦

朱耷之"怪"是由于他与其他人不一样的生活经历,改朝换代在他这里变成了家国之破,那种疏离和迷失,表现在作品之上,自然就不会温暖华美。但是朱耷为僧之后,也有了一种看破世事的旷达,这一切都明白地表露在笔端,没有丝毫的做作。

177

难为乐事的,他晚年的《浴禽图》就明白无误地展开心路:石根处有一斜枝横出,盘虬而上,枯枝立一白眼鸟,自剔其羽在寒天独立中从容自度。前朝已经没有指望了,许给前朝的生命,还有什么值得顾惜的呢？在他的书画前,一种超然的宁静在荒凉的感觉中油然而生。只是后来,我发现当代人对古代艺术家中的"怪"炒得太多了,夸大了怪人的轨迹,张扬了怪人的脾性,使追逐奇怪成为一种新的媚俗。就像新文人画中有不少怪相,不是朱耷这般铭心镂骨的怪,而是刻意"作怪",两相比较,便知此怪非彼怪了。试问,倘心无林泉幽壑,又哪来笔墨中的烟霞气息？

诗意往往是在噩梦逝去久远时才萌生的,相隔一段历史距离,我们可以从容地来品味了。有清一代文人会对朱耷报以赞许,对王铎投以轻蔑,这是很严酷真诚的。随着时间的推移,曾使清初有一份小小震动的朱、王二人已经归于沉寂。在传统观念上,不事二主是一个衡量骨气的标准,而且分量重若千钧,人们当然有理由对官至礼部尚书的王铎表示愤慨,而对朱耷的落发为僧、穷困潦倒报以钦佩。两极中的人是不可能彼此承认和拥有的。但反过来,一种很复杂的感受也始终伴随着我,朱耷所为是太消极太没落了么,于世又有何补益?! 如果很多人都如此,以示对于衰亡王朝的忠贞和对新兴王朝的仇恨,"瞽目丐人,烂手折足,绳穿老幼,恶状丑态,齐唱俚词,游行村市",那会是什么样子,那也太可怕了。而事实的昭示是,在众多的文人中,类似朱耷行为者并不多,更多的文人在赞朱耷和咒王铎的过程中,对新的王朝安之若素,继续仕清,该做什么都还做什么,

古典幽梦

上海著名中学师生推荐书系

178

若号召他们都像朱耷那样，心里真有一万个不愿意。再说贬王铎，恨其为明朝重臣再为清朝重臣，难道不见其为《明史》副编修，不见其在清初文坛书坛的巨大付出么？我敢说，真读懂这两种人并剖析他们的心灵历程委实不易。那个时候，有多少人的心灵处在无休止的挣扎之中，真是剪不断理还乱！而今，时间的凿头又将历史凿进了许多，纷争早已散尽，唯有遗留下来的笔墨依旧湿漉漉的。当代生活舒展而又浓酽，召唤着我们全身心地投入，知道这两个人并究个中三昧的并不多了。现在，我正襟危坐，沐手之后打开这两类的墨迹，顺着起始的线条蜿蜒而下，这些在历史梦醒时分留下的痕迹，依然比种种对人本身的褒贬，更能开启我对过去的理解和未来的向往。岁月的风从字里行间吹过，掠上我的胸襟，我仿佛已嗅到彼岸隐约袭来的花香了。

　　终于合上了明末清初这不厚的史册，王朝兴衰边缘的两类群像同时浮现在我眼前，已不似当年评说的那般晦晴有别、阴阳不一，都是一样的强烈和鲜明。此岸沉沦的现实和彻底的绝望，都化为彼岸飞升的理想和触摸未来的魅力。他们都是变故中的艺术天才，从明末开始直至清初的永恒艰苦跋涉，然后逝去并升上天际，成为闪亮在黑夜中的那团辉煌灿烂的星座。这更坚定了我以前的想法：国可灭，朝代可亡，历史可以淡忘，而艺术的穿透始终不朽！

在后世，不论是朱耷还是王铎，都已经沦为一种文化的符号，人们在指责或者赞扬他们的同时，清醒地选择着对于自己最无害的道路。谁又能够真正了解他们，公正地评价他们，切实地走近他们？

明末清初，战争让一个王朝梦醒；时至今日，艺术之魅力让观赏者从对历史人物标签式的评价当中梦醒。

昨夜星辰昨夜风

　　老历三月四月，我一直在外游荡。行行重行行，从南方到北方，再从北方到南方，许多古迹在行程中一一进入了我的眼帘。到嵊州，拜谒王羲之墓园成了首要之事。

　　此时正是暮春之初，要是往日，这位书圣肯定又兴致勃勃地与一拨朋友吟咏踏青去了。可是如今，他长眠在青绿之中，再也呼唤不起。世界上还没有一个人有能力与自然规律抗拒，作为物质的肉身，迟早要化为一抔黄土。只是作为书圣的精神，却穿越时空，为后人感怀不已。面向这座简约古朴的墓葬，鞠躬凡三次，我就慢慢踱到墓地后边的小山坡，此时绿意盈野，气息清新，周遭是这么清旷和安宁。我环顾四周，感慨不由自主地升起：王羲之不仅精通"八法"，对于地脉风水，也不次于行家了。你看吧，从墓地远眺，五姥峰苍茫肃立有如前导，卓剑峰、香炉峰左右环拱卫护，视野开阔，风景排闼而入，着实是一处绝好的灵魂栖泊地。我在山坡的一方石头上坐了下来，静静地闭上眼睛倾听天籁。暮春的风吹拂着我的脸庞，我似乎看见王羲之和一伙东晋名士，正潇洒地吟唱着，从远处那条开满细碎小花的山路上走来。

　　其实，我们大抵知道王羲之是一位书法家，余下的就不甚了了了。从此岸追溯辽远的彼岸，人事沧桑，总会销蚀去许多无关紧要的枝蔓，留下最经典的部分。书上说王羲之当过右将军，这个官职有多大，至今我没弄清楚。他当官是必然的，他所在的这个簪缨世家，有过"王与马共天下"的经历，不当官反而让人奇怪了。可是后来他称病辞官，并在父母墓前发誓不再出仕，就与东土人士营山水弋钓之乐，并毫无牵挂地说："我卒当以乐死。"他这种脾性很难适应于官场，他认为袒腹舒服，就撩起上衣露出肚皮，官场上能如此随便么。他地道的文人胚子，使他最终成为开宗立派的大师，而不是一个被奴化的官僚，这岂止是王羲之大幸，更是艺术之大幸。

我重翻史料，犹如吹皱春池，涟漪四起。这位东晋名士生于山东，却不远千里，选定江南清雅之地作为永远的栖身所在，这和他平生无限地对自然热爱是分不开的。流连山水、寓目青绿是这个时代文人的爱好，王羲之如同一片绿叶、一缕林岚，这使他的艺术感觉永远年轻。尽管他所在的这个时代充满凶险屠戮，王羲之还是能和朋友们一道暂时远离高悬的达摩克利斯剑，结伴投入自然的怀抱，一些明媚如水的佳作在流连山水中汩汩而出。后人不解的是这个苦痛的时代，书道居然灿若云霞。我一直在想，倘若王羲之久居山东，不受江南山水熏染，他笔下流动的就不是今日风采了，而会是《郑文公碑》那样的情调。如果这样，王羲之就不是当今意义上的王羲之了。幸好人生没有如果。尽管说不清王羲之书法变迁的细致因缘，可是生活在这样的环境里，再质朴也会变得灵秀，再古厚也会变得鲜莹。有哪一位艺术

王羲之之幸，在于自身对于官场的拒绝和对于自然的亲近。

家不乐于与自然结缘呢？我想起了美国的梭罗，有两年半的时间里，他远离都市，独自在宁静的瓦尔登湖畔结庐。这里乏人问津，落叶满地黄花堆积，却使人心灵比任何时候澄澈和灵动。许多艺术家的这种行为，为的是给疲惫的生命以呵护，更重要的是保蕴创造的灵性和恣放通脱的活力，找回在都市中失去的生命怡悦。王羲之正是在这种氛围中，逐渐调整到心手合一、默契无痕这样一种境界。

我们崇仰书圣，主要还在于艺术自身。一千多年流逝了，他与我们非亲非故，没有一丁点个人私情，而他仍然引起我们的景仰，全然是一种内心的投合和需求。这种需求使我们跨越时空，想亲近他并牵住他的衣襟同行。这种情感朴素而又纯真、冲动而又无所顾忌，真想叩开他与众不同的情怀。在王羲之之前，也就是离他未远的西晋，我们所能看到的书法作品都是一副厚重拙朴相貌，这不能说没有艺术性。可是由谁来向前推进一步，使其更具有新的审美价值呢？在东晋的世家豪族中，王、谢、郗、庾、卫五大姓，子弟中不乏英杰才俊，他们具备了良好的艺术教养和比常人优越得多的脱颖良机。数世传习，雅有门庭，就等有人来开启这道薄薄的艺术屏风了。可惜，东晋以来依然把每个字都写得如此沉重，似尽全身之力，让人阅毕敛容肃穆。审美始终这般沉重如何是好？这个机遇终于临到王羲之身上。说来也很简单，他主要是改变了书写时的时空关系，下笔轻重分明、疾徐有别，再把字型由方正调节为修长之姿，欣赏起来就绝然不一了：笔迹轻盈妍美，格调清新高洁，形态宛然芳树，穆若清风。更让人畅快的

汉字的笔画早已固定，但是其空间排布却充满了各种可能性，所以不一样的人笔下的字才会各各有风韵，王羲之与他人的区别在于，他建立了字与字之间的联系，让书法作品贴近自然，有了生命。

是行迹连贯如璎珞环佩相衔,行云流水般的自如哟。一帧作品再也不是字字独立,而是音节蝉联、逶迤曲折,或顾盼或牵连,浑如一体。你随便找一幅王书,沿着笔迹移动,会发现王羲之是这么地精通空间运动上的方向、速度、力感的对峙和化解。这种巨变有如石破天惊,似乎一夜之间书风审美翻了个个儿,神秘感就升浮起来了,难道他有异禀又有异相?

　　我曾经在查阅史料时见过几幅王羲之画像,不知画家缘何画得刚硬多于阴柔。后来读《晋书》《世说新语》,王羲之的轮廓就慢慢浮现出来:他的长相应该是清朗灵秀,带有倜傥神色,情调应该更接近女性的风采。这时的人服食五石散成风,男子熏衣剃面傅粉施朱以为时尚。王羲之当然也不例外,服食丹散后,面若桃花,行止轻盈,如凌波微步。时人就称他的身姿"飘如游云,矫如惊龙",着实一副女性的美态。梁武帝萧衍称王羲之书法如"龙跳天门,虎卧凤阙",并为后人频频引用,在我看来是走了眼,倘若移到王献之身上会合适些。你想想吧,笔迹如美女簪花般是何等的美好呀,那优美之形、优柔之质,如吟柳絮之章、制椒花之颂,得无尽清逸之气。并不是所有的艺术佳作都要呈龙虎风云、振衣千仞的浩大气象,明月入怀、清风出袖,自有一番雅趣。王羲之书法不像后世大如一堵墙,只是信笺般大小,字数无多,有的仅十许字。这对于常人来说,无论是花前扑蝶之春,或槛畔招凉之夏;是倚帷望月之秋,或围炉品茗之冬,袖上一帧,都足以消闲解颐。

　　王书的优美,使它千百年来一直具有最普遍的欣赏群。他把握的度是这么地恰到好处,从心所欲

晋代士族服药成风,而疏于锻炼、面敷白粉以为时尚,这些都是事实,从当时的审美观来看,王羲之也断不可能是刚硬的。这种美学标准放到书法艺术当中,便也是飘逸潇洒的。

而不逾矩，"不激不厉，风规自远"，这就是中庸之美。现代人动不动就要创新，鄙视中庸，甚至把中庸等同于平庸，把很有价值之美挡在彼岸。殊不知中庸之美是多么有张力，其运动过程中的虚实相应、刚柔相济、奇正相补、疾涩相生，再没有一种美感会这么具有广泛性了。它不是一种对抗性的情绪宣泄，而是从容和闲雅的抒发，犹如闲庭漫步，行于所当行，止于所当止，这能不让欣赏者身心怡悦么？从梁武帝开始，王羲之书法开始受到青睐，并进入一个大知名的时代。到了唐太宗手上，宫中已收藏王羲之真迹三千余纸，朝野言必王书，声名达到鼎盛。唐以降的帝王中，没有不好王书不习王书的，王羲之实际上已成为一种象征、一种精神。此时，却有许许多多的书法家如水面的萍草一般，时而给历史风潮吹了拢来，或吹了去；更像天上的星，有时光彩粲然，有时却让浮云遮蔽得黯淡无光。历史的选择会有偶然性，偶然之间又蕴藏着必然。王羲之被选择，给后人一种适逢其时的美感，只是在凸显他一人之后，余下的却逐渐走出了我们的视界。

王羲之与西晋书家相比，不，就与他周围的书家相比吧，创造的风帆总是鼓满长风。艺术家就是艺术家，行止必然与众不同，甚至有些不近情理。早年王羲之拜卫夫人为师，卫氏虽是女流，却是当时佼佼者。可是当王羲之渡江北游名山，目睹前人名碑之后，他的感觉就全变了："学卫夫人书，徒费年月耳，遂改本师。"名家庾翼骂王书为"野雉"，野雉就野雉吧，虽然不好听，也乐得承受。再后来儿子王献之也进言"大人宜改体"，王羲之才不听他这一套呢！在他眼里,师情、友情、亲情是一码事,艺术上的戛戛独造又是一码事,不好搅在一起论。这样想来,自然可以超脱得多,爱怎么做就怎么做好了。我说王羲之很追求新异,是因为名士身上有的,他也要有,服食丹散、好山乐水、饮酒清谈、畜养宠物,不落人后;名士没有的,他也要有,那就是对新异的渴求。兰亭雅集时做的诗,王羲之那一首是最有嚼头的,其中"群籁虽参差,适我无非新",把他的志向展示得痛快淋漓。像这种恃才无羁、富有生气的人,自然懂得割舍,枝枝蔓蔓怎么能阻挡他前行的步伐。

今人仰望王羲之,不由发出这样的浩叹:如果天假以年,不知他的笔下还能点染多少风云际会、鱼水顾合之美。关于王羲之的年表有多种,有说他活了五十几岁,也有说活了六十几岁。这个年龄与唐代书家相比就让人怅惘,更不消说与今人相比了。换个角度看,五六十岁能创造出惊世之举,人生的质量也够充实和丰富了。世间有多少年至期颐而一事无成的呢?生命因为短暂才更显出它的可贵,就好像到了高潮就戛然而止,连谢幕都免了。只是这么一来,有人就把王羲之当神供奉了。如唐太宗所评:"详察古今,精研篆素,尽善尽美,其惟王逸少乎!"他脱离了王羲之的背景,孤立地来看他,于是王羲之有如九天之外飞来,不食人间烟火一般。其实,王羲之的创造性是离不开他生活的那个文人圈子的,与谢、郗、庾、卫这些大家族子弟在一起,不是清谈玄远就是飞觞作书,无形中绞着成一股合力,共同推进东晋书法的发展。谢、郗、庾、卫四家,都有才华横溢的出色人物,像我很欣赏的庾翼就不是等闲之辈,"名齐

王羲之可以成就自己,是在于他的大气,求新求变,坚持自己的理念,豪爽痛快。

185

逸少,墨妙所宗",只是发展方向不同罢了。这使王羲之这颗巨星的升起没有高处不胜寒的孤独。这种情景也很像达·芬奇所在的那个时代,在他周围,就有十数个优秀的剧作家,韦白斯忒、福特、马洛、本·琼生、菩蒙,个个意气风发。只是后来,大宗师的芳名渐渐把他们淹没了。现在,王羲之身边的人物也一个个隐于幕后,影影绰绰看不真切。年代被岁月的潮水浸湿了,史料覆盖上苔藓,使得人们难以对他们产生热情,倘不是有抉微索隐的癖好,我敢说没有人注意到与王羲之并行的人,历史的剔抉有时就是如此严厉。

在王羲之优雅的书风绵延不绝陶冶下,王羲之固有的脾性也不由自主地潜浸到后世书家的血液和骨子里。因着这种承传,也使一些个性书家的言语行迹游移于常人之外,独行独往中感到惬意非常。旁的不说,就以五代的杨凝式为例吧,按宋人黄庭坚的评说,杨氏是唯一能得王羲之书法精髓者。他的《韭花帖》从形态到神采,无不沾溉上《兰亭集序》的雨露而清气萦回,如石韫玉似水怀珠,因而博得"谁知洛阳杨风子,下笔便到乌丝栏"的高评。杨凝式也是可以出有驷马高车,居则履丰席厚的,可他为避远害,"以心疾罢去",此后就遨游佛寺、道祠,行止随缘。外出见着他人雪白粉壁,便"箕踞顾视,似若发狂,引笔挥洒,且吟且书,笔与神会",好一副落拓状,哪管你主人家高兴不高兴。他终日沉溺在自己的艺术世界里有滋有味,却不料外界已称他"杨风(疯)子"了。像这样被王羲之书法所感召的例子还不少,正应了一句俗话:石头在水中浸久了,也会长出青

古典幽梦 ◉ 上海著名中学师生推荐书系

苔来。

不过,不是所有的爱好者都能得到如此精神的煦养,王羲之书法中的浪漫主义华赡情调最怕就怕媚俗的流入,这样往往把生机盎然的王书摆弄得蔫头蔫脑或俗不可耐。李世民时代离王羲之未远,书风还算清新柔美。越往后,尽管帝王也高举崇王旗帜,可王书中的清逸之趣却代复一代流失了。延至乾隆,依旧在王羲之书法上下了大功夫,创作量也大得惊人,每览山水必要吟咏,每观书画必得题签。他的诗思也够敏捷,笔一拈起,不管不顾,就题在古画上。那脱离清雅的点画,行行若萦春蚓,字字如绾秋蛇。心头没有一点皋壤气、蔬笋气,笔下就只能被富贵气、市井气所替代。我常为这些古画惋惜:好端端的却折腾成这般模样。再往后的情形大家就更清楚,王羲之后学者的书风已是昨夜长风,不易拂动今人的心旌了。

如果真要找寻个中缘由,心态的游移是关捩。王羲之是以什么样的心态来把笔挥洒? 是闲雅和从容。这时的作品都作案上观,小而雅,纵笔时心境澄明,点线简洁而洗练。王羲之的作品多是朋友间吊哀候病、叙暌离通讯问的简札,有哪个朝代的书法作品以简札风行? 没有。可是,这些简札使王羲之的挥洒水平达到极致,全然恣性任意。不由得宋人欧阳修大吃一惊:"逸笔余兴,淋漓挥洒,或妍或丑,百态横生,披卷发函,粲然在目,使骤见惊绝,徐而视之,其意态如无穷尽,使后世得之,以为奇玩。"这就是体静心闲的结果。而后世书家多有意为之,甚至想传之千秋,这样反倒心有挂碍、手不应心。说实

后世读王羲之,有读透的,一举一动都得了真传,到了现在还被人赞叹;也有没读透的,学了皮毛就拿出去卖弄。留到今日倒也成为一种证据可以用作讽刺。

187

在,唐以后的书写技巧要比东晋时大大完善和缜密了,人们不仅会写行草,也会写篆隶;不仅有了优美风格,还有了壮美情调,可是有意为之的情绪也如荒草一般地疯长起来,躁动冲击着闲雅和从容。明代就有一位叫陈白沙的,束茅草为笔,说是"随笔点画自成一家",还颇得众人激赏。细细品之,字中都是躁气火气,让人联想起草莽武夫。再下来,足书、舌书、指书纷纷上阵以为新奇,心态已背艺术而行,行入不归路。所以我很赞同美学家宗白华的一句话:"如庖丁解牛之中肯綮,神行于虚。这种超妙的艺术,只有晋人萧散超脱的心灵,才能心手相应,登峰造极。"

这不禁使我感到失落。不论当年梁武帝和李世民用什么样的手段竖起王羲之这面大旗,都具有透过历史屏障的洞察力,使人们在振荡时间之摆时清晰地谛听纯正艺术之声,在寻找昔日回光返照时透出未来的晨曦。尽管千年流逝,依然补益后人的身心。墓中的王羲之得知千年的世事之变、得知柔顺的羊毫已让位给坚固的硬笔或冷冰冰的电脑键盘么? 其实,在我沿着古朴的墓道行走,第一眼环视碑亭四周时,思绪已像正午的雾岚一样弥漫蒸腾:显然没有什么人来到这里,这从道中的草茎可依稀辨识。来这里谈不上艰难,方便得很。可一些人没有这种心愿,再近也懒得挪动。不少旅游车在墓道前的公路上飞驰而过,那都是去奉化溪口的。相反,心仪已久的,隔山隔水也会前来献上一瓣心香。日本人不是来了么,墓道两边五十棵迎风摇曳的樱花就是他们亲自栽种的;碑亭旁有一方石碑,正面刻着王羲之的《兰亭集序》,背面则刻上无限崇仰之情,这也是日

此即非"道"而"技"也。

古典幽梦 ◉ 上海著名中学师生推荐书系

日本人的樱花,是对中国人的讽刺,古昔受了异域的青睐,却在本地成了昨夜星辰,虽说这趣好勉强不得,但是难道不能引起人们的思考吗?

188

本人做出来的。东晋，毕竟是书法艺术史上说不尽道不完的时代啊，王羲之是这个时代一面猎猎飘扬的大纛，难道斗转星移，这面大纛就失去鲜艳或残损了吗？我通常以为只要作品在，风格之美就永远不会随风飘逝。现在，我感到有些自我安慰了。我在此岸眺望彼岸，遥远的星河闪烁无定、扑朔迷离，有多少如梦如幻的神秘情结啊，只是此岸彼岸之间已经相隔一道深深的鸿沟了。我想起孔夫子说过的："道不行，乘桴浮于海。"是赌气时说的话吧，对自己魂牵梦绕的"道"，真会那么洒脱，甩手一走了之？那又有谁来弘道，总是要有人来守这方净土吧！

晚风渐渐大了，远方有几颗星星已经闪动在寥廓的天幕上，翠竹摇曳，葛藤俯仰，周遭的田舍风光都笼罩在静谧之中。农夫们正卷着裤脚抓紧最后的农作，生活的实际使他们对这久远的气息浑然无觉。这个承平的时代，理应乐业安居，也理应以笔耕墨耨而快慰，感受一番古人的诙谐可笑、倜傥可亲。可现实说明，这个时代可以产生大金融家、大企业家，而产生彪炳史册的书圣，则不具备相应的土壤和气候。这方书圣的墓园，少人来也就少人来吧。踏古忆旧，让心灵回复到过去的状态，在冥冥之中交通，这是绝对要依凭心性相契的。一个时代有一个时代的趣好，趣好是不可勉强的。从竞讲八法、铁划银钩到不知南帖、不懂北碑，这也是历史进程中的必然。只不过，如此高雅的追求被淡漠，总是令人怅惘和惋惜不已。

昨夜星辰昨夜风，当如何才能挽住你匆匆的行迹。

北朝,北朝

品味魏晋南北朝人和南北朝之间截然不同的审美情调,一直是我乐而不疲的追求。我的精神延伸并栖泊在他们遗留下来的或真迹或赝品、或纸本或刻石中,已经有二十多年了。随意抽取一方,倘不是太荒僻的话,我都能脱口说出作品的名字来。可是一千五百年前的南北中国毕竟是难以跨越的两个世界,我甚至会想象他们隔江眺望的情景:从此岸到彼岸,究竟有多远?

也许回答是:永远!

我沐浴魏晋人的书风在前,对于冠之以南朝的遗迹,由于是王羲之的余绪,自然也乐于效仿。我的观念里,可以说与封建文人的见识没有什么差别,总以为南朝为"正朔",好东西多,而北朝只是"偏房"。加上我信从颜之推的评判"北朝丧乱之余,书迹鄙陋",便益发疏离了北朝。那时我年轻些,魏晋人怪诞的生活情调比较迎合我的口味。尽管面对屠戮、流徙、离乱,还是有不少小情小调萦绕周遭,给他们的苦痛点缀一些花边,暂时获得一些乐趣,权且作乱中慰藉吧。我们现在在谈起魏晋风度这个话题时,总是带着调侃的神情,十分歆羡名士风采,而把乱世的背景抛到一边。在我眼里,六朝人都是些地道的文人胚子,不仅清高自负,而且狂妄孤傲,芙蓉出水与

独喜南朝,误解北朝。

古典幽梦 ●

上海著名中学师生推荐书系

镂金错彩交映，留给后人许许多多谈资。他们喜爱一些清新的小玩意儿，爱鹅、爱鹤、爱琴、爱林泉，得不到就寝食不宁。王子猷暂借他人空宅居住，好好住下就是了，偏不。一住下就令下人种竹，问他何必多此一举，"王啸咏良久，直指竹曰：何可一日无此君"。此话如果北朝人听到，真会神色鄙夷地连说："呸！酸腐。"至于南朝人施朱傅粉，熏衣剃面，手执麈尾，坐在蒲团上清谈玄远，在尚武民族看来，大概只有小女子才如此为了。有一次王献之谈玄不敌众名士，延请嫂嫂谢道韫相帮，嫂嫂果然伶牙俐齿、思理超群，不战自胜。倘北朝人得知，真会气破肚皮，骂道"是可忍孰不可忍"。平心而论，六朝人在这种不太平的局势里养成缺失性体验的怪诞之美，是令人同情的。他们标榜放达，轻形骸，重神明，让后人抚摸到一颗颗扭曲的心灵。退而求其次，竹林之游，兰亭禊集，不是成为后来文人雅集的典范，还因了这些雅集激发出不少诗文书画吗？

可是后来，我对六朝人，尤其是对晋人留下的墨迹的可靠性，疑虑是越来越大了。我很同意有的专家的考证，认为像"书圣"王羲之及王献之，几乎没有一件真迹存世。这当然有悖于我们的感情，使我们心里难过。那许许多多归于二王名下的行草书，钤满了帝王、官僚血红的收藏大印，说穿了不过是唐人的摹本或临本，如此而已。摹本临本再逼真，说到底还是赝品，就像唐摹本《兰亭序》这样的名迹，哪里品得出晋人的神韵和意象？即使放入晋人的作品群里，也察觉不出有丝毫瓜葛，这不由让人觉得蹊跷之至。当参照和被参照的作品双双存疑时，比较真伪

旁注：反观南朝，体会北朝。

191

还有什么意义可言呢！是什么使这些大家妍美委婉的墨迹如远影飞鸿永生呼唤不归呢？六朝人显然没有找到一种能使自己墨迹流传千古的载体，以至时过境迁，遂成渺茫。更可叹的是宋以后的各种翻刻本，如宋之《淳化阁帖》《大观帖》，明之《泉州帖》《戏鸿堂帖》，形变神消，一一离本真甚远，却少不了以"书圣"之名招引后人，以讹传讹还以为挺卫道的。有时候，我也指给外国留学生看："瞧，这就是王羲之的书法。"在他们啧啧称赞时，我的心益发不安起来。

山清水秀、沃野千里的江南毕竟是比较富庶的，这就给骚人墨客有了驰骋怀抱的环境和条件。此时禁碑，文人们便把满腔热情一股脑儿倾洒于纸上。造纸术在此时已突飞猛进，王羲之一次就慷慨地赠送给谢安九万张纸，足见纸的使用已替代了木简和竹简。纸的铺垫，使文人的挥洒酣畅淋漓，真有醍醐灌顶般痛快。王献之就是最大的受益者。只见他健笔如飞，驰墨如驰驷，跃出了其父的樊篱。这种惊蛇走虺的表现，似乎纸的问世就是为他预备的。"情驰神纵，超逸优游，临事制宜，从意适便，有若风行雨散，润色开花"，从中可以想见王献之纵笔时闳肆磅礴的风采。纸的襄助，推进了江南书风向飘逸遒媚发展，大踏步地走向前卫。可是，有利就有弊，再没有比纸更脆弱的了。"江左风流王谢家，尽携书画到天涯"，一路风尘必然厄运频频，或堕于水或焚于火或蛀于蠹，千年下来风流云散，已难觅只字片纸了。当我翻开宋齐梁陈书法史，有名姓者书家二百人，从记载上猜度均非等闲之辈，如殷钧，"善隶书，为当世楷法"；如沈约，"作草书亦工，下笔超绝"；如孔敬通，

东汉末，曹操严禁立碑。晋武帝时诏云："碑表私美，兴长虚伪，莫大于此，一禁断之。"魏晋之后，经北魏孝文帝改革，碑才又重新兴盛。

南朝之纸，北朝之山。

"婉约风流,特出天性,顷来莫有继者"。可是我在给研究生讲南朝书法史论时,却有一种空落落的感觉:他们一个个留下名姓却无一丁半点墨痕,我们依凭什么来评说呢? 今人的联想和想象丰富极了,完全可以臆测出当时色彩斑斓、令人晕眩的书法场景,可这能契合六朝人的本然状态么? 像我这般认死理的人,至多是大致把握一下晋人遗绪与承传的脉络,真正对于细部的梳理,则无从下手。

　　透过江左的风流潇洒,从此岸到彼岸,全然不同的情调立刻充塞了我的全身。北朝啊,你的质朴、粗犷、浑厚和阳刚,使我要接受你是那么犹豫和艰难。这种障碍当然源于我内心深处的抵触。在我平时翻动的一些史书里,总觉得对北朝的描述不及南朝那么热烈和幽默。北中国原本就寥廓苍茫。这个匈奴、鲜卑、羯、氐、羌等部族混战厮杀的兵家之地,连年兵燹而致赤地千里。这种地域和气候熏陶了马背民族的尚武,随之也滋长起强悍、粗犷和野蛮、凶残。他们不像南朝人"竞一韵之奇,争一字之巧",却在冲锋陷阵、捕杀屠戮上大显身手。以北魏为例吧,史学家范文澜就这样不客气地评说"鲜卑拓跋部从来就是一个以掳掠为职业的落后集团",这不能不在我心头投下阴影,一个部族素质如此低下,想来是没有什么文化品味可言了! 事实不尽如此,历史覆盖在北朝身上的尘埃一拂去,有些地方就闪动出耀眼的光泽来了。我几度过往于中原,早先横亘于心坎上的冰川,随着我的步履,不知不觉融化得无影无踪了。我逐渐地对北朝人产生好感,也有了亲和的意向。北朝人的粗犷和剽悍,遮掩不住他们的细腻和固执。

在一些欲求上,他们和南朝人如出一辙,贪婪地敛聚财物,畏惧人生的末日。他们同样大兴土木,与南朝四百八十寺相对应的是极一时之盛的洛阳伽蓝。可是,这些都在岁月的潮水冲刷下同归岑寂。南朝尚有一些风雅轶事窥见一斑,可是北朝,靠什么来展露他们的心迹呢?

　　一个明媚的春日里,我们观赏完国色天香的牡丹,从王城公园出来,整个心房都盛满了春色,禁不住手舞足蹈起来。当我们坐在龙门石窟对面的一家华丽酒楼里,品尝着丰盛的菜肴,从窗口隔着伊水远望这座石山,却不由自主地静默下来了。这座精美和厚实的石窟静静地矗立着,一脸的冷峻和硬朗,没有丝毫的粉饰和张扬,与欢快奔流的伊水正好刚柔相济。经过千年的霜雪浸洗,石窟已经多处残破漫漶,显出一副沧桑之相,但是它的峥嵘气象和恢宏格局,分明储满了永恒。北朝,北朝,这就是你给后人的馈赠么?

　　后来的思路就比较顺畅了。北朝人似乎对坚硬的石头有着天生的情缘,在魏文成帝时,他们开始凿了云冈石窟,后来又在敦煌留下二十余个石窟。迁都洛阳后,他们对于洛南的龙门山仍然兴趣酣足,技痒性发中敲凿声再度响起。同时麦积山、炳灵寺、巩县,都留下他们对石头的亲切问候。北朝人属意石头,并不是即兴而发随意起止,而是有总体构想和细密分工的。哪儿大写意,哪儿小精工,都条理清晰、工写分明,大处重若崩云大刀阔斧,细处小至衣褶飘带都纹理可观。石头并不是那么好摆弄的啊,以血肉之躯应对坚硬嶙峋的石头,数十载持续下去,明摆

北朝之石,南朝之石。

着是与自己过不去。南朝文人对石头也有感情呀，吟咏石头的诗章作了不少，如梁朝朱超的"虽言近七岭，独高不成群"，陈朝高骊定的"独拔群峰外，孤秀白云中"，都堪称佳句，只是不愿动手。赋诗之余，南朝文人对石头还有另一种嗜好，即采石炼丹化为腹中之物，企盼药石穿肠过而得长生不朽。他们倾心于术士的智慧，看着石钟乳、石硫黄、白石英、紫石英、赤石脂按比例分先后投入，熊熊大火起处洋溢起翩翩欲仙的狂喜。五石散服食后，果然面若桃花，足下生风，岂料生命也加速移向终结。北朝人少此无聊赖，对石头采取的是最实在的态度。在南朝人隔江清谈"般若""涅槃"时，北朝的偶像崇拜、向往净土的梦幻又一次地在石头上化为现实。仅以龙门石窟为例，北魏时的墓志、造像题记就数以千计，在北魏至唐一百五十年间的十万余尊造像中，北魏造像就不下三万尊。不消说南朝人见了瞠目结舌，就是今人走入这样的氛围，也会不可思议。康有为老夫子曾深情地说："魏碑无不佳者，虽穷乡儿女造像，而骨血峻宕，拙厚中皆有妍态。"当我凝神微观这些造像的细部，用手抚摸其中精美的线条时，手眼都有些发潮。我及时地翻了一下史书：仅在魏宣武帝初年，在龙门山凿的百尺高的佛龛就有两个，魏孝明帝又凿一龛，前后凡二十四年，耗费八十余万工。

　　我顺理成章地联想到，北朝的刻石之风似乎又在当代盛行起来了，四处可见开山采石，碑林峰起。我的老家要修一条古街，嘱我写一副对联，镌刻于石门两旁。流芳百世的念头使我十分乐意援笔挥洒。半年过后回老家度假，满怀喜悦前去观赏，方才傻了

北朝把信仰雕刻在石头上，南朝把长生的希望寄托在石头上，前者务实，后者务虚。

眼，殊不知当代刻手已不耐烦于叮叮当当地原始敲凿了，他们使用的是锋利的机械刻刀，一阵震耳欲聋过后，墨迹已深深嵌入石内。我仔细地看了看，刻痕两边、底部都难言精工，简直是粗砺草率，形神走失。更要命的是在迅疾的镌刻中，居然将一字中很重要的一点漏刻了，以至于书道中人友善地质疑于我："从古到今似乎还不见如此简省，有出处么？"这不禁使我在解释不迭中陡生懊恼：究竟是什么使我们在温饱之余，丧失了细细打磨的从容呢？我欣赏过镌刻在龙门石窟古阳洞顶的北魏《广川王造像记》，康有为称："《广川王造像》如白门伎乐，装束美丽。"透过强力手电的光束，可以看到方朴之中的灵秀，缜密之中的疏朗。雍容锐利下，刀刀不爽，干脆利落，使人惊叹刻手刀工的简净。凿刻时的情景立时浮现出来了：高高的洞顶，凿刻者搭架登高，仰卧行事。他一手握钎一手执锤，先削出一方平整的空间，再通篇规划好逐一刻去。敲击中火星迸溅，乱石扑面，凿出这精致的五十个字，可不像南朝文人飞觞赋诗那么浪漫哟。北朝人的确有超乎一般人的毅力和情怀，在冰天雪地里，在饥寒交迫中，剔除一方方顽石，磨秃一把把凿头，多少断臂折足，多少魂飞魄散，冬去春来，雪化冰消，佛陀的容貌终于渐渐地露出了笑靥。我突然感到北朝人粗犷的外表下隐藏着过人的精明，在没有照相机、录像机的条件下，居然懂得借石头的坚固性为己代言以求不朽，而聪明透顶的南朝人却以"禁碑"作茧自缚，化为难以捉摸的渺远。

我又一次地发现自己想错了。以文人这种雁过留声、人过留名的思维看待北朝人，真是太可笑了。

值得深思。

不潇洒，不光鲜，不舒适。

古典幽梦 ◎ 上海著名中学师生推荐书系

北朝人刻石根本没有想不朽、想永恒，所以他们面对坚硬的石山会充满喜悦，就像希腊神话中的西西弗斯那般，当他把推动巨石的苦役当作怡悦来进行时，就无艰辛可言。这众多的造像都流露着佛陀慈祥平和的神采，造像者也无不充盈着山野之人永绝苦因、速成正果的祈祷。身在北朝的人们，造石窟、建寺院，佞佛求福是主旨，单纯极了。把石窟当作艺术殿堂来审美，那是后世文人的发挥而非北朝人的本意。都城洛阳的确有过繁华鼎盛，从宏观上看，"层楼对出，重门启扇，阁道交流，叠相临望"，从细处看，"门巷修整，闾阖填列，青槐荫陌，绿树垂庭"。只可惜好景不长，朗日晴明转为阴晦衰颓，继而进入漫漫长夜。从被强留于北朝的南朝使臣庾子山笔下，不难品出无边的凄苦："疾风冲塞起，沙砾自飘扬。马毛缩如蝟，角弓不可张。"地瘦天寒中，贵族豪门依然竞尚奢靡，以玛瑙为食器，以银槽饲骏马，奢靡的另一端是难以解脱的危殆与苦难。现实既已无望，只好求助神灵了。身心交付于石山，伴随叮叮当当的敲凿声，无尽愁苦都随风飘散。有人对我说这太可笑了，我却一丁点儿也笑不出来。要笑他们太愚昧呢，还是笑他们太虚幻了呢？古往今来，人总是因着某种祈盼而生活着啊，这种祈盼说文雅一些称理想，俗气一些称欲望，却都因人而异、形式不一。这里边也许有境界高下，虚实有别，却不会相因相袭。这不同的祈盼构成了声调清浊的交响，构成了每一尊造像形容的迥异：云冈的雄健可畏，龙门的温和可亲，麦积山的生趣动人，巩县石窟寺的仪态华贵。还有什么比这更能让我们领悟他们的悲欣交集呢？在我们

不求功，不求名，不求身后。

有欢喜，有期盼，有万世雄风。

197

惊叹北朝石窟的艺术性时，只好也为湮没的南朝四百八十寺唱一支挽歌了。历史的行程有时就是如此让你奇怪，"遂成竖子之名"。不过成名的并非魏宣武帝、孝明帝、长广王之辈，而是一群群了无影踪的平民，身世无从考，名姓亦无从考，他们的肉身早已化作一缕清风，回旋在石窟的周遭，留给后人无尽的思索。

想不朽的反而腐朽，无意永恒的反得永恒，历史常常会使人发出会心的微笑。从此岸到彼岸，也许我有些看清楚了：南派的江左风流，疏放妍妙；北派的中原古法，厚重苍茫，真是春兰秋菊，各极一时之盛，难以论说彼此的高下。我只是想，在随着年龄的增长中，我要找寻的是与艺术心灵相契合的空间，使精神化的生命洞穿生活中浮华附丽的表层，真正对艺术前景寄予切实的期望。啊，还是北朝！还是北朝！

北朝，传统观念所看轻的北朝，没有时髦的行为，没有惊世的语言，只是接近自然，让心灵回归本真。在历史的场合当中，我们还忽略了多少像这样的天地之间的"大美"，让他们穿过时光的阻隔，重新焕发光彩。

■ 今宵别梦寒

这个深秋的黄昏，当我们来到白马寺，人迹已是萧然。寺内显得清静而空旷，我们几人散漫地行走其间，很自然地便海阔天空地神聊起来，由佛教东传谈到得道高僧，其中一位女编辑和我谈起了弘一，并用她柔和的音色浅唱了几句《送别》："长亭外，古道边，芳草碧连天，晚风拂柳笛声残，夕阳山外山。天之涯，地之角，知交半零落，一杯浊酒尽余欢，今宵别梦寒……"此时，风掠过，白马寺塔檐上的风铃咣当作响，穿透血红的残阳，余音在紫气缭绕的寺院上空萦回。寺院的风铃与其他风铃所不同的感觉是显而易见的，既不小巧又不悦人，那种金属的音质本身就是一种感召，一种意象，尤其在这样一个深秋薄暮之际，令人听罢真有必要转过头来，把中断了几年的弘一书道研究接着做下去。

只是，按弘一之说："应使文艺以人传，不可人以文艺传。"那好，就先走近弘一吧！

说真的，对于弘一，我一直认为是个谜。我自己是没有能力进入那个已经逝去的心灵世界中去的，如今只能凭借他的遗墨，凭借他的亲朋故旧回忆甚至民间传说来复活此人。幸好，他所行未远，不至于雪泥鸿爪稍纵即逝。尤其是我的家离他圆寂的开元寺仅百步之遥，这些年又看了不少他的墨迹，便多少

"士先器识而后文艺"，在弘一法师看来，人格修养比文艺学习更重要，他自己也说过，"朽人剃染已来二十余年，于文艺不复措意"，可见弘一法师对于一个人的道德修为是多么重视。

有些亲和的可能。不过怎么说，弘一对于生活在现实又忙乱的人来说，在精神方面，已经相隔一道厚厚的屏障了。

未出家时，我们称他李叔同，出家后则敬称弘一法师，出家前后的肉身属同一种物质，只是精神、灵魂已经异化。家世浙西望族，生于天津，年轻又有才气的李叔同，那时多么令人歆羡啊。这一点他自己也深有感受，并不失时机地在这人生舞台上充分表现。翩翩裘马，进出名场，红氍毹上，舞袖歌弦，什么都要露一手。演戏，绘画，书法，篆刻，音乐，没有不上手的。这时的他的确是一位翩翩美少年，丝绒碗帽，正中缀一方白玉，曲襟背心，花缎袍子，底子缎带扎着裤管，眉宇间尽显英俊洒脱之气，一举手一投足，称得上潇洒倜傥、光彩照人。可是曾几何时，收拾铅华，摒却丝竹，在我脑海中印下的，却是清癯枯瘦，古貌古心，一副古之高僧薪火绵延的零余者形象了。

~~人生真的是一出戏。岁月的长风卷走了他青春的容颜，转瞬间留下平淡和寂寥。~~

李叔同的出家引起了人们的关注。我先后披阅了诸家之说，有与李叔同过从甚密的夏丏尊、丰子恺，有他的高足广洽法师，更多的还有文人们从不同层面、角度的阐释，可惜没有一说能够让我感到若合符契。我只能说：此谜无解。就是让弘一本人来解，也是无从解开人生的重重绳扣的。这么一来，我对诸说都不感兴趣，有时看到学人在争论这一话题，内心还感到腻歪。人生是能够穷尽的么？没有穷尽。再说人生本来就没有什么正常的轨道可循，天地玄

古典幽梦 ◉ 上海著名中学师生推荐书系

弘一法师的一生不可谓不"奇"，前半生的风华独占，后半生的青灯古佛，仿佛一个思维模式的八度大跳。人们在慨叹的同时，并没有多少人能说清导致这种结果的原因。

黄,宇宙洪荒,说话间就成另一种模样了。至于无序、无规律可循,超常规的状态是经常有的。苏东坡当年说过人生如梦,梦就是无常。再说,人生有许多说不清道不明的形而上状态,如精神、禀赋、情怀、缘分,真正是无法规划,无从定量。也许世间什么都可能一样,但是人和人,的确无从一样,这也就使人感到云谲波诡,无可究诘了。

　　李叔同终于在很突然的情况下断绝尘念出家了。说是因缘也罢,宿命也罢,从滚滚红尘中义无反顾地遁入空门,李叔同消失了,弘一诞生了。我几次听到文人为他这种质变而嗟叹,以为文坛艺苑少了一个大才子,这损失无可弥补,又看到有人为佛门庆幸,说是得一高僧。我弄不清楚这幸与不幸的标准何在。再说,人生的转变能用幸与不幸二极如此简单地裁定么? 显然是文人的偏爱和多情所致。大千世界,行当万千,彼此消息、互为涨落是很正常的。命数之间并不存在什么衡量的标准,只是过程耳。<u>李叔同向弘一转化,高深一点说是一种生命向度的选择</u>。选择是相对于不选择而言的。选择可以有理有据,也可以无理无据,世事无常,什么都有可能变。通俗一点说是"换一种活法",这没有什么不正常。你想想,在当今社会巨变的时空里,比李叔同骤变弘一更令人拍案惊奇的事还少么? 只不过在当时,李叔同的转变太突兀和惹眼一些罢了。对于人生方向的选择,我钦佩的是他对于自我的负责。生命本来无所谓意义,精神也无所谓高尚鄙俗,总是在追求一个目标的时候方显出它的成色来。弘一成为人们景仰的高僧不是一蹴而就,而是经过了相当长的修炼

任何行为的"奇"与"怪",并不是弘一法师作出最终决定时所想掀起的轩然大波。现在来谈论"人生的幸与不幸",便还是执着在人生的得失里面,比不上弘一的淡然看透,自在人生。

过程，其中包含没完没了的闭关治律、禁语、静修、写经，包含几十年清汤寡味的茹素生活，包含那个时代凄风苦雨带来的重创。

晨钟暮鼓、古寺清梦，彻底地磨洗了一个人的灵魂。

弘一的伟大在于他的平常。记得孔夫子曾让弟子广开言路，"盍各言尔志"，足见志向各有不同。不同道不足语怪，问题在于能够不改初衷执着而行。今日的佛门，已不再是弘一时代的清冷静寂，变得熙熙攘攘起来。本是清净地，如今游客如织，门票上扬，新时代的思维培养了与之相适应的佛门弟子和佛家行为，这已毋庸赘言。尽管如此，假使我们身边的某一位亲人或好友突然出家当了和尚，恐怕在很长一段时日里，要成为嘴边的话题反复提及。无论怎么看，出家总是与常人常情相悖的事，是不是有什么毛病呀！而选择其他行当，大抵不会如此令人不解，这真是一条非常之路。严复当年就坦白地说过："男儿生不取将相，身后泯泯谁当评。"这种风气似乎愈演愈烈了。这种人生选择与出家无异，纯属一己之追求，关键在于能否一以贯之。许多失败者往往是在追求的过程中入而不入，离而不离，如三月柳絮飘浮在空中，结果一无所成。弘一的成功在于他把复杂繁缛的人生问题简洁化了，他出家后的精神追求，竟是如此简单平常的承诺：当和尚就要像个和尚的样子。听起来素朴之至，做起来尤其难。你耐得住寂寞枯索么？你吃得起清苦寡淡么？我不由得想起我做客台湾佛光山寺，餐餐素食，菜肴虽远远丰盛于平常僧人，可二日下来已是满腹亏空，只得下山寻

弘一法师做的事情其实很简单，只是这种简单，并不是内心浮躁之人可达到的状态。

荤解馋。这种佛门生活弘一一过就是二十余年,甘之如饴,有滋有味。就我想来,弘一不是佛,也离佛境界未远了。

我是从书法艺术这个视角扯开一个口子接近弘一世界的。我自知难以深入,却可以窥探一些超然气象。李叔同时代,他那浑身充盈张扬的脾性,使他理所当然地选择了《天发神谶碑》《张猛龙碑》《龙门四品》这类棱角锐利、转折刚硬的碑版。就说临写《天发神谶碑》吧,学此碑的人极少,缘由是品相不美,如折古刀,如断金钗,通篇峥嵘拗峭,火气极盛矣。李叔同偏好这一类风姿,临写得锋芒毕露、利刃森然,简直是他的心性最如实的写照。入空门后,弘一的书风渐渐地转化了,外在的锋芒逐渐剥蚀,而内在的蕴藉、蓄涵却在不断地增长,以至于精光四溢,恬淡浑穆。我曾经认为纵笔挥洒有自己的一整套运动机制,并无涉"字如其人",但在弘一身上,我不能自圆其说了。他立意要当翩翩公子时,字便是公子字;立意要当和尚,当年笔墨中的盎然生气,遂成《广陵散》,氤氲通篇则是空门韵致了。

弘一属清逸之人,书风也必然归属逸品。其书作品性之静、品格之淡、造型之松、点线之敛,都是常人不想为也不堪为的。我遍翻书本,委实理不清弘一时代以何种古典碑帖为范,最后只能归于他按自己的心机纵笔,不再与古碑古帖纠缠瓜葛了。凭心任性,无以为范,也就处处为范,广采博收。放开了也好。人渐清癯,字形也见枯瘦修长;人渐超然,字形也见清空悠然;与世无争,字态也日见淡泊和善。我是在 30 岁后才向弘一的书法行注目礼的,在此之

"字如其人"到了弘一法师这里变成了"字由心生"，这不是一般人能达到的境界。

前,它一直无法进入我的视界里。它的审美特征缺乏普泛性,很狭窄。更多的人将一扫而过,视而不见。弘一的书法是不可学也不堪学的。只是心平气和时,一炷香,一壶茶,细细咀嚼,可以咀嚼出人间世态。这种纯乎内心的笔墨情趣,千百年都是至味。

弘一无法成为时代的歌手,而李叔同有些可能,像他填写的《满江红》是那么慷慨澎湃:"皎皎昆仑,山顶月,有人长啸。看囊底宝刀如雪,恩仇多少! 双手裂开鼷鼠胆,寸金铸出民权脑……"就是放入沉郁的南宋词中也毫不逊色。出家后尽管他"念佛不忘救国,救国必须念佛"说得很艺术却无法成为时代的高头讲章。同样,弘一的超然书风也无法成为书道主流,只是边缘的一掬清泉而已。这也注定了弘一一脉书风延续绝少。人们无法从他的笔墨里感受到视觉的盛宴,总是那么一汪秋水,没有大动作。不过,我乐于相信随着时代发展的喧沸和昂扬,弘一书风将从另一个方面,成为人们精神的栖泊之地,用它那纤尘不染、清远无杂的情调来给人们以心灵的补偿。弘一在他书法上表现了一个相当高明的构想,即简约,似无技巧可言,却是最高超的技巧,完全是不动声色的,不显山不露水的。读过古人的"一寸二寸之鱼,三竿两竿之竹"吧,会对如此简约的文字组合不可思议,又会为其中韵味拍案叫绝,弘一的书法也是如此。大凡我看到有人临摹弘一书法,就以为徒费年月。不是么,弘一的情怀我们都不能达其万一,连吃二日素食都承受不了的俗人,又有多大可能得到弘一的艺术真谛? 仅得皮毛之相,这又何苦。也许有人说,弘一偏于一隅的呼吸吐纳毕竟与时代有些隔膜。是的，和尚就是和尚，和尚不是斗士，用斗士的行为来要求和尚，真有些圆榫对方孔的幽默了。在相隔整整 60 年的历史距离后，我们发现了，一腔衷曲满腹真情投入的意义，并不因时变而陈旧。正是对世间万物万事都看淡了的人，才有可能对于一种追求始终不辍，由此更见真挚动人。

有人从佛门归来，对我说了一通生活是何等重复和无味，似乎人间乐趣全无。就我的体验，如果指今日佛门可能不妥，而当年弘一的物质生活大概如此这般。从李叔同到弘一，这种转变是付出代价的，以至于无论从何处观之，既可悲又可喜。佛学，与其说是宗教之一种，莫若说是生活哲学之一种，浸淫久了，不仅形容异于常人，灵魂也是别一种。弘一有一次到学生丰子恺家，丰子恺搬出一张旧藤椅请老师坐。弘一不忙着坐下，而是先把藤椅轻轻摇晃了几下，方才缓缓入座。丰子恺有些纳闷，不知个中缘由。而后一次又是如此，丰子恺便问为何这般，弘一徐徐地说："你的藤椅旧了，易生虫子，如就这样坐下去，必坏了它们性命，故摇动以示它们留意。"呜呼！弘一的言行、思维，已寓于至大至深、至细至微了。这样的境界，何敢赞一辞。以无渣滓之心领悟宇宙生命之一切，甚至怜爱细若蚊蚋的生命。前尘影事，长山远水，至今撩起，仍令人不胜遥想。这种功德，在于出家后弘一的不弃不执。目标是明确了，过程却需慢慢地茹涵、吟味、消解。长夜漫漫，木鱼笃笃，青灯黄卷，芒鞋布衲，这对于只有 37 岁的年轻人来说，着实是一种艰难的精神苦旅。从个人生命的意义上说，很是需要保守一方心灵的净地的，唯此，才以弘一法师的道德修为，都还只是选择了"独善"，一是谦虚，一是反照了世人的浮夸。我们在弘一法师身上看到的是对众生的慈悲，对自我的忠诚。

有可能成为一个独立的"自我"，随波逐流、朝秦暮楚地改变自己的情怀，却只能丧失了。

《论语》中说："狂者进取，狷者有所不为也。"狂与狷是两码事。狂者常执非常之情意，凡事激进而求速决；狷者多持平常心，有所为有所不为。弘一不能算是狂者，却可算是狷者。在"兼济"与"独善"二极中，他选择了独善，漫漫长夜自磋磨，本身就是对自我的一种忠诚和责任。如今的红尘中人，专一事而尽心性者并不太多。更多的如鼓上蚤，今日治学，明日下海；什么时候才高谈修身养性，转眼倚红偎翠，任五色迷目、七音乱耳了。这使有良知者谈起弘一，总生出羞愧神色。出家前，他是何等地喜爱名场征逐啊，可后来，据我翻检他的年表，就有多处闭关研律的记载。这对于常人不啻于一种精神上的惩罚，只有心甘情愿接受者，才有可能专注于佛的跟前。

一种低调的精神生活延续下来，使弘一达到了超常的境界。几十年滴水穿石般地向着追求的核心进展，平淡无奇又那么有穿透时空的力量。弘一不过是泱泱人海中的一滴水，这滴水与众不同的是至柔达到至刚。相比于高调的人生，低调人生更有一种保全完善的可能，就像他的书法小品一样，不可能成为廊庙的供器，却完全可以供心绪不宁的人平息躁气。弘一是比任何人都清楚自己的归属的，若换成常人不免有些恐慌，可是在弘一重复而递进的时日里，除了修善行为，也修善对于彼岸世界的信念。我仔细读过他用工楷认真写下的《金刚般若波罗蜜经》，从丙子年三月二十一日起至四月八日书毕，洋洋五千余字历时十余天，气韵是那么和谐，笔调是那么统一，似乎一气呵成，不曾间断过。《老子》谓："天下莫柔弱于水，而攻坚强者莫之能胜。"弘一的心性就是一滴澄澈透明的水。有趣的是我们在欣赏李叔同时，看到了他过人的才华，而仰望弘一，似乎他一进佛门，才华就走失了，只留有高僧的情怀。这实在是一个很大的误会，弘一同样是才华超凡的。他修的律宗，是佛门中最难修的一宗，数百年来，传统断绝，直到弘一手上方得复兴，倘无才华，真是不可思议。依我理解，才华在任何领域都可施展，只是佛门与世俗间理应有一面有形或无形的围墙的，佛门的有形围墙内应该弥漫浓郁的宗教气息，不仅使僧人有感，也让出入其中的外人警醒，将世俗利益的诱惑、熏染隔绝在外。<u>佛门的无形围墙更不应没有，它是一种象征、一种界定。人有时是很需要用这样的无形围墙来封闭自己的，以便安置一片安宁清新的精神栖息住所。</u>如果有朝一日，失去了有形和无形的围墙庇护，或被围墙内外的人视有若无，形同虚设，那么，崇高与卑琐、超脱与鄙俗、正义和邪恶也就无界限可言了。不仅对于今日佛门要有围墙意识，像我等区区文人也需以此为鉴，心中隐秘的琴弦岂能由媚俗之手来拨动！

　　这就牵涉生命价值的认定了。今人爱说热爱生命、善待生命，却未必理解生命展开的形式。李叔同时代的生命是那么有戏剧性，该表现的都表现了，该获得的也获得了，让人眉飞色舞、津津乐道，似乎生命需要如此享受方不枉人世一遭。弘一之后，就没有这许多戏剧性色彩了，生命进程如他的青鞋布衲，

　　弘一法师为自己的生活设了一道墙，这是对红尘俗世的阻挡，也是对自己年轻时激扬岁月的一种反动。这道墙竖起来，生活变得枯瘦清苦，让观者望尘莫及，见之息心。

素朴而又深沉。岁月的长风卷走了他往昔的风采，生命进入一个新的里程。很难说哪一种生命的进程比较合理合情，好像生活本来就是如此，都会透露出生命在某一个时段的色泽，纵然风中一叶，也可以说春秋消息。只是从我的思索来延伸，是倾向于后者的。李叔同什么都想露一手，看似热闹绚丽之至，却不免有急切仓促的茫茫然。弘一时代就越发体现了一种经过人生坐标定位后的价值生活，兀兀经年中无不渗透着生命、文化的情怀，一种被情怀所浸透的指向。这种纯粹的个人性被锻打得不可摧毁。不管人们说李叔同是喜剧也罢，弘一是悲剧也罢，弘一毕竟是一种深层的人生递进，由此也更耐人寻味。做弘一则尤其难，追求超越了生存现实，只能孑然独行。他感受到的再不是鲜花和掌声，而是旷野中萧森的八面来风。尽管弘一也知道停下来或转回去，是许多亲朋之所愿，但是却有一种感召在前，使他着魔似的奔向那遥远又不可知的地方。所以，真要界定的话，弘一的人格还真是悲剧精神的人格呢！

"悄悄地我走了，正如我悄悄地来，我挥一挥衣袖，不带走一片云彩。"隔代之下，记住这位不必非记住的人物，似乎有着隐约的情缘。如果说弘一的人生也是一部书，那么，这部书是必定要慢慢翻读、细细把玩的，且未必就读得下去。有时候，我们触动历史，触动历史这株大树的任何一张叶片，都会令人体味和依恋。春花入梦，秋色经眼，过去的梦影可能就折射着当代人的灵魂，折射着失去精神家园的苦痛。时代之帆很快就要把许多过往人事抛在后面，重新一种新的审美和价值体现。可是，我却有一种预感，

从精彩到平淡，是一种看破，是一种懂得，人生在这种没有烟火气的纯净当中达到圆满。

新风流变，时尚如同走马灯城头变换，只有弘一，能够成为文化历史上永恒的慨叹，唤起人心灵最深处的一种纯洁。

也许在今后的许多嘈杂骚动的场景里,弘一会一次又一次地走进我们的视界,使我们不时有一种心绪怦然的感动。

悲欣交集。

单元链接

重读古人,重要的是第一手的材料,应该寻找到文章当中所提及的原文出处,用自己的眼睛去发现事实,独立思考。孔子有《论语》,屈原有《离骚》,李白更有《太白全集》;朱耷有画,王羲之有字,整个北朝有那么多的石窟艺术;弘一法师距今也不遥远。他们的故事,均见于各自时代的历史本传当中,弘一法师的事迹,近人之回忆文章也可以参考,如丰子恺的《怀李叔同先生》《李叔同先生的文艺观——先器识而后文艺》等。

第四单元

DI SI DAN YUAN

书痕屐履

一代一代的书法家，他们是在用什么书写作品？

飘逸的、规整的，都是美。

只要这书写是内心的体现。

"书道"和"书技"只有一字之差，其境界却有天壤之别。

谁还在对纸墨笔砚再三挑剔，埋头于三尺故纸醉心不已？

■ 雪白空间的放牧

  每隔一段时间,总是要上书画社买上几刀雪白的宣纸,正是这些宣纸成了我放牧情怀的空间。在我看来,这上边布满了岁月的履痕和季节的符号,延伸到无穷无尽。时日长了,我会从众多不同的宣纸品种中,寻找到我最适合的那一种,有韧性而晕润效果又好。这往往使我充满个性寓意的语言,恰如其分地渗入其中,使我的抒情写意获得鲜活的生命。早几年我未必喜爱白宣,比白宣多的是红宣、洒金宣、仿古宣,各种色泽应有尽有,只是人的审美感觉在历经了种种色泽之变后,还是重新回到它的产床上,重新运用白色的宣纸。与白宣相对应的是黑亮的墨汁,我想这也是经过各种色泽对比运用后被确定的,成为一种公认的颜色,只有如此才有意境、格调可言。一般地说,人是不喜爱白、黑二色的,不仅太素,还有凶险、阴晦和神秘意味,可是中国书道就是认可,并且千百年不易。就像另一种艺术——围棋,倘若黑白两种的棋子儿换成红的绿的,或者青的紫的,你想想,那还是围棋么?

  常常是随着一张雪白的宣纸徐徐摊开,纷纭的思绪也慢慢地平息下来。我听去过雪域的人说过那种见到白雪的感觉,不知这两种白色是不是都有洗心的功能。没有任何粉饰和附加的本来状态,是否

> 黑白二色的审美,就是简单到了极致,又包罗万象,披尽黄沙始见金。

真的能唤起我们内心向往的安宁和清净？这种感觉是悄悄渗入我的心田的。上大学的时候，我没有钱购买宣纸，只能从废品收购站买些旧报纸来挥毫。报纸上有的是油墨，不易吸收墨汁，不管羊毫上墨汁是滋润还是枯燥，在纸上纵横时总是一脸呆相。它只是使我手头上熟练起来，可是不能滋养我的精神，有时一笔过去，光滑的纸面没有摩擦感，像是从溜滑的冰面上掠过，大脑里一片茫然。还好这种日子倏忽而逝，待我毕业后领到第一笔工资时，我就毫不犹豫地买下一刀精良的宣纸。这个没有月色的夜晚，我的心却无比灿烂。我用各种速度在纸上划拉线条，敏感地捕捉那疾涩不一的感觉，一种从未有过的幸福升腾而起。那高峰坠石的凌厉、万岁枯藤的古拙、千里阵云的天然，一阵又一阵地把我包围。我没想到宣纸居然如此神奇，你想要表现的，只要施展得当，纸面上必然淋漓尽致；你没想到表现的，纸面上也出乎意料地出现了，让人狂喜不已。这个夜晚，我独自品味着这种神秘，一张又一张，直到沉沉夜幕拉开，晨光熹微。我的心浸泡在清凉和清静里，一大堆沉沉墨迹的宣纸散发着香味，我的思绪辽阔无边。

　　这是何等幸运啊。每一个活生生的人，都有自己抒发怀抱的方式、方法，纵笔挥毫就是其中一种。它过于抽象，又过于内敛，即使是纸面上的自由也要积累多年才姗姗来迟。所以在它的前期，快乐是微弱的，而苦痛反而多了起来，要一日站立数小时，悬腕悬肘悬臂而作，软毫不同于硬笔，要如轻功一般潜气内转。这往往吓退了许多人，去寻找其他打发时日的方式。后来，这些坚持下来的人终于有了回报，

真心热爱书法，便不能在书写的时候对纸张苟且。

书法的姿势要求是古典的，一招一式都不可能在一朝一夕练成，只有入了境界才能感觉到此中真趣，否则浮游在门外，终究是得不了精髓，看不出门道的。

大凡宣纸展开，一种明媚的心境也就为之舒展。相反，如果因为种种缘由，有几日不在这雪白空间作点线交响，则心境会阴翳得如同雨季。上个月我外出十几天，高规格的宾馆让人感到舒适，也让人感到陌生，打乱了平日的思绪。我总是希望早日回到我那飘散墨香的书斋去，那各种气息，会一下子调动起我的激情，舒卷自如。

在我印象里，时间越久远，人们在纸面上放纵情趣的可能性越小。晋人有这种幸运，汉人则有许多不知纸为何物了。我见过武威、居延出土的一些汉代竹简，依附着地气和水汽，在沉睡中不动声色。这些细细窄窄的竹片写满了飘逸的汉字。从字迹的流动上看，书手也在着力抒发着情致，有些点线极简，呈飞动状，往往一个呼啸的圆弧，就确定一个字的轮廓。只是天地如此狭窄，他们只好压抑住自己的情绪，以免写出竹片之外。这个时候还有不少写在木片上、陶器上、砖头上的文字，都因为空间的狭小，使他们的表现不能尽如人意。有一次，我应他人之约，也在这类很狭小的空间里点染，天地间刹那变得拥挤，心灵好似被紧紧地捆绑，一点也没有抒情的喜悦。人所生存的时代是不可选择的，也带有很大的偶然性，使你感受着与生俱来的喜悦和忧患。倘若这些汉代的书写好手也有如今这样精良的四尺宣、六尺宣，一定会攘袖纵笔，惊喜万端吧。现在，随便走到一家书画社，宣纸的品类让你眼花缭乱，可喜欢在上边漫游心灵的人却少了，我想起了一句有名的台词：有牙的时候，没有花生米；现在有了花生米，却又没有牙了。古人，就是这失去的牙吧！

宣纸的铺展，其实也是一种胸怀的释放，在纸张发明之后，人们从书写的局促、烦琐中解放出来，毛笔柔软，宣纸细致，落笔的一瞬间都洋溢着满足感，初得纸张的人们，对于这样的状态该有多少的感恩和欣喜？随着时间的倦怠，这种神色已经难寻。

第四单元　书痕展履

215

有一日读王羲之的《题卫夫人〈笔阵图〉后》，一入目就觉得不对头了。开篇这么写道："夫纸者，阵也；笔者，刀鞘也；墨者，鍪甲也；水砚者，城池也；心意者，将军也；本领者，副将也；结构者，谋略也；扬笔者，吉凶也；出入者，号令也；屈折者，杀戮也。"疑云顿时四起，这哪一点像是书圣风度呢？我疑心是后世哪个蹩脚文人假书圣之名写出这等不伦不类的句子。在这里，抒情写意的优雅全都不见了，变成刀光剑影的杀伐。为什么不比喻成广袤原野上低吟浅唱的漫步呢，或者辽阔秋空里如风筝般悠闲地游弋呢？在一般人眼里，一张纸面的疆界是有限的，同样又是物质的；但在另一些人眼里，却是如此广阔无垠，全然是一种氛围，辽远处是苍茫的古风。在这样的空间里，个人并不会寂寞。在历史演绎、岁月嬗递里，古代和当代是如此紧密地交替迭现，相映成趣。可以和晋人作竹林之游，兰亭雅集，也可与宋人杯盏相对，觥筹交错。往往在这种心意迷离之际，忘记了时光的流逝，在幻梦中一次次地抵达抒情的深处。有几次书道朋友来，坐着品茶聊天，漫无边际。谈远大理想，让我们感到太空洞；谈社会问题，又让我们感到太渺小；而谈家庭琐事，又嫌落于俗套；那么就谈时尚吧，时尚又让我们索然无味。我们都是中年人了，还是比较看重本原的东西，时尚于我何干？这时一位朋友站起来："不谈了，不谈了，还是让我们写写字吧。"于是，众人说好，顿时神采焕然。倒上一缸子墨，选出几支羊毫、狼毫，轮番挥洒。有即兴写三五字的，也有趁势写三五幅的。说写得好写得不好的嚷成一团，不小心每人都被飞溅的墨花沾了衣袖，尽管都站着写,站着看,却比刚才坐着有滋味多了。书生毕竟是书生!

如果说每一次放牧情怀都有如此乐趣,这就错了。有时,愁烦是那么顽固地如水蛭吸附在上边,让你抠也抠不去,刮也刮不掉。古今之变,使我们的情趣变得与古文人大大不同了。中国文化向以和谐为最高理想,古文人对此的追求,使笔墨情调很容易就应和着平和的弦音,成为"内圣之学",成为一种自我保存养护、自我遣兴抒发的道德修养功夫。因此你看看古书上文人的举止,是那般文质彬彬,文采洋溢,很有一种内在的魅力。现在不那么平静了,我们手在挥毫,竞争的种子却在内心开始发芽、生长,逐渐膨胀。以前孔夫子所说的以"游"、以"乐"为特征的审美感受,都不知逃遁到哪里去了。原来可以让人想到游戏,想到自由,想到放飞一般的轻松,如今只让人想到竞争胜利后的名或利了。我教过一帮小孩子,他们抖抖索索地悬肘,提着那一杆杆不听使唤的毛笔,一笔一画地机械练习。说实在的,这些孩子懂得什么艺术呢,懂得什么书写的功利目的呢?都不懂。不懂最好!他们没有什么目的地任我指导,有时快乐无比,有时又流泪抹鼻子,他们生动的单纯就在这些动作里。我从来不和他们说学一种本领对人生是如何如何有用,怕他们心猿意马。于是,这些小孩子就在对艺术的无知中,很单纯和幼稚地成长,全然是一种自然生成的状态。我便十分感慨,还是孩子永远比我们离神更近,与神更亲和。你看看他们那种坦然和澄澈的目光,不由得有点敬畏和肃穆,这样的天性,在我们成年人看来,得花费多大工夫才

纸与笔构成的游戏本来就是放松自己的,为什么一定要剑拔弩张,徒然紧张?

美慕这些孩子可以在懵懂中懵懂,在懵懂中接近书法的真意。现实是,很多时候书法一旦和考级联系在一起,就只能在机械中机械,丝毫没有了美感。

能重新捡拾回来呢。

在我沉入这些抽象的点线，一遍又一遍地咀嚼其中的韵味时，岁月已发生了巨变。任何一种思想和学说，总是以新陈代谢为发展代价的。可是对于热爱古典艺术的人，还是依旧要沉浸在那些古老年代里。这种顽强的怀古情绪，使我们谈论古典就兴致盎然，好像自己就是六朝人或唐宋人的知己。因此我们总是舍近而求远，逆时间而走，走过明清，走过唐宋，走过魏晋，一直走到周商，走到史前艺术跟前。在那个混沌洪荒的源头上，可以听到艺术本原的深重呼吸，那种没有造作只有朴实，没有花哨只有古厚，没有刻意只有天然的感召，会让我们一辈子受用。

从自己熟悉的这方领域打开一个窗口，去窥视整条历史长河，倾听长河不息的涛声，我以为是比较可靠和实际的。过去的时代，从殷商算起，到民国为止吧，泱泱三千余年，总是离不开笔情墨趣。以前读神秀、慧能，说是何等超脱，一切都无，都空空荡荡，不立文字。结果怎么样呢，还是要立吧。很难想象，没有纸面上的文字，光凭"本来无一物，何处惹尘埃"，当如何布道和流传。现在，有些历史角落可能不熟悉，但是只要从中找出几位熟悉的书法家来，刹那就变得亲切和形象了。多少岁月舒卷而去，今非昨是，昨是今非，人迹已萧然，笔墨犹在，就像地层暗流那样滚滚律动。在博物馆里，我看到了刻在黝黑龟甲上的文字，铸在长满铜锈的钟鼎上的文字，历史学家从中看到了当时的政治背景，而我只看到那复活了的书写情状，在对视中无言地交流。由此，我对

文字是文化的载体，多少人的思想通过文字而流传，而这些文字本身就是古人和我们的无声对话，要我们破解那些与今天所用的文字不太相同的字形，追寻最古老的记忆。

古典幽梦 ◉ 上海著名中学师生推荐书系

真迹珍爱无比,我觉得真迹里蕴含着当时的真实,自己也有能力品出一些道道来。有一日参观日本二玄社复制的一批中国古典字画,徜徉中我感到了科学的力量和今人的智慧,宛如真迹,宛如真迹啊!当我在旁人的鼓动下,想掏钱买下一幅宋人米芾的《蜀素帖》时,另一种念头一闪而过,使我掏钱的手势凝固住了。宛如真迹也只是"宛如"啊,而假的是没有什么生命的,就像人没有了呼吸和脉搏,只是防腐技术在起作用。我记起米芾说过:"必须真迹观之,乃得趣。"这是因为古人把笔时的那种精神和艺术之美储存了进去,即便千年,还是能原汁原味地为我们所拥有。

有这么一些人,把他们少年的纯真、青年的热烈、中年的沉稳和老年的安详,都付与了这奇妙的空间,承载起常人难以领悟的苦乐与悲欣,这是一种耐人寻思的过程,居然可以维系到生命的终端。想一想,有人把艺术的功用与宗教相提并论,是可以理解的。缘由是它们都是一种精神追求,一种不可摧毁的信念,在整个潜移默化的过程中陶冶着性灵,变化着气质,提升着品性。是啊,在我的持恒的心灵放牧里,不就渗入了自律自爱的成分么?多少野犷化为文明风雅,多少浮躁化为平静淡远。以前,我是很不赞同"字如其人"这种说法的,认为有悖于审美的特殊规律。而今,我似乎能领略到这古老箴言的良苦用心了。

在文字艺术日益被忽略的今天,电脑打印的字体千篇一律,整齐是整齐了,神采也没有了。

把自己的生命都投身于书法,这是一种境界,在这种境界当中,人生也得到抚慰和提升。

219

灵性毫羽

晚饭毕，便有人叩门，借着猫眼外瞧，只见一位山区模样的中年人风尘仆仆，手上提着一只鼓鼓囊囊的旅行袋。我真怀疑他敲错了门，我的朋友中绝无此人，可是他又连声叫着我的名字，于是开门让他进来。他顾不上喝茶，也不顾我询问的目光，待到把袋子拉链打开才说："我是赣西一家笔庄的厂长，送一些毛笔来让您试试。"说罢由大到小，各拣出五六套来。这些或深或浅的笔杆，或飞禽或走兽的毛羽，在明亮的灯光下闪动着令人心醉的色泽。特别是几杆可以写榜书的羊毫，雪白而又蓬松，有圣洁和鲜莹剔透感。来人见我忙不迭地拨弄来拨弄去，脸上溢出喜不自禁的神采，便提出为他们笔庄写一幅书法助兴。这个时候，还有什么不能答应呢？

客人告辞后，我忙盛了一盆清水，把七八管大小不一的笔浸泡其中，耐心地等待着它们如花苞一样地逐渐盛开。前些日子手边缺少好笔的焦躁在此时缓缓转化为平静。我期待着这一堆笔中有三两管能使我心旌荡漾。

手头上据有几管好笔，这是我不时浮出脑际的念头，不说是一种慰藉，至少它能使我挥洒时心情像秋空那般通透。古人云，笔墨精良，人生快事，我是颇有同感的，特别是用惯了的好笔濒于残破，新的好

"工欲善其事，必先利其器。"凡喜好练习书法者，都对书写工具有着特殊的感情。

古典幽梦 ◉ 上海著名中学师生推荐书系

笔又接续不上时，心中真有一种坐卧不宁的惶恐。我总是轻易相信古书上讲的一些轶事绝非空穴来风，如王羲之书《兰亭》用的是精良的鼠须笔，缘此《兰亭》千古传芳。再翻翻晋时的书论，方知古人对笔的要求十分苛刻，王羲之的老师卫铄就直言："笔要取崇山绝仞中兔毫，八九月收之，其笔头长一寸，管长五寸，锋齐腰强者。"可见得一管好笔着实不易。一日读到《张大千传》，才知张氏对笔的要求非一般人所可及。他会差人到巴西高原上，从几千头牛耳中掏出一公斤重的耳朵毛，再空运到东京著名的神田玉川笔庄，筛选提纯后，制成上乘毛笔八支。这种例子当然是分外极端了。可是，<u>人越是往书法艺术的深处挺进，对笔的要求就越发讲究起来，这是必然</u>。我曾在笔会上见到一位老书家，匆匆来时忘了携带毛笔，临到上阵，非要差人驱车回家去取不可。我劝他随意些，从在场的书画家百余支笔中选一管驰骋，他死活不肯，并风趣地说"别人的丫环不好使"，非得等自己的"丫环"来了再泼墨不可。我至今还记得他那焦急祈盼的神情。不过，书坛中人越来越不安地发觉，书画社里琳琅满目的毛笔，往往是满足于我们的目欲的，通常是买几管形态可掬者，一经泡开发墨，在纸面上纵横交响时才知徒有其表。我打开张旭的《古诗四帖》、怀素的《自叙帖》，惊诧他们高超的技艺是与好笔须臾不可分离的。在大幅度旋转、高速度捭阖中，线条居然如此凝练圆劲，尤其是接续居然如此默契浑融，倘换成今日之笔，狂草线条早就无异于一根烂草绳了。宋人米芾的笔，我想还会更胜一筹，他运用大量侧锋，又加渴笔，一落纸

且先不论现代书法的水平，只是从毛笔来看，就缺少了前代对于材料的细致要求和工艺上的精益求精，变得徒有其表。

如风樯阵马、骤雨旋风,却极少浅露凋敝。他自诩能"八面出锋",能用笔如"刷",倘没有好笔,殆不敢夸此海口。我边欣赏这些精品,眼前边幻化出他们那得于心应于手、踌躇满志的状态,着实歆羡不已:能拥有上乘之笔,是怎样一种幸运?!

这些年,笔庄的老板们是送了我不少笔。笔以羊毫为多,狼毫次之,尚有马、貂、山鸡、山獾、鸥鸟、野兔毛羽所制。色泽绚丽斑斓者,以鸥鸟为最,而品质坚韧野犷者,山獾又最为上。每一种飞禽走兽的毛羽都构成了不可重复的品相与内质。从锋端到腰到底部,弹性殊异,刚柔有别,如果毛羽间互相渗透成为"兼毫",则柔韧虚实层次更是万千气象。闲时,笔庄的老板们也请教我如何改进,可是挥洒中那万千毫羽的微妙运动,麻酥酥地在神经末梢游移,说出这种感觉来真有如捕捉晴空的游丝一般困难,甚至越努力地用实在的语言告之,越是无比吃力,对方也听得一头雾水。至少到如今,我还没有发现一管毛笔与我心灵的律动如合符契,就是笔庄为我专门定做的毛笔,也是如此。我只能求助于偶然,寄希望于意外。我曾和一位笔庄老板促膝倾谈过,希望能跟踪书法家,对书法家的风格基调、运笔的时空关系观察得细腻些,相应地做些动态的改善;同时根据楷行草隶篆的线条特性和律动程度分门别类,如矢投壶。如是,则书法家大幸,书法艺术大幸。艺术品是书法家的精神物化形式,精神如风,看不见摸不着,只能通过作品让世界感知。可是表现要技巧,技巧又必然凭借工具,精良的工具有了,奔向艺术里程中下一个充满诱惑的驿站方有希望。良笔是有生命内涵

古典幽梦 ● 上海著名中学师生推荐书系

书法家以心写字,制笔者亦当以心制笔,世上断无无心而造得出精品的事情。

的，为书法家演绎出许许多多风雅，这当然也要求制笔者用心灵来厚待。静静听我一边分析的老板突然哈哈哈笑了起来，他说，你说得在理，可如此精耕细作，笔工们都得喝西北风去了。我当然理解他的苦衷，随着礼拜书法艺术之风远去，一般人根本不需要毛笔，就是文抄公们抄抄写写，也犯不着苦心孤诣地找寻好笔。加之大自然中飞禽走兽锐减，有的笔庄不得不以人造纤维来弥补动物毛羽之缺了。这种纤维笔品相与毛笔无异，一经濡墨让人不由暗暗叫苦，它排斥墨汁，并且腕下的线条是扁平的，特别是如我喜欢的行草，不仅写意的幸福感荡然无存，败兴也顷刻涌了上来，心灵的上空阴霾四起。

南朝人鲍照有一首《飞白书势铭》，起首二句着实令人怀想："秋毫精劲，霜素凝鲜，沾此瑶波，染彼松烟。"一派和谐浑穆，此刻援笔纵横，是何等惬意和快目啊。艺术创作过程是不能没有和谐的，除了兴致之外，还需要氛围、气息、声响，甚至小到万毫之中的锋颖。当人们眼睁睁地看书法艺术如明日黄花，只成为少数人遣兴的形式，一定会同时发现那些古时打磨得天衣无缝的艺术环节，今日相继脱落或松散得不成样子了，如同一架锈蚀的琴，再高明的琴师也弹奏不出本然的音响。好多年过去了，我依旧走在寻找的路上，寻找那能使我心灵荡漾的舟楫。

毛笔的徒有其表，归根到底是人们对于书写艺术的忽视。

223

■ 古典牵挂

晚间闲来无事，便于灯下读信。在这些信里，有一封是用毛笔写的，写在荣宝斋出品的六行笺里，雪白的纸底，鲜红的竖栏，加上清秀婉约的小行楷，一展开就让人心情舒畅。我已经收存不少时人信札，这封信自然也在此列。来信者无名气可言，却在笔下如此自如和畅达，也不是一天两天的工夫了。再翻动其他信函，都无这般美妙，有几封还是电脑打出来的，字迹工整之至，只是没有神采；排列有如侍卫，只是活气尽消。我弄不清楚为什么不亲自把笔，给我一点亲切。

我自然想起魏晋人来了。现在我们学他们韵味十足的书法，大都是当年往来的手札。那时没有电话，也没有电脑，但是文房四宝却家家都有。魏晋人似乎就是为翰墨而生的，他们各自有着古怪的脾性，有时聚在一起，或晤谈一室之内，或放浪形骸之外，更多的却是各自为政，做些今人看来可笑诙谐的事儿。可是有一点是相同的，那就是这些人特别爱写信，鸡毛蒜皮的事也要研墨铺纸，尽兴一挥。现在看这些信的内容着实无太大意思，如王羲之的《快雪时晴》函，内容是"羲之顿首快雪时晴佳想安善未果为结力不次王羲之顿首山阴张侯"。在我看来，魏晋人手札中多如欧阳修所言，是"致暌离，通讯问"，史料

自信飞扬的亲笔信札，于今日亦几成绝响。

价值无多。不过魏晋人爱写信却为后人留下一笔宝贵的书法珍品，这是他们怎么也想不到的。

写信是最能看出一个人的心态的。古人有个很有意思的推理，以为官告不如私告，私告又不如简札。这主要是说心态的转换过程：写官告一本正经，毕恭毕敬，写私告随和一些放松一些，而到写简札，则往往信笔草草，爱怎么写就怎么写，写错了无甚要紧，涂抹画圈，穿插增补，尽可随意。我就看到一位朋友在开饭前要写个条子，无纸，就抽了一张擦嘴的纸巾，三下两下了事。作为朋友间的一种交往形式，是没有负担可言的，这时的行文总是会特别流畅随意，毫无挂碍。有时把玩魏晋人的清雅笔墨，再想着他们拂塵清谈、弦歌对酒，一千多年前的人物风采宛在眼前。在历史的秤盘上，一位书法家能占着多大的分量，这是大家都清楚的。然而千年之后，我们还是要通过这些遗留物，窥视他们的内心世界。一件伟大的作品，究竟运用怎么样的技巧，我想这是可以测量出来的，要测量出笔墨中的情感就艰难多了。它们的神秘有一部分是时间赠予的，时日越久，越发有诱惑力，我们试图品味出这种神秘，去接近那些桀骜不驯的灵魂。

现在，这样美妙的简札越来越少了。透过电脑打出来的方块字，我的眼睛运行一目十行，清晰无误，可是我的心却毫无知觉，不能上升到审美这个层面上来。我全然看懂了文字内容，却无法透过文字内容去捕捉里边的心境。以前我不会如此麻木呀，在一幅幅字迹优美的信札前，除了得知对方的意思，还品味到笔墨的气韵。我印象很深的是有这么一封

且不论手写的信札是否具有艺术价值，我们可以从中看出一个人情绪的真实波动，这是机器的精确所不能传达的。

225

信,作者不太通古汉语,却喜爱在行文中不断地使用"也"字。那杆小羊毫不停地跃动,通篇"也"字或虚实或欹正,让我感受到这"也"字所承载着的他的愉快情绪。尤其是行文末了一个特大的"也"字,最后一笔飞扬而上,似润还枯,很有一种野趣。我似乎看到他那得意自足的模样。当然,还有一些小青年爱做派的行头,让人忍俊不禁。如果不是太忙的话,我会研一盘墨,在墨香散发的空气里,连续写一晚上的信。我习惯了纵向延伸,小行草首尾相衔如璎珞连结。我想这种畅快的字势一定会把我的情绪带到远方,让我的朋友感知。当然,有时我也带着不愉快的心绪来回信,寥寥数笔中一定会沾惹上愁烦的<u>丝丝缕缕</u>,但愿友人收到我的信时,不要受到影响而闷闷不乐。我所自慰的是挥毫时,一点都没有掩饰或刻意,笔下流露的都是此时的真实成分,我希望我在读别人的信时,也读到这种赤裸的情怀。

希望归希望,用"凤眼法"或"拨镫法"执笔,心闲气定地在宣纸上按提顿转,写出铁划银钩来的人毕竟少了。近代以来,以此作为文人遣兴的就不多,更不消说商业大潮席卷之际。我认识的一些人,对电脑熟稔之至并且入迷,就是没事也坐在屏幕前动弹手指。他们对文房四宝日益生疏,将其尘封于角落里。<u>一种文化用具被搁置,不仅改变了手的用途,更重要的是改变了我们的观念和思维,包括书写过程中的那种趣味,诸如笔墨中的格调、意境、性灵、睿智,真要说清还颇费口舌呢!</u> 好在人的趣好千差万别,也没有人来一统,便给了我很大的自由度。我没有电脑,凡作文都要手写。我对一笔一画写文有着

凤眼法:就是拇指与食指挨得较近,拇指在下呈一平线,食指略弯,看起来像凤的眼睛。

拨灯法:(一说拨镫法)拨灯,取意为手执柴棍儿拨油灯芯,即轻灵、宽松之意。至于"拨镫"是因执笔的拇指、食指合起来像马镫状而得名。也有因"镫""灯"通假而诠释。

浓郁的兴趣,有时从早上写到深夜,看着一个个黑腾腾的汉字形态各异、纵敛有度,真是如食防风粥,口角余香,妙不可言啊!如果打草稿,文思泉涌,喜不自胜,我会用一条呼啸的弧线划过,点缀几个符号,就可代表一些气势奔腾的长句。至于文中的穿插就更多了,使得纸面如同立体交叉的网络,让人看了眼花缭乱。我觉得我犯不着快,慢慢地琢磨和梳理,兴味无穷。把字打得一溜小跑似的人,未必能领略这种书写的乐趣。

这总是会使我怀念那些笔墨飞扬的时代。就从书法家自觉创作的晋代算起,一千多年来,文人是与笔阵图、翰墨池不可分的。他们习惯借助这种形式抒情写意,使自己的情怀有所附丽。整个生存环境弥漫着墨香,浸润其中令人心醉。现在我们却要大力提倡了,凡大力提倡必然遭遇了危机。因为我们已经很难嗅到墨香,这种香味和书香一样,都属众香之首。我到过不少朋友家中,家家都装修得如丽人居所,也有宽敞的书房,只是桌上没有摊开的毛毡,更不见笔墨踪影。像我这样见了精良笔墨就会技痒兴发的人,总是得不到释放。回到家里来就不一样了。我曾住过低矮的工棚,住过窄小的楼梯间,不管如何拥挤,总要辟出一小块地方,放置笔墨字帖,随时可以驰骋怀抱,借此与古人相通。我也有过怀疑,是否在追怀一种无望的梦及无望的承诺?朦胧中失手碰翻了笔洗,清水沿桌蔓延开,一直向对面扑去,我与古人似乎就这一水之隔。他们悄悄地走了,正如悄悄地来,感觉着羊毫在纸面上细微地摩擦,就会感觉着古文人的你来我往,生生不绝,共同存活在这

这样的例子又何止书法一项?

个空间,参与我们的岁月、我们的生活。屏息静气地倾听,湿漉漉的笔墨里有着他们吞吐的气息。

常常会由此展望唐书的庙堂气色,向往宋书的倜傥诙谐。随着庙堂的颓圮化为泥土,笔歌墨舞也偃旗息鼓。坦然面对这样的事实,历史永远不会再次回首。鲜活的生命律动,总是应和着这个现实世界的鼓点。不过,对于一些个体的人来说,在他们的居所,在他们的心灵深处,永远会留下这么一个空间,让飘逸着灵性和率意的古典翰墨,安然回归。

书道深深深几许

天阶夜色，清凉如水。这时把玩苏东坡灵性洋溢的行草小品，也就顺带想起他的一些趣事。

那年晚秋，命途多舛的苏东坡赴任定州。

途经雍丘，倜傥无羁的米芾正是雍丘县令，便留东坡小住。这个夕阳余晖的黄昏，米芾的住处一片清新幽静。曲径重门里花木掩映，树丛竹林中绿意撩人。尤其是有石癖的米芾，差人搜罗了不少又瘦又皱、又漏又透的美石，置于园内四周中，免不了撩人意绪；室内古董架上，彝鼎樽罍，透露着古色古香，如此写意化的氛围，弥漫着闲逸之趣。东坡一洗身心的疲意，恢复往日的调侃和风趣。此时，"精笔、佳墨、妙纸三百列其上，而置馔于旁。子瞻见之，大笑就坐。每酒一行，即申纸共作字，二小吏磨墨，几不能供。薄暮，酒行既终，纸亦书尽，更相易携去"。山谷道人也笑谈东坡："元祐中锁试礼部，每见过案上纸，不择精粗，书遍乃已。性喜酒，然不能四五龠已烂醉，不辞谢而就卧，鼻鼾如雷，少焉苏醒，落笔如风雨，虽谑弄皆有义味，真神仙中人。"

不过，我们是将此视为文人趣事一笑了之，还是会缘此寻绎这些趣事背后的意义呢？

时过境迁，从这些佚事剥落色彩上，轻易可以感受到昔日的文雅情调：书道，在这样的时间段上，在

饮酒挥毫，随性畅快，还有多少人有这样的情致和兴趣？

这些人的举止上，是怎样一种浑然的融汇啊！

日子如逝水，许多年月随同那时的热爱之情，都远远地老去了。时日愈往后，人们对于书道的神奇就越发感到不可思议和玄妙莫测。黑白两色，点线抽象，居然会有如此宏大的力量和诱人的魅力。不仅映现出人的精神世界细微之处的生生不息，同时也展现了辽远无垠的宇宙之理——阴阳之变。想想也真是，黑白两色在人的视觉里，无疑是最朴素的颜色。这种从天地之变中提炼出来的色泽是一种纯粹，也是其他色泽所无可比拟的。有时，人不免陷于浓艳的色调里，使生命迷失于张扬状态，只有在脱身之后，才会感到黑白二极的庄重和冷峻。它甚至就潜藏在我们的心灵深处，无意地抵御五色迷目、七音乱耳。尤其是几千年来的泼墨挥毫，中国书道尽管风格嬗变、流别多端，黑白色泽却始终不可更易。有时也见到用血红的朱砂涂抹的，艳则艳，韵致、神采却相距远矣。

似乎没有人能够改变这种久远的醇醑，黑白两色在接近事物本质的同时，已经浸润了我们的灵魂。

这个寓至深于至简的书道，总是要令我们逆岁月而行，在历史的苍茫处，找寻那沉入大寂寞中的原始刻痕、甲骨钟鼎、秦砖汉简。它们大多在时光的流逝里为几抔黄土轻易遮埋，让荒草任意生长在上面。是啊，秦篆汉隶，楚语吴歌，风尘浸漫，碑损简残，如今想究其底细的有心人想来是日渐无多了。

我对于书道喜爱也只是纯粹的一己私趣。我一直在想，连一袭巴掌大的龟甲，都会寄寓先人祈卜平安的恳切意念；连一枚窄长的竹木简，都会留下他们

書道是阴阳学说的体现，但是不能片面化、绝对化、学说化，它在本质上还是一种可感知的艺术，充满了可变性。

恣肆的描绘，那么，它所深藏的玄妙和奥义，岂是令人在步履匆忙中就能开启的么？

回首书道的前尘旧痕，整个儿的变迁更迭，是充满了够复杂的内容。一管羊毫、一张宣纸、一砚墨香，积蓄了太多的哲理与情思，整个宇宙都在兔起鹘落的驰骋里。令我不安的是近年来的"易学"蜂起，什么都往易学轨道上扯，书道当然也飘逸不出这一樊篱。天啊，黑白两色，不就是"一阴一阳之谓道"么？点线相交，奇正相生，虚实相错，刚柔相济，不就是阴阳二气的吞吐么？再则，柔毫在白色的空间弹奏，疾徐甜涩、浓淡枯湿，不也是印证"天地交，泰""天地不交，否"么？如此这般评论无碍，你看好了，再丰富的艺术也不免血肉尽失？仅余伶仃的骨架兀立了。

只有从笔墨深处去探究生命终生厮守的缘由，才会使我们少一些陈腐和自以为是。今人的纵笔泼墨与古人比起来，究竟缺失些什么呢？如果从本领上论，今人的精湛和机智已经超过了晋人和唐人，可是致命的是今人的颖悟远比古人浮浅，古人能从惊蛇走虺的瞬间感悟沧桑世相，今人则大抵就兹论兹了。庄子以为"道"为本，"技"为末，书道就是"道"之一种，技巧只是传达道的一个动作，就像参天大树上的一根枝条，如此而已。中国人爱称艺术性地挥毫为"书法"，日本人则称为"书道"。说心里话，我是耳顺了东洋人的这种称呼的。让你品味时，意义非言语所能道断，底蕴非技法所能钩沉，书道就是一个无底之海。

日落月出，寒来暑往，每日砚池遨游，什么是主

与艺术的境界相比，情感和内涵才是决定作品神韵的最终因素，技巧与之相比不过是小道而已。"书道"一词的提出，就是增加了书法艺术的神圣感。

231

旨呢？意在笔先也罢，随意落笔也罢，让自己的身体和心灵快乐起来，理应成为首选。就像苏东坡和米芾那般，沉醉在主客欢愉中，笔迹或优或劣，似乎无所谓了。而对过程的珍视，于月下寒窗清晖满地，于夜阑人散晨光熹微，总是散发出令人怀想的韵致。许许多多古文人墨客正是借助这种纯粹私人性的行笔过程，来消解与生俱来的愁烦和失意。往往一场笔墨畅游，阴霾散尽又见曙色。若说世人几多愁，能愁得过陆放翁么。胸中百万兵却苦于无疆场驰骋，积郁渐深，愁肠日长，只得借酒浇愁。时日久了，美酒也无奈，"闲愁万斛酒不敌"。还是他那浪漫主义情调的草书派上了用场，"神龙战野昏雾腥，奇鬼摧山太阴黑。此时驱尽胸中愁，搔床大叫狂坠帻。吴笺蜀素不快人，付与高堂三丈壁"。一个豪迈和洒脱的形象宛若眼前。

放眼书道烟云处，援笔纵横中，活生生地包孕了书法家整个心灵的律动和精神的排遣。至乐者，有晋人王羲之的《兰亭序》，令人心游江南秀色而忘返；至哀者，有唐人颜真卿的《祭侄季明文稿》，戚戚哀哀一枕清泪；至狂者，有唐人怀素书《自叙》"狂来轻世界，醉里得真如"；而至怪者，有清人郑板桥，隶体参入楷法，书技又添画意。真是林林总总，不一而足。若是人在尺幅之前，幻象又着实奇异。李太白从疾转奇兀的笔迹里品出了楚汉鏖战的激荡风云；戴叔伦看到了龙盘蛇踞、怪兽屹立；韩愈则离奇到"鸾翔凤翥众仙下，珊瑚碧树交枝柯"。其中美妙情状，可谓难以毕述。这就是古典书道的诱惑呀，"得至美而游乎至乐"，也就超脱功利，无拘无束。千百年过去

谁说只有写文章才能抒发胸臆？笔走龙蛇，也可以见人之真性情。

了，人们会感念岁月流逝，古人不再，可是这些笔墨精灵始终鲜活如初，风神不减，令人品之啧啧有味。

在雪白的宣纸上浅唱低吟或磅礴放歌，有一种游戏般的乐趣。古人称墨戏。墨戏远离了致用，接受了消闲，方能体味化机之趣。往往会有这种的念想掠过，无意而翩翩为之的，效果出奇的好；正儿八经认真思忖的，行笔反多了造作。末了让人捉摸不定，意在笔先和意在笔后，哪一种契合敏感的心灵？说白了，以黑亮的点线交织对白的空间切割，本身就是一种高级的精神游戏。这个游戏有一定的规则，比规则更重要的是游戏者先把全身的精神重负卸下来，哪怕先暂时卸下片刻。书卷人家若说清高孤傲这不假，若说超然则未必，通常是内心世界默默地肩负了太多的沉重，吸纳了满把的累。所谓一叶知秋，有时见人拈起笔来，拖曳使转，都可烛照沧海风波中来去的心灵之舟，是轻松还是沉重。

在宋人眼里，如此高雅的艺术只适宜用来"消日""解愁"。最初，我是以为宋人持亵渎之心的。可是唐风过耳，进入流动真趣的宋代书坛，一种怡悦、轻快感立即贯通全身。唐人以法则捉控笔墨，宋人则用智慧感悟来观照，法则可以强学，智慧感悟只能依乎心灵。宋人的墨戏雅集可窥见文人心境之一斑：参与者都是朋友，未必人人善书，可是谁也不曾把字迹优劣放在心头，只重纵笔过程的乐趣。这么一来，每一次墨戏都是一次狂欢，都是毫无顾忌的倾泻，自由的毫端无处不达。无疑，宋人更懂书道。这不禁使我想起了自娱自乐的卡拉 OK，那许许多多五音不全的人毫无顾忌地唱，正是缘于一种消解，把白

书道之雅，雅中有俗趣。墨戏之俗，俗中有真意。

233

日的紧张高压释放殆尽，使心灵回复到宁静平和状态。书道为至雅艺术，意味却是如此相契。

时日的流转改写了书道的命运，甚至在今日，惯于敲击键盘的双手也能制作出宛如真迹的作品来，我却由此更加怀想起书道之源。我当然不再说源于易学，而是源于自然。这大约是我出生在一个古典意象十分浓郁的小城的缘故，对于古老的传说信之凿凿。书道的滥觞期有如传说那般，什么神农见嘉禾八穗而作穗书，什么黄帝见景云而作云书，还有少昊作鸾凤书、帝尧作龟书，我都乐于相信。至于古书上说南朝时有人写麒麟篆、鸟虫篆、芝英篆、鹄头书等八十余体，怎么不可能呢？举目于自然，有多少云谲波诡的形态啊，一个对自然有深情的一部分的人，怎么能不有所感悟而尽施于腕下？！

和自然相比，人是短暂的过客，甚至没有可比性，可是人以有限的智慧与自然交通，从中获得启示而开悟。这种无言的启示，弥漫于宇宙的任何一个角落。云飘浮过来，风吹拂过来，水湍流过来，四季轮回过来，无不蓄藏着久远沧桑的灵性。也许电石火光的刹那就照亮我们久在书斋的冥思苦想。一段蜷曲虬旋的老梅枝干，可以令人回味书道的古雅老辣；一条激越欢快的溪流，可以使人想见书道的气脉通畅；而一缕袅娜迷蒙的炊烟，那毫无人工雕琢的痕迹，又会引导人们欣赏那绚烂之极复归平淡的巨大魅力。似乎用不着刻意找寻，一仰首一投足，尽可得之。人的灵性若与自然相通，真会感到这种精神馈赠无比丰富和博大。很难想象，书道如果没有自然的煦养，会枯竭成什么样子。只是，这种伟大和丰富总处于大寂寞之中，花朝月夕，断云残梦，在这个激荡和伸张的日子里，我们常常与此擦肩而过。

书道当然也渐渐改变了那种精神娱乐的过程，进入毫厘不爽、点线无误的精确计较之中。从元代赵孟頫笔下已经可以看出些许端倪了。他的笔性不可谓不好，只是太精工，反而走向极端少了余甘。赵氏一日可书万字，同时的康里子山，一日可书三万字，那乘奔御风般的迅疾，令我们眼花缭乱，唯待心旌平息后，仅觉娴熟耳。从笔墨来看，元人闲雅、诙谐的情调已经走失了许多，每一笔每一画都剔精抉微以求无误。人的智慧岂是用来计算此长彼短的么？这种小伎俩到了明清越发舒展迤逦开来，活生生的书道连同血脉相融的整个文化沃土，被引入了玄技的九曲围城。明清科举制需要一拨规矩写字的书生，精心培养之后，可写出"台阁体""馆阁体"，说白了，墨色要"乌"，点画要"光"，造型要"方"。天啊，这不是又一架古希腊神话中那个被称为"铁床匪"的普罗克鲁斯特斯（Procrustes，据说他开了家旅店，凡旅客住店，他一概以铁床长度为准，身长者砍掉一截，身短者拉长，把人都搞死了）床么！把书道中的灵性、真趣狠狠剜出，扔掉。文人自有其软弱的一面，纷纷收起自家浪漫情怀，以"应景""应制"为荣耀，笔墨落纸处，但见点画一律，造型一律，色调一律，死相毕露。那曾是逸致栩栩然，气度翩翩然，汲天地之灵气、日月之光华的书道，可怜沉沦了。

苏东坡曾放言"适意无异逍遥游"，这般风骨，已经跌落于世俗的尘埃里。

曾经有人问我，按我的思路寻踪，那么越久远的

古典幽梦 ◎

书道,是不是就越发含有本然的气息呢?我说正是如此。在鸿蒙初发时,书道根本谈不上技巧。从仰韶文化彩陶上的刻画符号,着实把玩不出什么玄机,从殷周青铜器铭中的族徽观之,也只是随意而已。可是,这种无技巧的痕迹是何等让人神往啊。说是一种普遍的表现也罢,说是一种原始的符号也罢,都表示一种朦胧的、不确实的情绪,也许是向鬼神祈求、诅咒、祭献、禳灾吧。在今人眼里,这不免荒唐愚昧,可是那无规则可言、率意而为的痕迹里,却承载起多少如痴如狂的人生况味。千百年来,风也萧萧,雨也潇潇,人类审美愈是进化,也愈离本真遥远了。有时候,我们并不觉得甲骨文、钟鼎文就那么具有时空生发出来的人文价值,今人的智力和技能难道还比不上远古之人?直到拈起羊毫,落墨于纸上,才愧叹今人缺乏这种内在表现力。世道之变迁是显而易见的,人文精神的轨迹常常被世变的荒草爬满。拂开岁月的风尘,博大的书道正在走向名副其实的雕虫小技。"道"向"技"转化,显然不能归咎于书家个人精神的萎缩,而是世道所然。

这个问题的追寻必然使人黯然神伤。

如此说并不是哗众取宠。前尘影事,沧海月明,什么都有可能走向它的反面,书道也无法抗拒。貌似繁荣的今日,书道明显地卷入了竞争的旋涡里。世上有许多门类需要竞争,许多生机勃发的生命就是在竞争中喷薄而出的。只是书道一进入竞争轨道,它那从容闲雅的文人气味就消失了,还有那孤傲啸洁的气度也逃不脱奴化的阴影。时日久了,个性杳如广陵散,也是意料之中的事。排座次、讲等第风气之盛当属今日，只是追溯起来已久。真的，我对此是颇觉蹊跷：有好事者煞有介事地编排，什么天下行书第一为王羲之的《兰亭序》，第二为颜真卿的《祭侄季明文稿》，第三为苏东坡的《黄州寒食诗帖》，倘有兴致，还可以一直排下去。书道不是武举，浑厚磅礴的书风和优雅清新的书风如何能比孰高孰低？人们应为这种巨大的审美差异感到艺术的丰富多彩，并为此而欣悦无比。读罢唐人张怀瓘的《书议》《书断》，朱长文的《续书断》，我的反感更是溢于言表，那么多有血有肉的鲜活书家以及笔下的精灵，连同那个写意抒情的背景，都像梁山水泊中的英雄那般，被他们定格在排名榜上。一个人的才华倘若用错了地方，真是可惜又可悲。

　　不料，今人正在强化这种辨识和评判，柔韧的羊毫下充满着咄咄逼人的征伐气息。一个又一个书道竞赛此起彼伏，竞赛背后是奖状和证书，当然还有一些奖金或奖品。这免不了使人跃跃欲试，心如沸水，千方百计窥测方向以拔头筹。老子说的"人多伎巧，奇物滋起"，又一次地应验于书道，玩弄智力，玩弄机巧，玩弄心术。竞赛没有止息，心思没有止息。风频起，搅动一池春水，安宁本真的艺术秩序发生了错位。有时，我是不由自主地生出一种很深的宿命感来：人创造了艺术，只盼借艺术的灵性来怡悦和解脱自己，却不料竞技力强了，艺术体验、艺术实验精神又如此弱化。

　　人，真的就无力走出这一"怪圈"吗？

　　所幸的是我在获得了几个奖之后脱离了竞赛的召唤，重新回到我寂寞而默契的书桌前。我甚至有了一种随缘的心境：得之，我幸；弗得，我命。岁月经不起太长的等待，竞技场上的纷争淹没了多少纯真的欢愉，更无奈的是我们的精神走入了掮客们规划的功利世界里，多少灵气随风飘散！

对于书道史上的大家，我向来是顶礼膜拜的。大家就是大家，与其他书家是有本质差别的。<u>他们之"大"，不只是气度大、意境深、情调美，更主要的是精神容量的博大</u>。一个人要行笔娴熟，经常挥毫训练也就达到了。可是大手笔的背后是一个深沉的精神空间，远远地超越了技能。他们的作品就像高人那般静静地站在那里，没有任何的粉饰和华丽，渊默如海，你感受着安详简净，如同纯洁的秋空一般。可是我们躁动不息的心弦哟，总是被那些剑拔弩张、锋棱毕现的招式所牵引，直把浮浅的小溪当成浩瀚的大海。就如颜真卿的《刘中使帖》吧，那种经天纬地的气魄涵盖着独立不羁，点线充溢着生命的潮汐，通篇浑穆有如太极。一些小家笔墨，上演小情小调，或临或摹是易于上手的。甚至有些时髦习气，你想避开还避不过呢。可是像这等大家手笔，如云龙，如风鹏，可以仰望、欣赏、韵羡无比，让自己拿起笔来，还真无从逼近。这样的大家笔墨，哪怕为岁月的风霜剥蚀得纸残字缺，也胜过小家无数。就如唐永和二年《李柏尺牍》，那么小，却是一种精神的象征，一种历史的陶片，一种文化的符号，摆在书道史的长廊里，传递出的文化信息、生命力度都无可比拟。就算有的点画残缺了，破损了，可是那残留部分，哪怕一点一画，也就含有这位大家笔墨的全部信息。学大家手笔相当难，也许费上大半辈子还无所成就，倒不

我们已经熟知了物质上的"大"，足以召集比以前更多的人，投下比以前更多的资金，推出比以前更恢宏的作品，但是那万人雷动的喧嚣，只消一张远古的残片就可以变得毫无价值。

如亲近小家碧玉,学点小黠大痴,也不枉平生喜好。只是这样,我们绕过不少巨人,让他们在时空中寂寞无比,同时也使我们自己无法再成为巨人。当年黄山谷就预示了大书家苏东坡的书法要走向绝响,缘由是苏书中郁郁芊芊的学问文章之气,时人已难达其什一,何况当今!据我所知,苏书果真没有传人呐!这样的绝响多了,书道就再也不易产生领袖群伦的大家,也听不到书道的黄钟大吕之声。

　　有多少岁月悄然飘逝啊。那孕育起晋书的风韵、唐书的豪气、宋书的随意的日子,如今发生了令前人难以置信的变化。只不过人毕竟是人,只要存活在世,总是要不懈地驱赶自己的心灵马车找寻精神的牧场。新世纪的曙光已经照临我们的窗口,也许在我们承袭了太多的世俗欢乐后,应腾出一方空间来迎受美丽的书道古风,并且心悦诚服地说:执子之手,与尔同行。

又一次地重复

又一张雪白的宣纸在宽大的书桌上徐徐展开，鲜亮的墨汁在润泽的端砚里闪着光亮，书房里飘浮着墨香。我的心渐渐平和起来，耳畔变得阒然无声，我拈起那管柔顺的羊毫，面对一本古人法帖，一笔一画地临写起来。这个春风沉醉的午后，又一次漫上了古典的潮水。

我不经意地翻到扉页，几行自题的小字跳了出来。这本字帖是我大学时代偶然买到的，当时心里高兴得很，就顺手题了一段话以为纪念。不料岁月匆匆而过，至今已快 20 年了。

又一次地重复。

古文人曾说"书读百遍，其意自明"，可是对于我们所喜爱的某一本法帖，哪怕残缺不全，天长日久地摹写临写，却着实说不清重复的次数了。常人看来，这种重复是多么索然无味啊。人生总是需要不时以新奇刺激自己才是，跟着日新月异的形式走才有活力，怎么会总在这些古人发黄的纸本上穿行，咀嚼历史漫漫风尘，难道就这么有魅力么？各人审美趣好相距遥遥，真不知如何才能说清楚。许多年以前，我的确也是一个游移性很大的人，时而晋帖时而魏碑，时而秦篆时而汉隶，以为遍临百帖而沾沾自喜。忽一日到沪上拜访一老书家，他看了我的笔墨，皱了皱

世界上的阅读方法有两种，一种是精读，一种是泛读。很多时候我们对于"重复"很容易厌倦，究其原因还是没有静下心来体会经典的美好。好书不厌百回读，熟读深思，其意方显，没有重复就没有深入体会的可能。

眉头，便问我学了几家，我轻易就流露了出来：每一家都学过呀！我以为会得到他的褒扬，可是没有。他只是淡淡地说："当代人，倘能吃深吃透三两家风格，也不枉人生了。"

我眼前霎时透亮。

书道之海千年如斯，幽深而又浩渺，书海中那些或雄强拙朴或清丽俊秀的墨迹，一如既往地风姿百态，风情万种，只是人生如此有限，不能及其万一，常使我们怨叹连连。在许多时候，我们总像是海边捡拾五光十色贝壳的孩童，挑花了眼，在博大馈赠的面前，浮光掠影地捡拾一些寻常小贝，而那些具有大海意象、充满大海象征的代表性品类，却常常在我们心性的游移中，从指掌间流失。

我记起古时候一个小故事。唐代的神赞禅师有一日在僧房静坐，见一蜜蜂尽往窗纸上撞，一而再，再而三，就是冲不出去，便深深叹道："世界如此广阔，不肯出去，却一味钻那故纸，可惜可惜！"其实，到了中年，我反倒羡慕起钻故纸的蜜蜂来了。<u>人的一生能做多少事？真能把自己的趣好深化提炼，使之达到渊默如海的境界，岂不是人的造化？</u>我觉得自己应该是一只这样莽撞不歇的蜜蜂，世界如此宽广，只取一隅安顿心灵足矣。因为趣好永远是一个召唤，从来不是以完成的状态消解的，它总是在路上，呈现在进行时态，向着遥远的前方。我们对于艺术的承诺，是以生命的过程为代价的，微弱的生命灯盏，可否因着艺术的滋养，照亮永恒？！

现在有一些书，总让人读过就搁在书架上，甚至不少自谓标新立异的书也遭逢这种命运。不过我也

有兴趣容易，提炼出境界则难，需要拒绝、思考和执着。

241

清楚,那些已经浸透历史风霜的古人墨迹,却一次又一次地重叠上了我的手泽。以前我总是乐于相信,是字里行间那种过人的技巧力量给我以吸引。你看那保存得完善的名作,至今仍是秋毫精劲、霜素凝鲜,轻如游雾、重似崩云,时光似乎特别照应,使之一点一画清丽如花。就是那些立于野外荒郊的残碑,也顽强地展现着昨日的昂扬和繁荣,那个时代对于笔耕墨耨的狂热,总是透过残损脱落,轻易地舒展在我们面前,让人联想起书道如空气、如水分般不可须臾分离。我对于书道的热心,就是从技巧这个层面开始的,我十分惊讶古人能在一笔不断的持续运动中,写得一波三折、一气呵成。这自然也激起我反复模仿的信心。世上有不少追求是可以定量定性的,只是书道不然,谁也无从辨析一个笔画重复百千遍后是否可臻完善,往往不如意如影子,遮蔽前边的路,有时候就因此搁笔辍书了。在这种追求中,无疑萦绕着一种悲剧格调,从中很容易感慨前人设置的艺术途径诡秘和迷蒙,使后人若即若离,永远没有得意的日子。同时也容易感受到崇仰古贤人过程中的艰难,兴致被无穷尽的重复化为乌有,步履在障碍前散乱颠仆,原本是浩浩荡荡的群体日见萧疏,更多的是归于沉寂了。

　　人总是要有一定的人生体验之后,才会坚定自己的追求。也往往是这时,内在的追求要越居其上,成为永生的向往。历史风尘漫漫隔世,昔日王谢堂前的燕子拍拍翅羽转眼成了寻常家雀;又有多少曾经散发出绚烂炫目光环的笔墨,如今已霉味深重。倒是一批当年不引人注目甚至不能登大雅之堂的百

书道之美就美在不可捉摸,可望而不可即,引得人毫无休止地追求,却始终没有完满的时候。

古典幽梦 ◉

上海著名中学师生推荐书系

242

姓习作，如今舍物象，超时空，为我们捧读，不忍释手。与秦王朝煌煌巨碑《泰山刻石》《琅玡台刻石》相比，秦民间的竹木简可谓寒酸之至，何敢赞一辞。有多少人登临泰山，艳阳普照下肃穆地诵读、虔诚地抚摸那深陷石中的痕迹，以为抚摸到了大秦之声、始皇之梦。现在，轮到我们对秦代竹木简的仰慕了，它们零星散乱，韦编都绝，才从土地深处浮出。从那些幽暗的色调里，可以听到平平和和的田园牧歌，还有朴素粗糙的古道风雅。如果仅仅用双眼，是一丁点儿也感受不到漂亮的，只能用心灵去交融，倾听那盛满性灵的声音，品味那平民散淡的生命。这需要多少时日的沉淀呢？有时我们是那么畏惧重复，重外表而轻实质，人都是很喜爱外在之美的，欣赏人也罢，欣赏艺术品也罢，眼神总是会为漂亮所吸引。<u>尤其是现在这个骤然来临的繁荣，满足我们目欲的何其多也。我们停留于外表的浪漫飞扬，倘若说翩翩少年时还无可厚非，如果到了中年阶段依然如此，就不能不检讨自我体验的浅薄了</u>。这些年来，我捧读古帖的速度已远远地缓慢于以前了，有时寥寥数字会令我沉吟半晌，与这些残碑断碣一道，让思绪湮没在时光的久远里。我总是选择一些印刷特别精良，宛如真迹的版本，我觉得这就很够了。加上一些史料的辅佐，不断重复地揣摩，那时的人与事都会相继跃出纸面，联袂来到我的跟前，无论是商是周，还是三唐两宋，都会有这样的景观复活，展示出那个时代的人文精神和艺术风骨。

　　这种重复逐渐洗去了我的浮躁和浅显，超越了外表的技巧，获得了古文人情怀。<u>重复使人对艺术</u>

黑塞说过："我当然热爱儿童，但是我怎么能够爱那些一辈子都以儿童自居的人呢？"与此异曲同工。

重复是对自己的反问，孔子说"吾日三省吾身"，在这种反省当中，才能看清自己，去除浮躁，寻找到真正的自己。

书道因为时间而蒙上神秘面纱,不肯被一般人亲近,只有那些虔诚者,不断重复着这种朝圣般的探索,才有机会见到此中真意。

古典幽梦 ⊙

的追求还原到本然状态,那就是自娱。试想一想,对于无权无势的文人而言,没有自娱简直要了他们的老命,生活必定变得如同无盐一般寡淡。自娱,说起来都是使自己开心,倘归起类来,也有高雅和卑琐之别。高雅的自娱使自己从繁缛琐碎的事务中脱逃出来,把自己放入一个更为纯粹博大的空间里,游冶陶醉。在那个无终端的挥毫中,心态如水,心气如云,处在随形就势的状态里。只要我抽取一本古典碑帖,我看不厌的是大海那般的深沉,技巧是可以通过一些手段测量出来的,可是技巧的背后蕴藏多少情感内容,随着岁月的推移,则愈加醇醋浓烈,我不由自主地淹没在它们的怀抱里。

可是,还没有一本古帖能让我测量到底,也许今生今世都难以透彻了。这真是一件憾事。

遗憾之余,有一种喜悦升起,这正是经典的厚重感,不是那么轻易让浅薄之徒一蹴而就,至少也粉碎了投机的梦想。我们不间断地亲近它,参与我们的岁月流逝,从中感悟到文明的信息和艺术的美感,如同潺湲流水,时日长久,再枯竭干渴的心田都会滋润饱满。时至今日,当代人可以拍着胸脯豪言在哪些方面胜过前人,这是没有异议的。尤其是现代科学的昌明,许多的发明和创造就是古人梦游九天也无从想象。不过,我们在古典书道的继承上,却难以这么气壮如牛。每一个时代的发展,总是要选择一些什么,放弃一些什么,书道正是在被放弃之列,只剩下很少的一些人,依旧吟唱着前朝的老曲,慢慢腾腾地用"凤眼法"或"拨镫法"执笔,写出那蚕头燕尾、玉箸金戈。这和手执鼠标、两指弹奏键盘的动作相比,是不是很有一种落伍的情调呢?我一直在琢磨,飞速发展的社会使人神色仓皇、步履慌乱,这样的人群,心性质量一定不会优秀。相反,应该培养一种闲逸的生活方式,巧心陶冶平和境界。以艺术熏陶的方式来改善,无疑是最佳方式,任何一笔一画的完善,都需要从容安定,心稍稍躁动一点,显示在纸上就是一团火气,使人欣赏时颇觉逼迫。现在我们爱说人心不古,那么古雅韵致到哪儿去了呢?古文人那种行止自如的斯文状态,如在柔韧的宣纸上漫步,一招一式都有文气,本身就是一种美感的集合。现在古装戏是越来越多了,品其宫内宫外,无不精工华绚,雕绘满眼,铅华粉黛,新丽浮艳。可是看戏中人的举止,古文人的风雅大多流失了。让人听不到古风,品不到古意。也许饰演者以为轻易,都是些过往时日的残片,服饰一套,台词照念,外加一些武打动作足矣。这些没有浸染过历史风霜的假古董,甚至没有过古典情绪的体验,使你偶然撞见这样的节目,只能无奈一笑。艺术评说常常鄙夷"食古不化",依我看当今恰恰相反,对于古人、古风、古法、古意的接收是太少了。怀古将成为我永生的诱因。

曾经有过精神上的饥渴,也曾经有过相对饱和的状态,这都使我或紧或慢地追随古人、捧读经典。大学时,我对古汉语有一种特殊快感,如用白话文表达,要写上一大堆还没有那般滋味。只是古今遥远的审美距离,风云弥漫,烛光斧影,颇有几分神龙见首不见尾的韵致。也正是这种神秘感,有时使人刹那开悟,披云睹日,更多时候有一种心知其意口弗能言之妙。我是很不赞成学生去读那些白话释文的,白话文除了太白之外，就是失去原汁原味，好像不通外语的人，读外国名著只能经过别人翻译的二手货，谁能体味原著的真谛呢？倘若穿凿附会，那么离本意更是千里万里。我爱沉浸在魏晋南北朝的书论画论里，篇幅不长却蕴涵隽永，开始很有一些隔世之叹，有些段落不知所云，那种表达的方式和秩序与今日已大不同了。这道历史的帷幕过于厚重和严实，掩盖了不少往日生动的情趣和怡悦的生命。我总是设身处地去想，似乎自己就是南朝的书家或北朝的画家，让思绪穿过一千多年的时光，复活甚至放大当时的场景。这么一来，阅读速度自然十分缓慢，我一目十行的能力受到了空前的阻碍。可我执意不去看别人翻好了的白话文，只是先搁一阵。<u>这种距离产生的美感诱惑，使我乐而不疲，如虫蚀木、蚕食桑，逐渐向内在挺进。</u>有时我从这些玄妙言语中品味出的，明显地与他人不同，甚至古怪得很。可是，为什么就不能如此呢？

又一次地重复，有许多日子在重复中流水般地过去了。这样的磨炼里，生活变得丰富，笔下似乎多了一些书卷气和金石味。我想这个时候可以对重复做一个新的解释，它并不是单纯的动作复制，而是思想、感情、心性的递进。如果简释要义，那就是：动词，递进关系，不是么，正是在这种不懈地重复下，涌现了一批与日月同辉的伟大书画家，主动接受这种劳役的锻打，从这里延伸到永恒，当年苏东坡就以为："笔成冢墨成池，不及羲之即献之；笔秃千管，墨磨万锭，不作张芝作索靖。"重复终归要洗去铅华，成就艺术的大美。古代艺术品中，总是有这样的现象

重复本身没有尽头，就像艺术必定要上下求索。在这种重复里面，人也达到返璞归真的境界。

让人深思：早期的笔墨总是铺列锦绣，饰之以五彩银黄，似乎不如此难以展示胸襟才气。这种情调往往有众多欣赏者引以为知音。当岁月敛约了嫣红，人生步入老境，先前对名利地位的热望，都逐渐消失在逝去的过程里。岁月如水，心思如水，这个年龄段，笔下是一片素朴无华。这种饰极返素、归于平淡的艺术化境，是很可以站在人生的终端回首。其源于物又超越于物，源于饰又超然于饰，源于刻意又归于无意本真。去掉那些人为的、外在的、添加的，才可以说看清楚了。只是这个时候，人已老态龙钟、步履蹒跚，来日显然无多了。这个过程如果从宿命因果上讲，难免无奈无助，如遥远的悲歌，是重复导引至这样的结局。如果从个人自我完善的角度看，又无不充满灿烂和明媚：任何人的生命只有一次，能对一门艺术有情缘，成为精神向往的目标，以短暂的人生来消解，不是很幸福么。古人说闲愁最苦，这是因为百无聊赖使人生的旅途杂草丛生。

历史的帷幕一层层地合上，那些笔歌墨舞的时代渐行渐远。只是笔墨依旧，书香不老，汉代的古厚，晋代的风流，唐代的规范，宋代的奇趣，总是使我品味时无比依恋和痴情，心灵上时刻准备着铺开宣纸，拈起羊毫，又一次地重复。

■ 兰亭情结

喜爱书法的人们大多把书法史切成两段，以唐为中心，分为唐前、唐后两个世界。如果要说出个缘由来的话，大抵前者供人品味的多却难以言诠，而后者更多地可以用法则、概念来条分缕析。我选择了前者。我喜欢凝重古拙的金文，它常使我想起涂抹在神秘岩洞里的古怪巫画；我又很喜欢马王堆的帛书，那里洋溢着的诡秘奇幻和神灵气息，也常使我如同听到孤寂幽怨的人生感唱。但是这些于我来说都只是留下一个个闪烁无定的印象，直到徜徉在魏晋丰富而幽深的书法长廊里，才感到了有一个难以解开的情结，这就是兰亭。据说日本书法家到中国来，都要到兰亭去走动走动，捧着他们背熟了的《兰亭序》，去那儿凭吊一代书圣，是十分虔诚的。前几年有位朋友从兰亭回来，说我有一篇用小楷书写的《兰亭序》被挂在那儿的陈列室里。我弄不清楚什么时候创作了这件作品，又怎样到了兰亭，于是几次外出开会想趁便去那儿看看，只是后来，我打消了这个念头。

据书上说，兰亭在现今的绍兴西南 27 里的兰渚山麓。由于公元 353 年暮春，王羲之、谢安、支道林、孙绰等 40 余位东晋名流在那儿修祓禊之礼，兰亭遂成了书法中人心上的情结。传闻千古绝唱的《兰亭

古典幽梦 ◎ 上海著名中学师生推荐书系

爱兰亭，却过兰亭而不入，为何？

序》就是在这次春游中写成的,因此兰亭又成了心中某种象征。清康熙十二年重建的兰亭遗迹,加上这些年的几度修葺,更增添了它的丰采。只是我很怕亲临实地凭吊会破坏我心中所有的兰亭印象。我的兰亭印象是从《兰亭序》中形成的。这篇优美的散文,其景让人闭上眼睛都可以感到是那样亲切:"此地有崇山峻岭,茂林修竹;又有清流激湍,映带左右","是日也,天朗气清,惠风和畅。仰观宇宙之大,俯察品类之盛"。这是一种纯天然的景观,不是人工营构所可以替代的,由于毫不掺杂才可以使这些风流雅士的诗兴大发,逸兴遄飞。如果用一个字来概括当时的景象,非"清"字莫属。修竹清嘉,山泉泠泠作响;峻岭清翠,空气清新而润泽;而暮春之初吹拂的风,无疑是清风了。这种感觉在晋人身上是很明显的,就连他们的某些癖好也是如此。王羲之好鹅,支道林好鹤,王子猷好竹,陶渊明好菊,顾彦先好琴,都是很有清雅特征的。不过,后人的兰亭情绪,主要还是集中在书法《兰亭序》身上,赏评文字、临摹作品不计其数,如果退一步说,《兰亭序》诚为某些专家论为伪作,那么这次雅集,能给我们留下什么呢? 在魏晋书法长廊待久了,你就会发现,兰亭雅集只不过是众多的文人活动中的一次罢了,实在没有可以称奇之处。晋人把《老子》《庄子》《周易》称为"三玄",讨论和阐述对"三玄"的见解是生活的一部分,我见到几张前人的画,那种手执麈尾以助谈锋的形象实在是很有风度的,不像我们以食指点着对方的脸说话。玄学思想的泛滥是文人早熟的酵母,因此兰亭雅集,是文人玄理的辩论,讲文论德的一种活动方式,和

兰亭集会在当时并不是非常重要的一次,却因为有《兰亭集序》而成为窥探古人心境的文献依据。

249

"竹林之游"是一样的。现在这些都随风而逝了,只剩下一篇可爱的《兰亭序》,可见人们的偏爱有时也受到遮蔽。

晋人的生死观,可以从《兰亭序》中窥见一二。当我们还沉浸在暮春之初的温馨时,王羲之已将笔锋一转,哀叹起人生之须臾来了。"向之所欣,俯仰之间,已为陈迹",读过很是一阵苍凉。通常,人们以活得长久为坦然,常常为某人享有长寿而称奇,为某人仅活了三四十岁而唏嘘不已,却很少考虑生命的质量。从能够查到的几位晋书家的年龄来看,他们并没有因为选择了书法而长寿。他们早熟,同时也早夭,王羲之活了58岁,王献之活了42岁,王珣活了49岁,都只相当于现代人的中年时期。他们明显地感到了恐慌,因而也抓紧时机享受生活,包括消极和放荡。他们也麻醉自己,用酒,像阮籍居然可以一醉60天。他们也企盼长寿、成仙,因此服食紫石脂、赤石脂这类原料炼成的五石散,王羲之曾高兴地对一术士写道"服足下五石散身轻如燕",却不料反短了卿卿性命。不过,他们投射在书法艺术上的生命能量却是让后人汗颜的,在那么短暂的生命旅途上,开拓了一个崭新的审美空间,让一些平庸之辈虽尽毕生精力都难以到达。晋人是用他们的生命浇灌书法的,成仙无望,轮回无望,只有艺术永恒。这样,他们投向书法艺术的生命光束就特别强烈、灼热,穿透力也就特别强大。现代生活已琐屑得让人思行匆匆,生命投向的光束分外分散。我们也有过许多时间来闲聊,属于市井的"卖嘴皮子",而不是思维机敏的训练,内在智慧的挖掘。生活中的每一个部分都需要人们去创造，书法艺术也一样。人们往往在生活的载浮载沉中时而需要时而弃之，无法建构成一个可供精神栖息或舒展的家园，即便垂垂老矣也难得些许书法真谛。我很惊奇王献之的明理，他在十五六岁时就会对父亲说："古之章草，未能宏逸，颇异诸体。今穷伪略之理，极草纵之致，不若稿行之间，于往法固殊，大人宜改体。"这样的话就今人来理解，怎么也不像小青年的口吻。现在我站在大学的讲台上，对着十八九岁的大学生，反而很难撩开书理这层面纱，只能絮絮叨叨地讲解一点一横怎么写这样一些"小儿科"的常识。我常在这时走神，眼前闪动同一年龄层次的晋人笔走龙蛇的丰采。记得这学期给一个文秘培训班强化书法学习，以每周六节课来进行，以《兰亭序》来疏瀹，到了学期末，我又旧话重提，随便问了一句："王羲之是哪个时代的？"下面大眼瞪小眼，然后参差不齐地应道"唐代"或者"宋代"。听着这样的回答，我脑海里不禁冒出王勃《滕王阁序》中的两句："兰亭已矣，梓泽丘墟。"

在魏晋幽深的长廊中漫行，你会感到这些书法家们都有点古古怪怪的味儿，这大概是他们笔法夭矫不群的原因。晋书家都不太好接近，山涛"介然不群"，阮籍"任情不羁"，嵇康"高亮任性"，刘伶"放情肆志"，阮咸"任达不拘"，都有或这或那的怪癖。他们品藻人物，凭自己好恶来使用青眼或白眼。这些脾性，导致了他们在书法创作上各行其是，标新立异。王羲之开始从卫夫人学书，后以为"徒费年月"，就不再学她了。王献之不愿在其父声名下过日，自己来创"破体"，庾翼为了把自己的字与王羲之区别开来，使己书为"家鸡"，王书为"野鹜"。魏晋书法长廊的热热闹闹，都是由这些书家的脾性引发的。他们的合群是暂时的，只是玩玩而已，更多的是鸟兽散，该做什么做什么。怀旧使我发觉时代不同的书法家脾性有了许多不同，现在是先做一个四平八稳的生活中人，是"乡愿"，然后才是书法家。有一位画家向我抱怨每日应酬不及，如何赶画也赶不上众人求索。他谁也不愿意得罪，宁可劳累也要让求者欢喜。他的精力向外投射太多，以至于无法建构自己的内部精神空间，这就使生活场景中多了一个大好人，而艺术领域少了一个有个性的画家。我早些年也喜欢絮絮叨叨地向求书者解释自己的苦衷，什么没有时间啦，精力不足啦，请你原谅啦。后来发现解释的可怜，晋人殷浩不是说得很好么："我与我周旋久，宁作我！"

只有在魏晋书法长廊中徜徉，我们才会把兰亭看得很重，它使我们透过历史风云，看到晋人的个性追求和对生命的认识，当然，技巧也是不容忽视的，它使书法风格得到一次决定性的转换，从古厚到灵秀，从拙重到轻盈。书法中人不断地推崇《兰亭序》，乐意到兰亭这个地方走走，步古人之遗迹，怀古人之幽思，都是很自然的。只是时隔事迁，历史风云如苍狗白云般变幻，人们对兰亭的含意也转多穿凿了，那深层的、带有书法意识的象征在心灵上已被淡化得不像个样子了。现在，兰亭在大多数人眼里，只不过是一个风景点，如此而已。这大概也是我乐于在书中追寻古兰亭，让山阴道上的清风在梦中吹拂，却不愿趁便下车去看看今日兰亭的一个原因吧！

寻常巷陌心思

　　这个寒冷的冬夜,我坐在这位北方朋友布幔严实的小书房里,细细地品味着他的收藏。这些古色古香的纸本或器皿,总是从不同的角度撩起我的怀古情绪。没有一件藏品的气息是重复的,或贵族气或脂粉气,或古拙敦厚或清空淡远,使人如同穿行在古代史的隧道中,看秦时汉时关隘,品唐时宋时明月。一会儿,朋友小心翼翼地捧出一绸缎包裹,我用刚刚洗净的手指头层层打开,最里边躺着一支细长条竹片。时日久远,已是深褐色布满,但是竹面上墨色依稀可辨。我忍不住用指头轻轻抚摸了一下,是如此沁凉入骨。

　　这枚汉代竹简,是从哪株迎风摇曳的修竹身上抽取下来,杀青去汁液后削平磨光,又由哪位书家振腕疾书呢? 再说,是如何在大漠戈壁中坠简于流沙,又在何时一个偶然的机会重见天日呢? 我霎时耳边鼙鼓动地,马蹄声碎。在西汉那样战乱频仍时,居然写出了如此浪漫飘逸的墨迹,这是谁的杰作?

　　一切都归于岑寂无从查考了,除了残存的汉简之外,那些曾经是一代书坛好手的民间风采,早已消失在历史的深沉之处,成为一抔黄土或一缕青烟了。

　　我也承认,这样的遗失委实太多了。也正是这种缘由,越来越使我们牵挂。在我们这个产生大量

竹简无名,书者无名。

名不副实的名流时代里,这些无名氏益发使我们的心灵震撼。

后来,我因为研究的需要,围绕汉简翻了一阵子书,大抵能够弄清楚当时的一些大概:《居延汉简》是卫戍居延海一带的下层士吏所书;《武威汉简》多半出于社会下层的职业抄书人之手;《武威医简》来自民间医家手迹。虽然艺出无名,有的若篆若隶、浑然一体,有的波磔披拂、形意翩翩,更有敦实古朴、奔放无羁。只是都有一个共同点:无从呼唤出作者的名姓。

按照老祖宗的观念,凡事都有正宗与否之分野,艺人和艺品自然也有文野之分,只要翻看艺术史就可以得知记载是如出一辙:顶尖的作品都是顶尖的名家创造的,他们承受了最耀眼的光芒,成了言必提及的人物;而作为民间人物,通常是很难穿过等级、门第的厚实围墙成为彪炳千秋的人物的。这种境遇对于处在当时时态的人来说,感受一定比我们深刻。那么,就望峰息心吧,退一步海阔天空,过过采菊东篱下、把酒话桑麻的平民生活,也没有什么可怨艾的。蔡邕不是汉代的显赫人物么,既是官又是书家,一出手就是平正工整的典型。他写了《熹平石经》中的一篇,镌刻后立于太学门外,"及碑始立,其观视及摹写者,车乘日千余辆,填塞街陌",真是风光无比。如果从志向角度看,各有选择不同,这似乎是一己行为,犯不上别人置喙。若要从审美角度来审视,出自民间的竹简书法,那种自然委婉如行云流水的形态,有时真会让大手笔也嗟叹莫及。当经过一段漫长的历史过程后,今天我们有可能把汉代竹简和汉代煌

盛名对于艺术价值来说,其实并不是唯一的标准。名家作品流传到今天,总难免沦为拍卖市场的一连串数字,只有把目光投注到作品本身,才能发现真正的价值。

古典幽梦 ◉

上海著名中学师生推荐书系

254

煌名碑放在一起品味了。这时候的任何人情瓜葛都已磨灭殆尽，只能靠笔墨本身的美妙来说明问题。你看，这些来自民间的材料是何等的寒酸和简陋呀，就像刻划字迹在其上的刑徒砖，说有多粗糙就有多粗糙，估计是信手用某种硬件划过的；再看色泽昏暗的陶罐，名流看了肯定难以下笔，却不料在民间工匠手中，寥寥几笔，整个陶罐刹那神采飞扬起来了。尽管我这里说的是古典，但是我很在意引用恩格斯的一句话："由于分工，艺术天才全集中在个别人身上，因而广大群众的艺术天才受到压抑。"这话当然没错，但是民间的艺术天才还是压抑不住的，从任何缝隙里，都会像春天的小草，漫出醉人的青绿来。在民间书手还使用着极为粗粝的物质材料作为文字的载体时，富贵人家豪门望族已经大量使用"妍妙辉光"的黄纸了。据说王羲之书《兰亭序》用的就是上好的蚕茧纸。他的纸多得用不完，曾一次大方地赠送谢安九万张精美的麻纸。人无法选择生存空间，尤其是门第、世袭的缘故，同一时代的人境遇天壤之别，有的人就只能在驳杂的砖刻、陶刻、竹木简上施展才华了。有时认命就成了必然，出身寒微就出身寒微吧，没这个福分就没这个福分吧。正因为如此，生命现象的斑斓才如此普遍，生命的机缘才如此令人喟叹，生命的景观明灭才如此动人魂魄。上苍都不曾想遗弃尘埃之轻、芥蒂之微，当然也会给民间艺人以展示风采的机会。如今他们留下的一支竹简、一方瓦当、一枚陶片，寂寞中让我们看来是如此的美丽。千百年过去，当年的达官贵人与山野草民并没有什么差别，现在我们是用同一种眼光在打量这些作品，

留在宣纸上的文字，想必是经过斟酌的，落笔就要对得起盛名，有的时候难免做作。落在竹简上的文字，随性潇洒，则带着最自然的状态，成为一种亲切活泼的美。

从残破中找寻出一种暗喻、一种诠释、一种意蕴,卷起追怀往昔的情怀。与此同时,许多当年声名显赫者,由于笔下拙劣和粗俗,被我们毫不留情地剔除出去,排斥出我们的视界,身世的高低此时已毫无意义。

我曾多次揣摩、品味大量的民间艺术品,深深地感到自己头脑残留的名流史观实在太浓厚了,它阻碍了我与久远的平民艺术家神交。因为我从很小的时候,就被人教会崇仰领袖、崇仰英雄、崇仰名流,一提他们的名姓,内心不由自主地肃然起敬。名流们的辉光如日出日落一般地照拂着我们,长久以往,我们似乎也成了名流的后裔。这种习性年复一年地滋长起来了,这种名流情结随着我们的痴长越扣越紧。我们称道起名人来有声有色,甚至可以追溯到一些琐碎得不能再琐碎的微末情节,似乎自己是名流知己。那芸芸众生如恒河沙数那么多,叫不出名来叫不出姓,让你感到囫囵一团、似有若无,唯有名流兀立其间醒眼异常。别的学科是不是这种现象我不太清楚,至少在把笔挥毫的书道圈内是如此。如果我们要谈唐人书法,理所当然要说初唐的欧、虞、褚、薛,盛唐的颜、张、怀素及晚唐的柳公权,一套一套的,滴水不漏。再如谈宋人书法,则简练到只提苏、黄、米、蔡四家了。应该承认,在我读大学之前,还是很喜欢这种名流记事法的,以为只要记住名流,便扣住了艺术史的主脉。加之有人归纳成顺口溜,读起来一溜烟似的通畅。可是我却一丁点儿也没想到,史料上那原始美态的朦胧神秘,也因此被剥离一空。这样,我在艺术常识的把握中离民间艺术的原始状态越来越远了,有时也偶然揭开民间风采的皮表,但由于对名流的景仰,我从来不能达到民间艺术的深处,直到我大学毕业后成了一名研究人员,我才在一次心平气和地把玩民间书艺过程中大惊失色。

我记得那是一个黄昏,我在图书馆的深处,翻动那堆线装纸本,忽然,晋时的《吴志》残卷跃入我的眼帘。我愣了好一会儿,急忙拿到窗前,推开窗门,让落日的余晖飘洒进来,映照在字里行间。天哪,这件在遥远的新疆鄯善县出土的残简竟是如此有滋有味,若论笔调,虽不及名流笔下风流倜傥,但却有古拙敦厚之趣。尤其那自然朴茂中,别有一番旁若无人的自信。名流之所以为名流,也因为思维的前卫,可以新技频出、新潮迭起。民间书手少这种风流,不免有原始巫歌般的单调和恒常,他们不是立异标新之辈,只是平流浅进、不争一时之奇,所以也颇得沉稳充实可观。在漫长的封建社会里,晋人王羲之书风是何等显赫啊,王书是正宗,历来为帝王提倡,流传绵远。这些过往的名流高手,代表着历史上各个领域的精神旗帜,使我们从遥远处就能看到,并不时从遗忘中唤醒我们,他们的确是有功绩的。而同在一个晋代,民间书手则静默得无人提及。可是谁能想到,王朝兴衰,星宿异轨,草木荣枯,一千多年之后,会令人捧读后拍案叫绝。这么说来,民间书手一定比活着的时候愉快,尽管他们活着时没有能力把名姓镌刻在森然又厚重的史册上,可是现在他们却活跃在我们的言语中,而且更是亲切可爱了。

其实,这种美早就存在了。历朝历代总是有许许多多遗贤野老,在远离文化统治的中心,以自己的

"看山看水"的三个阶段，其实人人都要经历。年轻的时候对于新名词、快节奏难免着迷，关键是要看得透彻，走得出来。

书法和文章一样，总是无法与政治身份完全分开的，这里面就掺杂了别的眼光，不再纯粹。

生命进行着整个艺术流程的真实体验。他们未知晓艰涩的艺术原理、深远的艺术境界，只是日日做去罢了。后人要认识这种水波不兴的过程，只能等待某种契机或与之相适应的生命阶段。就我自己而言，大概从40岁起才逐渐学会看重原本的东西，才有些许能力去流连朴素和平常，同时抵御花哨给予的蒙蔽。因为许多事实都说明，名不副实的行为从古到今在艺苑里委实太多了。像中国书法那么抽象，就常给一些务虚的人以可乘之机，除非有透过表层看内涵的冷静，才不至于成学舌鹦鹉。即使在拉开很长一段历史距离审美时，我还是会发现名流被人崇仰、敬畏、呼拥外，还弹拨着一种悲剧格调。譬如我们称蔡邕为蔡中郎，称王羲之为王右军，称王献之为王大令，称欧阳询为欧阳率更。一目了然，都是以官名尊称之。这就在称呼时不时提请你注意处在哪一个价位上，把笔挥毫都要在人前做出一个相应的架势来。从宋元一些宫廷画院的画师笔下，不难看出他们的优越，也不难看出那溢于纸面上的富贵气、官僚气。这种气息一弥漫，技巧再精湛也无从言说了。同时我们也更多地品出了民间书家笔下的蔬笋气、山野气、林泉气，这种气息固然称不上上乘，可是你看到飞洒飘动的笔墨，至少心灵是不捆绑的，心路历程坦然和轻松，没有拘谨卑琐或者酸腐气味。山高皇帝远，活得如日出日落般自然，笔下也就健康了。

只是，问题不那么简单。我面对名流和民间之作，有一种两难心境。名流中的佼佼者，要学好他们过人的笔墨，没有足够的修养和禀赋还真不行；而学习民间笔墨，学得质朴些，有时又被强烈的表现欲给搅黄了,这样就会显得无所适从。特别是长期以来沁入心田的名流史观,常常会使人疑心民间艺术的水准,把审美希望托付给名流,以为名流是可靠的,而民间草莽之作未能成典范。这种心态当然很致命,有时就让过往名流来替自己思考,丧失了自我体认的本能,甚至连附于名流名下的赝品也以为上品。这真是我们艺术进程中一件让人感伤的事情啊!

　　也就是不久前吧,我途经西北门户的一个古城,徜徉在碑拓商店里,见到有人正忙着购买王羲之的对联。店主人信誓旦旦地拍着他那肉墩墩的胸脯称绝对无伪,买者自然也乐于解囊,一宗买卖就在名流效应中愉快成交了。不用多说,王羲之时代哪里会有对联这种创作形式呢? 只是谁也不愿煞风景。再说,名流之作如果疑伪,必然掀起轩然大波。光绪年间有人就疑心《兰亭序》非王羲之所书,于是聚讼无绝期。就我自己琢磨和推理,我想如今看到的《兰亭序》是不可能出于王羲之之手的。但这并不妨碍我们对他的景仰,不妨碍《兰亭序》超群的美学价值呀! 总不能好事都让名流占尽了,甚至为此而穿凿附会吧。后来我审视了明清书坛,才发现名流效应已危害不浅,在挂名王羲之的木刻字帖里,几经翻版,已尽失王书清雅之趣,却还抱住不放以为奇珍。相反,有人学了民间那般活脱脱的笔墨,自喜其一派生机天趣,仿佛婉转着人间生命的律动,沾溉着田野的露珠。可是在他人面前又三缄其口,以为让人知晓有失体面、有悖体统。年轻的李贺很清醒:"请君暂上凌烟阁,若个书生万户侯?"可文人多不觉悟,又是名流在让我们不自在吧!

为此，我感慨万端。似乎可以这样表明：<u>一个人对世间素朴无华的生灵事物越是热爱、亲近，并且能够设身处地地、孜孜不倦地体验、理解，他才有可能进入更伟大、更有价值的空间</u>。具体到一个人，总是需要有些真实的保留。通常，名流被粉饰装扮得多了，本真往往遮蔽得不识庐山真面目。而民间书手犯不着文人去粉饰，文人也不屑于去粉饰他们，于是便真情实意得以罄露。在我大致翻读完秦汉魏晋间大量的民间书手作品之后，那一夜我失眠了，时空纵横无垠，吞吐开合，有多少民间艺人或胼手胝足、或木讷粗朴的形象相继从眼前穿插掠过。从仰韶的彩陶纹饰开始吧，商周青铜器的饕餮形容、秦汉瓦当图造型和画像砖、魏晋石窟壁画，随取一帧，都会照亮漫长的历史甬道。无论在哪朝哪代的边角旮旯，都可以找寻许多曾经为我们忽视的平民佳作。只要你用心把尘埃拭去，光芒就夺目而出了。当然我们首先需要平民意识，有穿行在寻常巷陌的心情，倾听村言俚语，就会感到如《国风》般的亲切。上林苑和未央宫又有什么呢？太精细了也就贵族化了。而民间之作，它的人文精神和艺术风骨往往会是天趣十足和接近自然的状态。这些平民艺术家紧贴着厚实的土地，他们比贵胄达官更能平静地倾听回归的田园牧歌，就是在穷苦困顿中也保持一种乐观的自信。他们的智慧和手艺都是在沉积的土地上诞生的，储满了从泥土深处积蕴下来的灵性。时光如流、生命如流、心境如流，一切都那般地如流而过，使平静清淡的一生也弹奏出相应平静清淡的心曲。不妨说开来吧，追求简静、内在的人生定位，保持一种真实生命、终极意义的持恒热情，还是寻常人家更有可能、更少牵挂。事实也说明多一些平民意识，也能使自己更平和与自在地生活着。

　　日子就这样地过去了。我们在古典长廊中漫步，不管古典名作保存得宛如新制，或者残蚀破损得风化古旧，都如一地给人这样的印象：大凡外观过于喧嚣张扬的品相，并不是很耐人寻味的。有些名流过于张扬，借助当时的政治大舞台尽情地表演，满世界都知道。这种心态自然也助长了他的书风画风，使得锋芒毕露、拓拔过之。如今在过往的岁月与沧桑里，这样的艺术语言已经有如一只锈蚀的风铃，任凭百年激荡都拨弄不出丁点声响。在名流一贯的思维、方法培养下，不言而喻，我们腕下的笔墨，贵族气是上浮了，同时也像我们口中的美食一般精细无比，细腻非凡。实际上，我们理应多一些写意的、粗率的、浪漫的甚至原始状态、泥巴品质的情愫。倾听古典幽暗处沉沉的古歌，像一只秦汉时的陶罐那般朴实和厚重，这有多好！

　　也许，只能通过蓄养民间意识和钟情民间艺术来达到心灵的默契了。只是，在这样一个走向上，我把不准，究竟能有多少人愿意用自己的心力来穿行这岑寂的民间巷陌！

寻常巷陌的艺术，并不一定都会自动发光。美需要用心来发现，首先就要把成见和架子丢开，自己先沉稳起来。

第四单元　书痕屐履

261

归来兮，唐风

一位靠卖字谋生的朋友找到我，希望我给他的书写铺子题一个字号。他已经50多岁了，却一直在唐代书法家的圈子里转悠，他说这辈子也许走不出唐人的圈子了，但唐人的书法，尤其是楷书，在他写来，市民们喜欢，看得懂，红白事儿都会来找他。倘若学了其他朝代书家的书法，未必有如此笃实的效果。听他这么一说，我想都没想，提起斗笔一挥便写下了三个大字"唐风斋"。我告诉他，唐书称"风"合适些，有大气；倘是晋书，称"韵"可也。他高兴地说挺合心意，便乐颠颠而去。

透过历史烟云，唐朝无疑是历史段位上具有灿烂阳光的日子。政治、军事、经济不说也罢，艺术也如日中天，娇花放蕊。由于有隋代数十年的过渡，由隋入唐的欧、虞、褚、陆诸家，使唐初书坛就有了相当高的起点，欧阳询的"笔力险劲"、虞世南的"姿荣秀出"、褚遂良的"瘦硬通神"、陆柬之的"超诣神骏"，可谓人人握灵蛇之珠，家家抱荆山之玉。只是严格说来，大唐雄风并不是此时出现的。此时的书风还或多或少地为王羲之余绪所浸染，清新、淡雅甚至纤巧，像褚遂良的《雁塔圣教序》，就是一首悠扬的牧歌，在山水间缥缈游移。那细而不弱的线条，如同晨风中微微摇曳着的修篁，流溢出一股不挠的弹性。

晋代书法流美妍媚，反映了士大夫阶级的清闲雅逸。唐代书法气魄雄伟，表现出封建鼎盛时期国力富强的气派。

古典幽梦 ◉ 上海著名中学师生推荐书系

262

在唐初的书家中,褚氏还是很能让人留恋的,这倒不是因为他当上了尚书右仆射,成为重臣,这些对我来说没一丁点儿意义。生命岁月中常有无数的主题为我们所忽略,但艺术生命过程中留下的几块里程碑却使我感到毕生追求的力量。我几次跑到洛阳的龙门石窟,去看他那 46 岁时写的、现在已剥落得不成样子的《伊阙佛龛碑》,它的骨力刚硬、挺括严厉与石窟的雄浑是融为一体的。而到了 47 岁时的《孟法师碑》,又提升到"波拂转折处无毫发遗恨"这样的境界。再看 57 岁时的《房玄龄碑》,又是一种婉媚多姿、韵格超绝的风采。前边说过的《雁塔圣教序》,更是将褚风推向极致。他的惊人之处在于每几年重塑一个新我,从而一步步走向巅峰,除了超过别人之外,更多的是超越故我。其实褚遂良是可以很舒服地过日子啊!当时李世民少了一个和他聊书法的人,魏徵举荐了褚遂良,这是何等美差,但褚遂良不愿沉溺于此,而愿意攀登不已。这天生的劳碌命!

　有人说唐代是一个让人施展才华、建功立业的时期,我很相信这一点。艺术上也如此,就怕自己没有这种信念和表现的能力。在翻动唐初这一道道人文风景线的时候,我接触到了李世民。在一般人眼里,他是当权者,为了掌权不惜杀掉兄弟李建成和李元吉,后来也有人认为他是文物大盗,死前竟要求把王羲之的《兰亭序》作为陪葬埋入昭陵,以至后人难睹真迹。这般那般说法现在已让人管不了那么多了,只是掩盖不了我的喜欢。在我眼里,他仍是一位书法家而已。在唐初那百业待兴的关头,李世民居然会钟情书法,"夜半把烛起学《兰亭》"。他使自己

李世民对于书法的钟爱、重视和推广,成就了唐代书法大气之风。

263

的兴趣成了朝野的兴趣,又无形中把这种兴趣一代一代地渗透下去,贯至清代的康熙、乾隆腕下。在他之前,没有哪个帝王为书法家写过传论,而在他之后,更不可能有哪个帝王愿做此事,唯独他会忙中偷闲,写了一篇叫作《王羲之传论》的文章,其意义已超过了他本人喜好这一行为。从这点来看,他骨子里还是一个文人,一个心境幽深又好恶分明的文人。我对《王羲之传论》的一些观点并不认同,但我却为他文中倾注的情绪所打动,大概对于艺术真诚的情绪就是如此,尽管有些偏执。现在我们常对于某种艺术现象因着人或事的纠缠而曲己意,闪闪烁烁地埋藏在"庭院深深深几许"的辞藻里,就少了这点霸王之气。因着李世民这篇文章,因着他的喜好在朝野大肆搜罗王羲之真迹,以至于大量赝品也不断出世。这正正反反的行为,都使死去的王羲之声名达到鼎盛。有一次我到外地讲学,下面的学员递上一张纸条,问的就是"王羲之为何如此有名"我就简要回复两点,一是王氏本身高超的艺术技巧,这是基础,缺此遑论书圣;二是与李世民以降的帝王推崇不无关系。可以说唐初李世民打下江山的同时,也打下了唐代书坛辉煌的基石。

唐书家与晋书家相比,我会更喜欢晋书家的超逸清高乃至风流偶傥。但是对于生活在一个非常讲求实际的生活中人来说,我又不能不向唐人的实实在在表示敬意。唐代已不是纲纪松弛、多狂猖之士的时代了。人变得务实起来。这在唐人的楷书中可以得到明确的回答。作为唐楷代表的欧阳询,楷法会达到"极则",可以想象在一定的空间里,一点一画

这种钟爱是从自我的欣赏角度出发,加上帝王的身份,更有了表达真实想法、指点经典的气魄。

古典幽梦 ●

上海著名中学师生推荐书系

因为练字,最终影响了唐朝一代人的气质,影响了他们看待生活的角度和方式。

都不可挪动，一提一按都有分寸讲究，这是何等严密。特别是由魏徵撰文、欧阳询书写的《九成宫》，使欧阳氏闻名天下、千古不灭。这篇文章是写给李世民看的，自然格外恭谨，不敢有半点差池，从而宣告了无与伦比的逻辑性。只是在闲时把玩的时候，我会从内心隐约地承受到沉重和严肃，难道你的文明里不能多一些自由轻松的精神么？只是后来我想到"唐人尚法"这句老话，便变得能理解欧阳询了。这一时节的每一个生命都沾染上了规范的雨露，真不是让你乱来的时候。于是诸公心领神会，出手了一批诸如《八诀》《三十六法》《用笔十法》的文章，讲述入规中矩之重要。对于晋人王羲之写《笔势论十二章》，我是一直疑伪的，我不相信像王氏这样爱自由的人有闲心写这类约束自己毫端的玩意儿，但是对唐人的著作，我乐于认可，这时大事小事讲法则，书法不能例外。有一年冬天我到外地考察，顺便了解了几所学校书法教学的情况，千篇一律都是以唐楷来作为启蒙范本的，而撇开王羲之、王献之父子。<u>我便明白了后人的许多含而不露的意图和思想，在幼小的生命季节，用规矩来制约、培养一个人的心性被视为何等重要，一笔一画皆须藏头护尾。</u>这样，谈起唐人楷书，说是给后人一个范式也罢，给后人一个套子也罢，都无所谓。就看后人能否化解这种规矩，写些可以称之为创造的东西，这又归于各人的造化了。像我开头说的那位朋友，大概是走不出唐人的樊篱了，但把字写得规矩，也颇为不易。

　　唐人书法"大风起兮云飞扬"的日子是从颜真卿算起的。观照颜真卿，会发现以"俗"破"雅"的力

美学角度的自由，与现实可操作的规矩，在这里并不相违背。没学会走路，怎么能够奔跑？所以说"字写得规矩"是第一步，然后再怎么解放，就是个人的事情了。

以"俗"破"雅"，就是从规矩到自由的一种方式。

量,他的审美指向有别于唐初诸家,浸润在民间书法的海洋里,吸取了相当多的民间营养,久而久之便如同汉霍去病墓前的镇墓兽一般浑厚与质朴,如《易水歌》一般深沉和凝重,颜真卿打开了唐代书坛一个崭新的世界。他的作品,楷书大气磅礴又有入世感,便显得通俗,比起唐初诸家减弱了许多贵族气息;他的行草又奔腾跳跶,一篇《祭侄稿》抒发得心手两忘、如泣如诉。之后又出了个柳公权,与颜氏互为表里,一个颜筋,一个柳骨,一个粗壮浑厚,一个秀骨清相。只是二人的影响不止于此。颜氏为国捐躯,十足忠烈;柳氏"笔谏"出名,微言大义。这种重人品的说法开始听来还觉得有些道理,今人在这种传统熏陶下也许会变得稍稍自重自爱些。可重复多了我便起了疑心,劝人为善与艺术审美毕竟是两码事儿,混为一谈反而纠缠不清。尤其是把笔挥毫,有自己的一套机制,像宋代蔡京这等人,被他掌握了,写出的一手好字还真让我们惭愧不已呢!比起这两位正经人,从生命形式来考察,我还是喜欢张旭和怀素,他们也开启豪放与浪漫,但比颜柳要玄乎多了。二人皆操纵狂草,精力和气度就比一般书家走得远,总是在茫茫的大原野上放牧那躁动不安的心灵。二人又皆嗜酒,酒后精力弥漫,便呼叫狂走,濡发而书。他们带有一些表演的性质,便有人喜爱其狂放不羁的形态赶来参观。如怀素,书写前已是"酒徒词客满高座"了,一待氛围形成,他便"须臾打尽数千张",让观者"满座失声看不及"。人们观赏的就是这种疯狂劲。同时玄秘色彩也传播开来,"有人细问此中妙,怀素自言初不知",由此带来更多的猜度和遐想,以至声名更盛。再如张旭，总是"放神于八纮"，那种癫狂状态会使不了解他心性的人，误以为是秦时术士安期生，具有翩然欲仙的气象。人的本性如此，便会少了许多心理滞碍和人生牵挂。不过别以为这种激情迸发的狂态，笔下便乱麻一堆、毫无章法。实际上二人持无法之法，尽管那线条如繁汇的天音，万马奔腾，狂飙落地，在天地间回响、在心灵中旋进，但细究笔法，无不精致细腻，无不开合有致。有人总要扯上白酒的作用，我便要善意地纠正他，说这是过人的智慧之光，不是任何酒徒都有如此智慧的。这种精灵一般疾舞的笔调，因许多人达不到理解层次而统统归于壶中岁月，这是何等悲哀。记得有一次我在图书馆，翻到了张旭的楷书《郎官石柱记》，真是让我心服口服，张氏的楷书竟是如此精美！唐人下功夫的实在，我又一次切身感受到了。

唐风的确立，给后人带来了许许多多的便利，它不仅传授规矩，还宣传做人之理。可它无形中矗立起一座高峰，使多少人难以攀越而掩埋在历史的尘埃里。如果说晋人开辟了优美，唐人则收获了壮美。这两块园地的开垦，留给后人美学耕作的夹缝就不会太多了。晋人靠清谈玄理的智慧构筑了云谲波诡、神秘莫测的书法世界，人们要读懂真要有几分悟性和品味的耐性，这是很玄远又具内蕴的；而唐人靠务实来构筑理性的书法空间，用一种实实在在的力量一步一步使其完善，如同西西弗斯在没有时空的过程中不懈地推动巨石一样。他们制定下了许多尺度、规则，借助于此，我们会更实在地度量唐书，而不致使种种感觉稍纵即逝。唐人这种态度本身，业已

如果说飘逸的晋人风范是不易被人理解的，那么厚重的唐人气象则是给学习者竖起了明确的范本。晋人往往以自由为借口，抛弃了根本的人生和艺术准则，使自己漂浮在白空当中而浑然不觉。

在精神上走向永恒。像张旭、怀素的狂草,大幅度地提升了王羲之的创造精神,扩展了王氏草书对于空间运动的奇正相错、虚实相生、动静相济的功能。更令人惊讶的是朝野的力量,使唐人书家、唐人作品无论是在数量、规模、风格种类上都远远地盖过了两晋,有着潮水般汹涌的力量,这种力量对今人来说是惶惑的。既然上有所好,下必甚焉,于是戍边兵士、寺院沙弥、野田草民,都会有一手好字。就我所收集的一些唐人资料中,连租契、贷契、谱牒都写得有模有样。这是一个书法艺术高度自觉的时代。有时我会突发奇想,倘若李世民喜好的是某一鄙俗下作的门类,那唐代书坛不知会逊色成什么样子。我们常说"生命不能承受之轻",亦不能承受太重,那么,承受一下艺术的美好,大概不会太轻也不会太重吧!

　　这个浩大的壮剧终于谢下了帷幕,那些活生生的人和活生生的作品愈来愈远,艺事的枯枯荣荣、生生灭灭,都会随时代的不同而被重选或丢弃。一位讲实际的人问我并使我担心:"书法艺术离我们的现实生活太遥远了,能有什么实际效果呢?"在他眼里真是徒费年月。这使我想起了一代一代的人在研究哥德巴赫猜想,研究《红楼梦》《文心雕龙》,这种研究对我们的饮食男女究竟带来几多益处呢? 特别在这个经济时代,真是末之又末的追求,只有那些傻瓜蛋才孜孜矻矻于青灯黄卷,消磨自己的岁月和精神。从内心来讲,有些人的确是不需要的,但有些人却非常需要,他们靠此追求而存活世上,并由此觉得有滋有味。他们像希腊神话中的皮格马利翁一般,倾注自己的全部心血和爱,雕琢心中的"象牙美女"。由

古典幽梦 ◉ 上海著名中学师生推荐书系

　　所以,要追寻书法艺术的美,并不着急着一上来就直奔晋人书法而去,先把骨架搭好,先把人做端正。

于有这么一种寄托,我会在一些生活场景中、在大学讲台上、在各种各样的题词上,敏感地发现许许多多缺胳膊少腿或东歪西倒、有如醉汉的文字,这个时候,我真想像神经病发作一般地仰天长啸:

"归来兮,唐风!"

单元链接

书法理论,是一门高深的学问,建议先阅读张拔之《毛锥艺痕——中国传统书法管窥》(百家出版社)作为入门,从作品当中体会书法的美感,反复思考作者在文章中要表达的含义。学有余力的情况下,还可以参考裘锡圭的《文字学概要》(商务印书馆),从文字形体发展演变的角度来把握中国古代书法流变的趋势;中国古人的一些书论作品,例如许慎的《说文解字序》、王羲之的《自论书》、欧阳修的《六一论书》、苏轼的《论书》等。